Alles wird gut
Geschichten, die trösten und aufheitern

Alles wird gut

Geschichten, die trösten
und aufheitern

Gesammelt von Karoline Adler

dtv

Originalausgabe 2026

Tumblingerstraße 21, 80337 München
produktsicherheit@dtv.de

Quellenangaben: siehe S. 231
Umschlaggestaltung: dtv / Alexandra Bowien
Umschlagmotiv: Janneke Ipenburg
Gesetzt aus der Stempel Garamond
Satz: C.H.Beck.Media.Solutions, Nördlingen
Druck und Bindung: Druckerei C.H.Beck, Nördlingen
Printed in Germany · ISBN 978-3-423-22126-9

INHALT

ALENA SCHRÖDER

Liebe auf Vorrat

Wird Zeit, dass die Erdbeersaison endlich beginnt – meine Marmeladenvorräte sind beinahe aufgebraucht. All die wunderbaren selbst gekochten Gelees und Marmeladen meiner Freund*innen. Ich selbst bin als Marmeladenköchin komplett unbegabt, meine wenigen Versuche haben überaus fade Ergebnisse geliefert. Überhaupt bin ich nicht gut darin, Vorräte anzulegen. Während der diversen Krisen der letzten Jahre habe ich mehrfach versucht, mich auf den Ernstfall vorzubereiten: Ich habe Batterien und kiloweise Pasta und Mehl gekauft, sodass ich mich und die Meinen eine Weile würde ernähren können, falls unsere Zivilisation zusammenbräche. Dann fiel mir ein, dass ich die Pasta nicht würde kochen und mit dem Mehl nichts würde anfangen können, sollte der Strom ausfallen. Und in meinem Haushalt läuft eigentlich nichts mit Batterien, außer der TV-Fernbedienung. Die Notfallvorräte waren dann auch ohne Notfall schnell aufgebraucht, ich lebe mit zwei Teenagern zusammen.

Um die Weihnachtszeit herum schickten mir einige meiner Freund*innen kleine Videos von den Vorratskellern ihrer Eltern, die sie an den Feiertagen besuchten. Kellerregale voll mit Eingewecktem und Konserven, beleuchtet vom kalten Licht einer nackten Kellerglühbirne. Es war eine Leistungsschau der Vorratshaltung, wie sie eigentlich nur noch die Nachkriegsgeneration betreibt, die erstens noch weiß, wie man Sachen über Jahre haltbar einlegt und einkocht, und die sich zweitens noch an die unbedingte Notwendigkeit von Vorräten erinnert.

Ich liebe Vorratskeller. Ich liebe ihren spezifischen Geruch, die roh verputzen Wände, die simplen Regale, die vielen unterschiedlichen vollen und leeren Gläser, die beruhigende Ordnung. Im Dorf meiner Kindheit hatten wir Nachbarn mit einem geradezu magischen Keller. Die steile Holztreppe war schon ziemlich abenteuerlich, dann unten gab es eine Werkstatt mit einem großen Haufen Sägespäne, in dem ich spielen durfte, einen dunklen und sehr gruseligen Kartoffellagerraum und eben den Vorratskeller, in dem die großen Einkochtöpfe, das Punschservice und die echten Schätze lagerten: die Gelees und Marmeladen.

Besonders der Apfelgelee meiner Nachbarin war unvergleichlich, ich habe nie besseren gegessen. Wenn es einen Geschmack meiner Kindheit gibt, dann ist es dieser Apfelgelee auf einer Scheibe getoastetem Bauernbrot mit Margarine. Wir sind dort weggezogen, als ich sieben Jahre alt war, aber wir bekamen ein- bis zweimal im Jahr ein Marmeladenpaket, um das wir uns dann stritten, also vor allem um den Apfelgelee. Diese säuberlich beschrifteten Gläser waren wie ein Gruß aus einer anderen, friedlicheren Welt. Und vielleicht gibt es kaum etwas Liebevolleres, als seine Vorräte mit anderen zu teilen. Deshalb bin ich begeisterte Abnehmerin selbst gekochter Marmeladen. Klar, wenn ich bei meiner Freundin ein Glas Holundergelee abstaube, ist ihr erster Impuls sicher nicht, zu denken: *damit die arme Alena in harten Zeiten was im Küchenschrank hat und nicht verhungern muss.* Es herrscht ja noch keine Marmeladenknappheit in diesem Land, ich kann mir jederzeit welche im Supermarkt kaufen. Aber es ist eben doch gut zu wissen, dass es ein Regalbrett gibt, auf dem die selbst gekochten Marmeladen aus meinem Freundeskreis stehen, nicht so sehr als Nahrungsmittelvorrat, eher als ein Gefühlsvorrat. Das Gefühl, umsorgt und bedacht zu werden, konserviert und haltbar für Jahre.

Vor Kurzem ist unsere ehemalige Nachbarin gestorben. Sie hatte in den Jahren zuvor schon keine Pakete mehr schicken können, sie kam die steile Kellertreppe nicht mehr runter und zog schließlich um in ein Pflegeheim. Ich habe leider keine Marmelade mehr von ihr und ich vermute, ihre Kinder und Enkel haben den Vorratskeller längst ausgeräumt.

Ich denke viel an sie in dieser Zeit. Besonders wenn ich ein Einmachglas öffne, mit diesem speziellen Knacken, wenn sich das Vakuum löst. Das Gute an Gefühlsvorräten ist ja, dass sie eigentlich nie aufgebraucht sind, auch wenn ihr Träger, die Marmelade, längst leer ist.

EWALD ARENZ

Eine Urlaubsliebe

Es war einer dieser klaren Tage, die es im Herbst nur im Süden geben kann. Die Stadt war still geworden, die meisten Touristen waren längst wieder zu Hause, und allmählich gehörten die Straßencafés und die Strandpromenade wieder den Einheimischen. Im Hotel war es angenehm ruhig, selbst wenn man nicht so früh aufstand wie ich und der graubärtige Herr, den ich jeden Morgen um die gleiche Zeit durch die Lobby kommen sah. Ich nahm an, dass er Maler war oder vielleicht Filmregisseur oder etwas mit dem Theater zu tun hatte. Es war so eine künstlerische Aura um ihn und seine schöne Frau, die meist etwas später zum Frühstück kam.

Er trat aus der Tür und nahm sein Handy heraus, als der kleine streunende Hund, der vorhin an meinem Tisch gebettelt hatte, wie der Blitz zu ihm hinüberschoss und an seinem Bein hochsprang. Ganz offensichtlich schien er sich zu freuen. Der Mann sah etwas unsicher lächelnd auf ihn hinunter, weil er das zwar sehr nett fand, der Hund aber andererseits nicht aufhörte, sich zu freuen. Der Mann tätschelte beruhigend den Kopf des Hundes, was den aber nur zu verstärkter Freude zu ermuntern schien. Um genau zu sein, freute sich der Hund jetzt ausgiebig und recht heftig. Der Mann schüttelte zaghaft sein Bein. Er wollte dem Hund nicht wehtun. Er tat dem Hund nicht weh. Der Hund war ganz im

Gegenteil begeistert davon, dass das Bein seine Liebe zu erwidern schien. Der Mann versuchte, auf seinem verbliebenen Bein das Gleichgewicht zu halten und dabei nicht wie ein Clown auszusehen. Es funktionierte nicht gut.

»Aus jetzt!«, befahl er dem Hund wenig energisch. Der Hund sah verständnislos auf und verdoppelte dann seine Anstrengungen. Das mochte daran liegen, dass es ein italienischer Hund war, der vermutlich kein Deutsch verstand. Ich verbarg mein Lächeln hinter der Zeitung. Der Mann sah zu mir herüber und hob in einer hilflosen Geste die Hand, woraufhin der Hund sofort zurückschreckte und sich leise winselnd duckte. Offensichtlich war er schon oft geschlagen worden. Dem graubärtigen Herrn tat das Missverständnis so leid, als wäre der Hund ein Mensch gewesen. Spontan kniete er sich hin und murmelte Beruhigendes, was ich von meinem Sessel in der Lobby aus nicht verstehen konnte, aber der Hund kam zögernd zurück und leckte ihm zaghaft die Hand. Es war eine sehr sympathische Szene, die ich aber trotzdem bald wieder vergessen hätte, wäre nicht die schöne, weißhaarige Dame gekommen, um mit ihrem Mann zu frühstücken. Sie sah ihn vor dem Hund knien und ihn streicheln und kam quer durch die Lobby.

»Hast du einen neuen Freund gefunden?«, fragte sie mit einer weichen Stimme, die gut zu ihrem eleganten Aussehen passte.

Der Mann richtete sich auf, deutete auf den Streuner und sagte, während er sich Hundehaare von der Hose klopfte:

»Na, es sieht eher aus, als hätte *er* einen neuen Freund gefunden. Er liebt mein rechtes Bein.«

Die Dame ging in die Knie und streichelte den Hund.

»Ein kluges Tier«, sagte sie, »ich mag deine Beine auch.«

Der Mann lächelte.

»Ich weiß. Am Geld kann es nämlich nicht gelegen haben. Komm, wir frühstücken.«

Der Hund musste auch das missverstanden haben, denn er begleitete die beiden zum Frühstückstisch und wich auch dann nicht von ihrer Seite, als er reichlich mit Brötchen, Schinken und Wurst gefüttert worden war und eigentlich hätte satt sein müssen. Es schien, als hätten sich da wahre Freunde gefunden. Ich faltete meine Zeitung zusammen und seufzte. Ich kannte das. Die übliche Tragödie der Urlaubsflirts. Eine Woche Glück, und dann kamen die Tränen, sobald man nach Hause musste. Auch wenn es bei *mir* meistens keine Hunde gewesen waren, mit denen ich schöne Urlaubstage verbracht hatte: Der Blick der schönen, weißhaarigen Frau war unverkennbar gewesen. Sie hatte sich verliebt.

Der September schritt fort. Über die schon etwas staubige Landschaft Apuliens war ein hoher, herbstlich blauer Himmel gespannt. Mittlerweile wartete der kleine Streuner schon immer in der Lobby auf das deutsche Paar, das nun auch jeden Morgen zusammen vom Zimmer kam. Er strich auch vorher nicht mehr um die anderen Tische herum; es war, als wüsste er, dass er schon zu seinem Frühstück gelangen würde, wenn denn erst seine neuen Freunde kamen. Einmal warf einer der Brotfahrer einen Stein nach ihm, um ihn vom Eingang des Hotels zu verjagen; er traf ihn hart am Rücken, und winselnd floh der kleine Hund um die Ecke, nur um dann, eine ganze Zeit lang später, ein wenig hinkend und vorsichtig an den Tisch des graubärtigen Herrn und der weißhaarigen Dame zu traben.

Als ich an diesem Tag von einem langen Spaziergang am Spätnachmittag ins Hotel zurückkehrte, passierte ich die Terrasse des deutschen Paares. Den Hund konnte ich nicht sehen, aber anscheinend lag er zu Füßen der beiden, die eben Kaffee tranken, denn das Gespräch schien sich um ihn zu drehen.

»Wir können ihn nicht mitnehmen«, erklärte der Mann geduldig, »ich weiß, wie sehr du ihn magst. Aber vielleicht darf ich dich daran erinnern, dass wir zu Hause bereits einen Hund haben.«

»Aber er ist verletzt«, antwortete die Frau mit ihrer weichen Stimme. Ihr Gesicht tauchte nach unten. Wohliges Knurren drang durch die Hecke. Vermutlich wurde eben ein Hund ausgiebig gestreichelt.

»Verletzt und ein Rüde«, gab der graubärtige Mann zu bedenken, »aber nur die Verletzungen heilen ...«

»Hm«, kam es nachdenklich von unter dem Tisch, »ich weiß. Aber er ist so ein schöner Hund ...«

»Frauenlogik!«, knurrte jetzt auch der Mann, aber es klang nur wenig unfreundlicher als das Knurren von unter dem Tisch. Ich ging melancholisch lächelnd weiter. So liefen diese Geschichten immer. Es machte den Reiz solcher Urlaubslieben aus, dass man sich vorstellte, wie es wäre, wenn sie eben nicht nach zwei Wochen zu Ende gingen. Die Unmöglichkeit der Zukunft gab der Gegenwart diese wunderbare, unvergleichliche Süße.

Vielleicht lag es an den allmorgendlichen Begegnungen, vielleicht daran, dass mich diese Geschichte an eine längst vergangene Sommerepisode aus meiner Jugend erinnerte, und vielleicht auch ein wenig daran, dass der Hund zuallererst an meinem Tisch gebettelt hatte, aber irgendwie nahm ich mehr Anteil an dieser Geschichte, als ich eigentlich vorgehabt hatte. Der Tag meiner Abreise kam näher, und auch die unvergleichlichen Farben Apuliens begannen durchsichtiger zu werden. Der Herbst war da. Am vorletzten Tag schließlich kam zum ersten Mal seit einer Woche der Mann wieder alleine zum Frühstück. Er sah übernächtigt aus, und vielleicht hatte er sich mit seiner Frau gestritten, denn er grüßte nur mürrisch in meine Richtung. Bevor er sich setzte, sah er sich um. Richtig. Jetzt bemerkte ich es auch. Der Hund war nicht da. Der Mann stand tatsächlich noch einmal auf und ging vor dem Hotel auf und ab, doch der Hund war nirgends zu sehen. Als er zurückkam, zuckte ich teilnehmend die Schultern.

»Vielleicht hat er einen anderen Frühstückstisch gefunden«, versuchte ich ihn mit einem Scherz zu trösten, wie es Fremde eben so tun. Der Mann schüttelte den Kopf. Auf einmal sah er sehr traurig aus.

»Er ist *immer* gekommen«, sagte er bestimmt, »vielleicht ist er überfahren worden. War meine Frau schon hier?«, fragte er dann übergangslos.

Ich war überrascht.

»Oh«, sagte ich, »nein. Ich dachte, sie wäre vielleicht noch im Zimmer.«

Der Mann schüttelte den Kopf.

»Nein«, sagte er knapp, »wir ... wir haben uns gestritten. Wegen des Hundes. Wäre wohl gar nicht mehr nötig gewesen.«

Er deutete auf den leeren Platz unter seinem Tisch, wo sonst der Hund lag. Ich hätte gerne etwas Aufmunterndes gesagt, aber er hatte sich schon abgewandt und ging auf seinen Tisch zu. Zum Glück hatte ich schon gefrühstückt, und deshalb brach ich gleich jetzt zu meinem letzten Ausflug über Land auf. Ich hatte keine Lust, mir die Stimmung durch das unglückliche Ende einer Dreiecksbeziehung verderben zu lassen, von der ich nicht einmal ein aktiver Teil war.

Spät am Abend kam ich zurück und sah im Vorbeigehen halb erleichtert, halb bedauernd, dass die Stühle der Terrasse bereits aufgeräumt waren und der Tisch hochkant gestellt war. Das Paar war wohl schon abgereist. Unter dem Tisch stand eine vergessene Untertasse, in der noch immer etwas Wasser war. Auf eigenartige Weise rührte dieses kleine Überbleibsel einer besonderen Urlaubsliebe mein Herz an wie ein Lied aus halb vergessenen Zeiten, und an diesem Abend trank ich an der Bar mehr als sonst.

Am nächsten Tag kam ich später in die Lobby als sonst. Obwohl es Samstag war und damit ein Tag des Bettenwechsels, war es doch sehr ruhig im Frühstücksraum. Ich aß ein wenig Toast, las zerstreut ein wenig Zeitung und sah viel aus dem Fenster. Abschied, dachte ich. Aber dann sah ich zu meinem großen Erstaunen meinen bärtigen Freund, wie er das Auto vorfuhr. Seine schöne, weißhaarige Frau wartete mit den Koffern am Eingang. Ich zögerte kurz, aber dann stand ich doch auf, um hinauszugehen. Wenigstens verabschieden wollte ich mich von ihnen.

Irgendwie hatte ich ja mit ihnen gefühlt und war über sie zu einem entfernten Freund des kleinen Streuners geworden, der jetzt wohl irgendwo in einem Straßengraben lag. Ich trat zum Auto.

»Gute Reise!«, wünschte ich der Dame.

»Danke«, sagte sie mit ihrer weichen Stimme, die ich so warm fand.

»Ich … es tut mir leid wegen des Hundes«, sagte ich noch schnell und sehr verlegen.

»Ach«, sagte sie lächelnd und hob einen großen Weidenkäfig hoch, aus dem ein müdes, aber wohlbekanntes Winseln zu hören war, »es geht ihm schon viel besser!«

Ich war vollkommen verblüfft. Ihr Mann hatte jetzt geparkt und war ausgestiegen. Er sah vergnügt aus und sehr viel besser als am Tag zuvor.

»Aber«, stotterte ich, »ich dachte …?!? Sie nehmen ihn mit? Sie nehmen ihn wirklich mit?«

Der Mann sah mich lachend an.

»Ja!«, sagte er. »Meine Frau hat ihn kastrieren lassen. Gestern, statt mit mir zu frühstücken. Ein hoher Preis«, grinste er plötzlich bübisch, »den die beiden da bezahlt haben, damit er ein Zuhause bekommt. Und meine Frau ihren Don Corleone!«

»Don Corleone«, lächelte ich und beugte mich vor, um noch einmal zu dem kleinen Hund hineinzusehen und mich von ihm zu verabschieden.

»Scheint, als ob *alle* Verletzungen heilten«, murmelte ich ihm ins Ohr.

»Wie bitte?«, fragte die Dame etwas überrascht.

»Nichts«, sagte ich, »gute Reise!«

Und dann ging ich zurück an meinen Tisch. Ich hatte plötzlich einen gewaltigen Hunger.

MARIANA LEKY

Gestern stand er noch da

Vorhin bat mich meine Mutter, einen Brief zum Briefkasten zu bringen. Als ich ankam, war der Briefkasten verschwunden – und nichts deutete daraufhin, dass er jemals da gewesen war. Ich weiß nicht, ob es einen Begriff für den Moment der Verwirrung gibt, wenn etwas seit Jahrzehnten fest Installiertes plötzlich weg ist; für diesen Moment, in dem man an der Wirklichkeit zweifelt und denkt: »Das kann doch nicht sein«, für diesen kurzen verstörenden Wackelkontakt mit der Realität.

Nachdem ich sekundenlang die Wirklichkeit im Verdacht hatte, nicht mehr zu stimmen, versuchte ich sicherheitshalber, lieber mir die Schuld zu geben: Vielleicht war ich falsch abgebogen, vielleicht war das gar nicht die Briefkastenstraßenecke. Aber das konnte ebenso wenig sein. Ich kenne den Weg zum Briefkasten im Schlaf, meine Familie bringt ihm seit mindestens fünfzig Jahren all ihre Briefe. Wir haben hier Geburts- und Todesanzeigen eingeworfen, Weihnachts- und Geburtstagspost, Bewerbungsschreiben, Gutachten, Rechnungen, Lösungsworte von Kreuzworträtseln, verzierte Liebesbriefe, Schlussmachbriefe, der Briefkasten war jahrzehntelang ein Tor zur Welt.

Ich stehe also verstört an der Stelle, an der nichts darauf hindeutet, dass hier immer der Briefkasten gewesen ist, und dann sehe ich Frau Blom nahen. Frau Blom ist um die achtzig und schickt von hier aus regelmäßig Briefe an ihre Tochter in Australien. Kurz stelle ich mir vor, wie Frau Blom mit ihrem Brief vor einem plötzlich verschwundenen Briefkasten steht, und das sieht so verloren aus, dass ich ihr entgegenlaufe, um sie zu warnen, als sei die Briefkastenleerstelle der Tatort eines blutigen Verbrechens. »Frau Blom«, sage ich, »der Briefkasten ist weg. Besser, Sie schauen sich das nicht an.«

»Das kann nicht sein«, sagt Frau Blom fassungslos, »gestern war er doch noch da«, und es rührt mich, dass Frau Blom und ich in der Tatsache, dass etwas gestern da war, ein stichhaltiges Argument dafür sehen, dass es auch heute noch da sein muss. Frau Blom sagt erst mal nichts mehr, weil man sprachlos ist, wenn man einen Wackelkontakt zur Realität hat.

Ein Postbote kommt uns entgegen. Er schiebt sein Lieferrad sehr langsam, als seien nur Mahnungen und falsche Lösungsworte darin.

»He«, sage ich barsch, »wo ist unser Briefkasten?«

»Guten Morgen erst mal«, sagt der Postbote, »der wurde offenbar abgebaut.«

»Das geht doch nicht«, sage ich.

»Offenbar schon«, antwortet der Postbote.

»Sie haben keine Ahnung, was uns dieser Briefkasten bedeutet hat«, sage ich, und er sagt: »Jetzt seien Sie doch nicht so unfreundlich, ich habe ihn ja nicht persönlich weggetragen.«

Da hat er leider recht. Mir fällt auf, dass das Verschwinden des Briefkastens leichter hinzunehmen wäre, wenn jemand ihn aus einer persönlichen Notlage heraus hätte verschwinden lassen. Wenn jemand beispielsweise einen voreiligen Schlussmachbrief eingeworfen und dann voller Reue versucht hätte, ihn wieder herauszufischen, erfolglos und mit wachsender Verzweiflung, und dann spätnachts, vielleicht unter Zuhilfenahme seiner gesamten Familie, den kompletten Briefkasten hätte verschwinden lassen. Das wäre eine nachvollziehbare Verzweiflungstat, nachvollziehbarer als ein schnöder Abbau ohne Not.

»Sie hätten uns informieren müssen«, sage ich, »Sie können uns den Kasten doch nicht einfach wegnehmen, ohne Erklärung, und dann so tun, als wäre er niemals da gewesen.«

»Aber so tue ich doch gar nicht«, sagt der Postbote. Er sieht aus, als habe er nicht nur im Lieferrad, sondern auch im Innern hauptsächlich Mahnungen und falsche Lösungsworte.

Wir schauen alle drei auf die kleine Hecke, vor der der Briefkasten gestanden hat, die Hecke, die so tut, als sei nichts gewesen, schon gar nicht ein Briefkasten, die all die Zeit, die der Briefkasten hier gestanden hat, einfach unterschlägt.

»Ich erinnere mich an das Klappern der Briefkastenschlitzabdeckung«, sage ich. Wenn man ein wichtiges Dokument eingeworfen hatte, war es der Soundtrack zu dem erhebenden Gefühl, etwas erledigt zu haben, bestenfalls auch noch pünktlich.

»Haben Sie mal durch den Schlitz dieses Briefkastens geschaut, kurz vor seiner Leerung?«, findet jetzt Frau Blom ihre Sprache wieder.

»Nein«, sagt der Postbote, »ich kannte diesen Briefkasten nicht. Ich bin neu hier. Ich kenne so gut wie niemanden.«

»Die Briefe darin sehen dann aus wie ein dunkles Meer, das im Sturm erstarrt ist«, erklärt Frau Blom. »Ein bisschen wie *Das Eismeer* von Caspar David Friedrich. Nur ohne Wrack.«

»Das wusste ich nicht«, sagt der Postbote, und nach ein paar Schweigeminuten sagt er: »Es befindet sich ein Briefkasten in der Gebbstraße. Ebenfalls mit Klappern und Eismeer.«

»Das ist zu weit für Frau Blom«, sage ich. Frau Blom ist nicht gut zu Fuß, die Gebbstraße ist für sie fast so weit weg wie Australien persönlich.

Das traurige Gesicht des Postboten hellt sich auf, denn es fällt ihm etwas Gutes ein. »Sie können mir Ihre Briefe auch mitgeben, wenn ich Ihnen die Post bringe«, sagt er zu Frau Blom.

»Aber ich weiß doch nicht, wann Sie kommen.«

»Das kann ich Ihnen ungefähr sagen«, sagt der Postbote, und es ist ihm deutlich anzusehen, dass er sehr gern wenigstens einen Wackelkontakt hätte, zu Frau Blom, zu irgendwem. »Ich würde mich freuen«, platzt es aus ihm heraus, »ich würde mich auch ganz persönlich freuen, wenn mal jemand auf mich warten würde, und zwar nicht, um mich zu beschimpfen«, und es tut mir leid, dass ich so barsch zu dem Postboten war. »Ich hab's nämlich auch nicht leicht«, sagt er, und seine Stimme wackelt ein bisschen, und Frau Blom und ich trösten den Postboten, von dem wir gern getröstet worden wären, aber es ist eigentlich auch egal, wer wen tröstet, Hauptsache, es fallen ein paar tröstliche Worte hier im Dunstkreis des abwesenden Briefkastens.

DORA HELDT

Josefines Sehnsucht nach Schnee

»Und jetzt zum Wetter und Verkehr.«

Josefine öffnete ein Auge und wartete gespannt.

»Auch heute erwartet uns wieder ein sonniger Tag mit nur vereinzelten Wolkenfeldern. Höchsttemperaturen von 17 bis 20 Grad, die Tiefsttemperaturen nachts bei milden 12 Grad.«

Sie stöhnte leise. Die muntere Stimme der Radiomoderatorin fuhr fort: »Das ist wirklich ein wunderbarer Altweibersommer und das Beste ist, dass sich dieses Hochdruckgebiet auch noch die nächsten Tage hält. Und jetzt zu den Verkehrsnachrichten …«

Josefine streckte sich, um das Radio auszuschalten. Dann setzte sie sich mühsam auf und blickte auf das gerahmte Foto, das auf ihrem Nachttisch stand. »Guten Morgen, mein Schatz.«

Herbert war schon seit zwanzig Jahren tot, trotzdem galten ihr erster und ihr letzter Satz jeden Tag ihm. Ihrem Mann, mit dem sie fast fünfzig Jahre verheiratet gewesen war. Und der nur sechs Wochen vor ihrer goldenen Hochzeit beim Rasenmähen gestorben war. Mit 75. Eine denkbar blöde Art, sich um das Fest zu drücken, dachte Josefine heute. Herbert hatte Feiern immer gehasst, im Gegensatz zu ihr, aber deswegen fiel man doch nicht einfach so um. Nur weil ihre zahlreichen Bekannten Wert auf ein großes Fest zur goldenen Hochzeit legten. Und Josefine das damals durchgesetzt hatte. Gegen Herberts Willen. »Dann kommen sie alle angerannt, in schrecklichen Kleidern, trinken und essen auf unsere Kosten, gehen nicht nach Hause und bringen schreckliche Geschenke mit«, hatte er gesagt. »Es wird furchtbar.«

Er hatte recht behalten. Es war furchtbar gewesen. Weil Josefine statt der roten Rosen dann weiße Lilien bestellt und im selben Gasthof, in dem die goldene Hochzeit stattfinden sollte, die Trauerfeier ausgerichtet hatte. Tatsächlich kamen alle angerannt, sie hatten zwar keine Geschenke dabei, aber es wurde auf Josefines Kosten sehr viel gegessen und noch mehr getrunken. Statt schrecklicher Kleider war die Garderobe aber einheitlich, alle trugen schwarz. Es war lange her.

Langsam schob sie ihre Beine aus dem Bett und wartete einen Moment, bevor sie aufstand. Es ging alles nicht mehr gut. Das Leben war mühsam geworden und langsam mochte sie auch nicht mehr. Aber jetzt musste sie sich ins Bad quälen, sich waschen, kämmen und anziehen, weil heute Jens kam. Der Enkel ihrer verstorbenen Schwester Margarete. Sie wäre vermutlich geplatzt vor Stolz auf diesen hübschen jungen Mann. Aber so hatte sie ihn gar nicht mehr erlebt. Margarete war gestorben, als Jens fünfzehn war. Heute war er zweiunddreißig und kam einmal in der Woche zum Frühstück, brachte ihr die schweren Einkäufe, erzählte lustige Geschichten und aß mindestens drei Brötchen. Josefine fand es nur bedauerlich, dass er allein lebte. Er hätte die Richtige noch nicht gefunden, sagte er jedes Mal, wenn sie ihn fragte. Dabei würde Josefine so gern noch erleben, dass Jens ihr seine Liebe vorstellte. Aber so viel Zeit blieb ihr nicht mehr, ihre Kräfte ließen immer schneller nach. Und es reichte auch langsam. Er müsste sich einfach mal beeilen, sonst wäre sie nicht mehr da.

Jens stellte seine Tasse ab und sah sie forschend an. »Was ist, Josefine? Du gefällst mir heute gar nicht.«

»Das muss auch nicht sein«, sie sah ihn an. »Das bringt nämlich nichts.« Ächzend zog sie sich an der Stuhllehne hoch und schlurfte zur Küchenzeile, auf der die Thermoskanne stand. »Ich bin 92. Der Altersunterschied ist einfach zu groß.«

Sie lächelte ihn mühsam an, als sie wieder auf ihrem Platz saß, etwas besorgt lächelte er zurück. »Geht es dir nicht gut? Hast du Schmerzen?«

Josefine schüttelte den Kopf. »Nicht mehr als sonst. Mach dir keine Sorgen.«

Sie sah ihm an, dass er ihr nicht glaubte. Er machte sich ständig Sorgen um sie. Der Junge war einfach zu weich. Seine nächste Frage kam deshalb nicht unerwartet.

»Wolltest du nicht letzte Woche zum Arzt?«

»Ich sollte«, korrigierte sie ihn. »Du hast drauf bestanden. Ja, ich war da.«

»Und? Was hat er gesagt?«

»Was soll er gesagt haben?« Josefine zuckte die Schultern. »Es ist altersgemäßer Verschleiß. Ganz normal. Und ich soll trinken. Als wenn ich in meinem Alter damit anfangen würde.«

»Er meint Wasser«, Jens grinste schief. »Oder Tee. Oder Saft. Doch keinen Alkohol.«

»Schade«, Josefine rieb sich nach diesem müden Witz die Augen. Wenn sie nicht aufpasste, schlief sie hier gleich ein. Sie hatte so schwere Lider, ihr wurde fast übel vor lauter Wehrhaftigkeit gegen den Schlaf.

»Aber du musst wirklich mehr …«, fing Jens an und hörte wieder auf, als sie die Hand hob.

»Jens, ich habe es dir schon mal gesagt, ich lehne Gespräche über Alter und Krankheiten bei Tisch ab. Steh doch mal auf und geh zum Kühlschrank, ich habe die Butter vergessen. Und das kleine Glas Erdbeermarmelade.«

Jens sah sie forschend an, als würde er ein Insekt beobachten. Josefine deutete mit dem Finger auf die Küchenzeile. »Die Butter. Und starr mich nicht so an. Ich komme mir vor wie eine Amöbe unterm Mikroskop.«

Während sie ihm zusah, wie er den Kühlschrank öffnete, fiel ihr der Traum von letzter Nacht wieder ein. Sie hatte mit Herbert, seiner Schwester Ilse, deren Mann Gerd, ihrer Freundin Ella und ihrer Schwester Margarete auf einer Veranda gesessen. Die Sonne schien vom blauen Himmel, der Schnee glitzerte, in ihren Bechern war Punsch und sie wollten gleich Schlitten fahren. Sie war sehr glücklich gewesen. Weil sie den Winter und den Schnee so liebte. Der traurige Gedanke kam sofort hinterher. Alle anderen waren schon lange tot. Nur sie war noch da. Aber sie war sich sicher, dass die anderen irgendwo auf sie warteten. Von Tag zu Tag aufgeregter. Weil es nicht mehr so lange dauern würde, bis sie sich wiedersahen.

»Worüber lächelst du?« Jens stellte die Butter und die Marmelade auf den Tisch und setzte sich wieder.

Josefine hob den Kopf. »Ich würde so gern noch mal Schlitten fahren.«

»Schlitten?« Jens sah sie an, bevor er nach draußen deutete. »Und das fällt dir bei diesem herrlichen Wetter ein?«

»Ja. Ich finde diesen Spätsommer gar nicht so schön.

Ich freue mich immer auf den Winter und den ersten Schnee. Aber wer weiß, wann der dieses Jahr kommt. Der Sommer scheint gar kein Ende zu nehmen.« Josefine legte Jens ein Brötchen auf den Teller. Sie selbst hatte überhaupt keinen Appetit. Jens schien das noch nicht bemerkt zu haben. Unbekümmert schnitt er das Brötchen auf und lächelte. »Du mit deinem Winter. Und deinem Schnee. Ich bräuchte das nicht. Ich genieße die Sonne. Und du wirst deinen Schnee schon noch bekommen.«

Josefine wich seinem Blick aus. Er sollte ihre Skepsis nicht bemerken. Aber sie ahnte, dass sie den Schnee nicht mehr sehen würde.

Einen Stock höher saß Anna im Wohnzimmer und zappte sich durch die Vormittagsprogramme. Morgenmagazine, eine Dokumentation über einen Streichelzoo, die Wiederholung einer Arztserie, an der sie etwas länger hängen blieb, dann aber doch weiterschaltete, weil sie die vielen Ärzte in weißen Kitteln nicht unterscheiden konnte, einen Bericht über die größten Trucks der Welt, eine Trickfilmepisode und eine Kochshow. Genervt schaltete sie das Gerät aus und blieb unschlüssig sitzen. Der Vormittag ging überhaupt nicht vorbei, obwohl sie hier schon gefühlte Stunden saß und ihre Laune immer schlechter wurde. Sie musste irgendetwas tun, sie hatte nur keine Ahnung, was. Ihr Blick fiel auf ihre Jogginghose, auf dem Oberschenkel prangte noch der Joghurtfleck von gestern. Sie könnte ja duschen gehen. Oder in die Badewanne. Dann wäre sie wenigstens beschäftigt. Behutsam schob sie ihre schlafende Katze vom Schoß und stand auf. Sie kam bis zur Wohnzimmertür, als das Telefon klingelte.

»Ich bin es. Gibt es was Neues?«

Wäre sie doch bloß nicht rangegangen. »Mama. Hallo. Was meinst du?«

»Was ich meine?« Ihre Mutter hatte am Telefon eine noch nervigere Stimme als sonst. »Was ist mit deiner Jobsuche? Hast du wieder was? Oder hängst du schon wieder im Jogginganzug auf dem Sofa rum?«

Anna hasste hellseherische Fähigkeiten. Die hatte ihre Mutter immer schon gehabt. Aber sie musste sich zurücknehmen, im Moment war sie darauf angewiesen, dass sie Geld bekam. Und da war ihre Mutter, oder besser, ihr Stiefvater gerade die einzige verlässliche Quelle. Das ließen sie sie auch spüren. »Ich habe noch drei Bewerbungen offen«, sie antwortete mit der sanftesten Stimme, derer sie fähig war. »Ein Hotel, die eine Rezeptionistin suchen, und zwei Restaurants.«

»Restaurants?« Die Stimme am anderen Ende klang fassungslos. »Als was denn? Du kannst doch nicht mal kochen?«

»Die suchen keine Köchin, sondern jemanden, der da Veranstaltungen organisiert. Das habe ich schließlich studiert.«

»Ich hab dir doch gleich gesagt, dass das kein Mensch braucht. Das ist doch nicht mal ein richtiger Beruf.«

Anna legte den Kopf in den Nacken, starrte auf die Deckenleuchten und wartete auf den entscheidenden Satz. Der auch prompt folgte. »Also, wir können dich jetzt nicht ewig unterstützen. Ich kann mich nicht mein ganzes Leben für ein Kind aufopfern. Ich habe leider so ein bisschen den Eindruck, als würdest du dich vor einer anständigen Arbeit drücken. Das kann doch nicht sein, dass du nichts findest. Kümmerst du dich überhaupt richtig ...«

»Mama«, unterbrach Anna die Tirade erleichtert und hielt als Beweis kurz den Hörer in Richtung Tür. »Ich muss leider Schluss machen, es klingelt an der Tür. Ich melde mich. Tschüss.«

Erleichtert öffnete sie, egal wer es war, alles war besser als dieses Telefonat.

»Hey«, Marie, ihre Nachbarin stand vor ihr, ihren Sohn an der Hand. »Anna, kannst du mich retten? Die Schule hat heute Morgen angerufen, die haben einen Wasserrohrbruch, ich muss aber jetzt zur Arbeit, weil ich einen ganz wichtigen Termin habe, und ich habe keine Betreuung für Felix gefunden. Oma Josefine hat Besuch, da will ich jetzt nicht stören. Vielleicht kann er so lange bei dir bleiben. Und dann fragst du nachher Josefine?«

»Ja, klar«, Anna öffnete die Tür weit und lächelte Felix an. »Dann komm rein, ich habe sowieso nichts vor.«

»Deine Hose hat einen Fleck«, stellte Felix knapp fest, während er an ihr vorbeiging. »Tschüss, Mama.« Bevor sie antworten konnte, war er schon im Wohnzimmer verschwunden.

»Die Katze ist einfach wichtiger als du«, Anna hob die Schultern. »Wann kommst du wieder?«

»Nicht vor zwei«, hektisch sah Marie auf die Uhr. »Oh Gott, ich bin schon wieder zu spät. Bis nachher.«

Nachdenklich sah Anna ihr nach. Das war auch nicht einfach, alleinerziehend, berufstätig und immer unter Strom. Und sie selbst hatte sich gerade gelangweilt. In fleckiger Jogginghose beim Fernsehen. Umgeben von Selbstmitleid. Sie war ein schlechter Mensch.

Felix lag schon auf dem Sofa, die Katze auf seinem Bauch streichelnd, mit entrücktem Lächeln. »Kira ist sofort auf meinen Bauch gesprungen«, teilte er leise mit.

»Und jetzt schnurrt sie. Ich glaube, sie ist in mich verliebt.«

»Bestimmt«, Anna betrachtete ihn. »Möchtest du was trinken?«

»Nö.« Ohne den Blick von Katze Kira zu nehmen, sagte er: »Ich glaube, meine Mama ist auch verliebt.«

»In dich. Ja, natürlich.«

»Nein«, Felix sah sie jetzt erstaunt an. »Ich bin doch ihr Kind. Ich glaube, sie ist in den Besuch von Oma Josefine verliebt. Sie kriegt immer so komische Augen, wenn er an uns vorbeigeht. Und Karla aus meiner Klasse hat gesagt, dass man komische Augen hat, wenn man verliebt ist. Ich sag das mal Oma Josefine, dann kann die das ihrem Besuch sagen. Mama hat ja gar keine Zeit, das selbst zu machen.«

»Aha«, Anna betrachtete den kleinen Kuppler interessiert. »Dass man in deinem Alter schon solche Gedanken hat.«

»Ich bin neun. Fast zehn.« Kira streckte sich auf seinem Bauch, Felix kicherte leise. Dann sagte er: »Oma Josefine hatte früher auch Katzen. Die sind aber alle gestorben. Die werden ja nicht so alt wie Menschen. Wann stirbt Kira?«

»Was?« Anna zuckte zusammen. »Wieso soll sie sterben? Sie ist erst vier Jahre alt.«

»Dann hat sie noch Zeit.« Zufrieden streichelte Felix weiter. »Das ist gut.«

»Und wann sind Josefines Katzen gestorben?« Anna setzte sich auf die Lehne des Sofas. »Ich habe hier im Haus außer Kira noch nie eine andere Katze gesehen.«

»Die sind ja schon lange tot.« Felix richtete sich vorsichtig auf, um Kira nicht zu stören. »Ungefähr so lange wie ihr Mann.«

»Josefines Mann?« Sie war erstaunt. Sie wohnte seit zwei Jahren in diesem Haus, war auch schon zwei- oder dreimal bei ihrer Vermieterin eingeladen gewesen, von Katzen oder einem Mann hatte Josefine nie etwas erzählt. Das musste sie von Felix erfahren. »Wie oft besuchst du denn Josefine?«

»Och«, er kitzelte Kira am Bauch. »Eigentlich jeden Tag. Aber in letzter Zeit ist sie ganz oft müde.«

In der Nachbarwohnung stellte Christa die Spülmaschine an und wischte abschließend über die Arbeitsplatte. Alles picobello, zufrieden sah sie sich in der kleinen Küche um und ging ins Esszimmer. Ihr Mann stand auf dem Balkon und betrachtete die Straße.

»Ist da was Besonderes? Oder weißt du nur nicht, was du machen sollst?«

Günter drehte sich langsam um und schob die Hände in die Hosentaschen. »Jens ist wieder bei Josefine. Der wittert wohl sein Erbe.«

»Das ist doch Unsinn. Der kommt seit Jahren einmal in der Woche und kümmert sich. Das ist doch kein Erbschleicher.«

»Was denn sonst?« Günter schlenderte zum Tisch und setzte sich. »Der erbt dieses Haus hier. Und er wird es sofort verkaufen, dann werden hier Eigentumswohnungen entstehen und wir müssen alle raus. In unserem Alter. Nach dreißig Jahren. Aber das sage ich dir, ich mache es den neuen Besitzern nicht leicht. Die müssen mich rausklagen. Ich gehe vor Gericht.«

Das war sein Lieblingssatz. Günter ging ausgesprochen gern vor Gericht. Er war ein Streithammel. Er hatte schon Parkplatzsünder in ihrer Straße angezeigt, Schwarzarbeiter verklagt, schrieb Beschwerden über Gott und die Welt, er wusste nie wohin mit seiner Wut und seiner schlechten Laune. Seit drei Jahren war er Rentner, das machte ihn fertig. Er hatte nicht in den Ruhestand gehen wollen, er war gern Abteilungsleiter in der Spedition gewesen, aber es kam ein junger Nachfolger und Günter war nun mal im Rentenalter. Das hatte er übel genommen. Und deswegen war er streitlustig.

Christa seufzte und schüttelte den Kopf. »Josefine lebt ja noch. Und du weißt doch gar nicht, was Jens dann mit dem Haus vorhat. Du solltest dir mal eine Jacke überziehen und Zeitungen kaufen. Dann hast du was zu tun.«

»Lange wird sie nicht mehr leben. Sie ist über neunzig. Und klapprig geworden. Das wird schneller gehen, als du denkst.«

Ohne zu antworten, verließ Christa das Zimmer. Wenn sie schlechte Laune bekam, dann bügelte sie. Und das tat sie in letzter Zeit sehr oft. Weil sie sich über ihren Mann ärgerte und nicht wusste, was sie daran ändern konnte. Als sie damals, vor fast dreißig Jahren, hier einzogen, war die Welt noch in Ordnung. Josefine und Herbert hatten dieses Vierfamilienhaus gebaut und drei Wohnungen vermietet. Christa und Günter waren die Ersten, die einzogen. Hier waren ihre beiden Söhne geboren, hier hatten sie viele gute Zeiten und auch manch schwere erlebt. Sie hatten viele Mieter ein- und wieder ausziehen sehen. Es hatte Todesfälle und Trennungen gegeben, manchmal waren es auch nur Jobwechsel gewesen, nur Christa und Günter waren die ganzen Jahre in Josefines Haus geblieben. Im Moment war es eine gute Hausgemeinschaft. Die junge, alleinerziehende Mutter über ihnen hatte einen reizenden kleinen Sohn, sie waren angenehme Mieter, genauso wie die junge Frau daneben. Anscheinend war sie vor Kurzem arbeitslos geworden, sie war jetzt viel zu Hause, aber sie grüßte immer nett und man hörte sie nicht. Vermutlich würde sie sowieso ausziehen müssen, falls sie keine neue Arbeit bekam. Die Wohnungen hier waren groß und die Miete musste erst mal verdient werden.

Das Bügeleisen zischte, es hatte die richtige Temperatur, Christa ließ es über die Bettwäsche gleiten. Sie war lange nicht mehr nebenan bei Josefine gewesen, irgendwie hatte sie keine Ruhe dafür gehabt. Günter ging ihr auf die Nerven und sie wollte nicht, dass Josefine mitbekam, wie sehr er sich verändert hatte. Er brauchte dringend eine Aufgabe, aber bislang hatte er jeden Vorschlag abgelehnt. Er wollte sich nicht ehrenamtlich betätigen, sich schon gar nicht um irgendwelche Kinder kümmern, er hatte schließlich selbst Enkel und die sah er kaum. Was wiederum daran lag, dass einer ihrer Söhne in Frankreich lebte und der andere eine Frau geheiratet hatte, die Günter nicht leiden konnte. Außerdem wohnten auch sie fünfhundert Kilometer entfernt, die Strecke war zu lang, als dass man sich öfter als zu Weihnachten oder an den Geburtstagen sah. Christa fuhr ab und zu mit der Bahn hin, das tat Günter aber aus Prinzip nicht. Er hasste die Bahn.

Sie stellte das Bügeleisen hoch und faltete den Kissenbezug zusammen. Ihr Blick ging dabei nach draußen, das schwarze Auto von Jens stand noch vor der Tür. Auch ihn kannte sie seit Jahren. Früher war er mit seiner Oma gekommen, wenn die ihre Schwester besuchte, als er älter wurde, auch mal allein mit dem Fahrrad, und seit Margarete gestorben war, kam er jede Woche. Von wegen Erbschleicher, er hing einfach an Josefine. Christa schob den nächsten Kissenbezug aufs Bügelbrett und beschloss, heute Nachmittag bei Josefine zu klingeln.

Während Jens langsam zu seinem Auto zurückging, drehte er sich noch mal um. Josefine hatte immer am Fenster gestanden und ihm nachgesehen. Immer. Sein Leben lang. Aber das tat sie nicht mehr. Jetzt fiel es ihm auf. Sie hatte es seit Wochen nicht mehr getan. Dafür bewegte sich die Gardine in der Nachbarwohnung. Christa stand am Fenster und hob die Hand. Kurz entschlossen drehte Jens sich um und ging zurück. Sie stand schon in der offenen Wohnungstür und blickte ihm entgegen.

»Guten Morgen, wie geht es dir?« Sie öffnete die Tür weiter, als wolle sie ihn hereinbitten.

»Danke, gut, Frau Schröder, ich habe nur eine kurze Bitte.«

Sie sah ihn neugierig an. »Ja?«

»Ich mache mir Sorgen um Josefine. Sie ist so schwach und müde. Könnten Sie mal ein Auge auf sie haben? Und mich anrufen, falls irgendetwas ist?«

Christa nickte sofort. »Natürlich. Ich wollte sowieso nachher mal rübergehen. Schreib mir mal deine Telefonnummer auf, ich kümmere mich.«

Erleichtert zog Jens eine Visitenkarte aus seiner Brieftasche. »Danke, Frau Schröder, ich versuche, nachher noch mal vorbeizukommen. Bis bald.«

Mit der Karte in der Hand wartete Christa, bis die Haustür hinter Jens zugefallen war. Sie hatte sich im letzten Jahr tatsächlich nur noch wenig für Josefine interessiert. Ihr eigener Alltag war immer wichtiger gewesen. Kopfschüttelnd ging sie zurück in die Wohnung. Sie war keine gute Nachbarin.

»Christa? Mit wem hast du geredet? War das etwa der Erbschleicher?«

Langsam ging sie ins Wohnzimmer, blieb an der Tür

stehen und verschränkte die Arme vor der Brust. »Günter. Wir müssen uns unterhalten. Jetzt sofort.«

Josefine öffnete die Augen und sah sich um. Ihre Brille saß schief auf der Nase, der Brief, den sie lesen wollte, lag zu ihren Füßen. Sie musste eingeschlafen sein, sie war immer noch müde. Und jetzt musste sie sich aus dem Sessel quälen, um diesen Brief von ihrem Steuerberater, der ihr im Schlaf aus der Hand gefallen war, aufzuheben. Sie lehnte den Kopf wieder an und schloss die Augen. Sie würde das später machen. Sie konnte sich denken, was in dem Brief stand. Es ging um das Haus, das sie schon vor Jahren auf Jens hatte umschreiben lassen, und die Tatsache, dass ihr Steuerberater in seinem jugendlichen Alter von sechsundsechzig in den Ruhestand gehen wollte und deshalb die Verwaltung des Hauses abgab. Jens würde einen neuen Verwalter brauchen, falls er das Haus überhaupt behalten wollte. Ihr war es egal. Sie war nur müde. Und deshalb würde sie dieses Problem aufschieben und noch ein bisschen vom Schnee träumen.

Herbert und sie hatten sich im Januar kennengelernt. Sie hatte eine rote Mütze getragen und passende Handschuhe. Mit einer Freundin war sie Schlittschuh gelaufen, auf einem kleinen See im Wald, die Bäume waren schneebedeckt gewesen, der Himmel blau, alles hatte geglitzert. Und dann hatte Herbert plötzlich vor ihr gestanden, einen Schlitten hinter sich, und hatte sie angelächelt. Er hatte Schneeflocken in den Haaren und das schönste Lächeln der Welt. Sie war in einer Sekunde in ihn verliebt und konnte nie wieder Schneeflocken sehen, ohne an ihn zu denken.

»Ich komme bald zu dir, mein Schatz«, sagte sie leise.

Und lächelte, als sie ihn vor sich sah. Mit Schnee in den Haaren und dem Schlitten hinter sich.

Anna hatte Kakao gekocht und sich gemütlich auf ein großes Kissen neben das Sofa gesetzt, auf dem Felix immer noch mit der Katze auf dem Bauch lag.

»Und dann hat Oma Josefine immer Ferien im Schnee gemacht«, erzählte Felix. »Aber jetzt hat sie das ganz lange nicht mehr gekonnt, weil sie was mit den Knochen hat und nicht mehr so lange fahren kann mit dem Zug und so. Und hier ist ja nur manchmal im Winter Schnee und dann ist sie immer ganz froh und guckt aus dem Fenster.«

»Was du alles weißt.« Anna war immer noch überrascht. »Was hat sie denn mit den Knochen?«

Felix zuckte mit den Achseln. »Die sind alt, hat sie gesagt. Tun Knochen immer weh, wenn sie alt sind? Meine auch? Und Mamas?«

»Nicht unbedingt.« Anna hatte in Wirklichkeit keine Ahnung und sich auch noch nie Gedanken darüber gemacht, aber ein neunjähriges Kind konnte man doch nicht beunruhigen. »Vielleicht hat sie auch etwas anderes.«

»Weißt du, wann es hier wieder schneit?« Die Katze sprang plötzlich vom Sofa und Felix setzte sich mit bedauerndem Blick auf. »Tschüss, Kira.«

»Im Winter«, antwortete Anna. »Wenn wir Glück haben zu Weihnachten. Das ist aber noch ein paar Monate hin. Zum Glück. Der Sommer ist doch viel schöner als der kalte Winter.«

»Wie lange hin ist das ungefähr?«

»Vier Monate. Ziemlich lang.«

»Das ist schlecht.« Felix krauste die Nase. »Ich habe nämlich letztes Jahr zu Weihnachten einen Schlitten bekommen. Aber ich bin damit noch gar nicht gefahren, weil kein Schnee war. Und ich habe Oma Josefine gesagt, dass wir dann eben nächsten Winter zusammen fahren. Aber wenn das noch so lange dauert …«

»Wo wolltest du denn mir ihr fahren? In den Bergen?«

»Nein«, Felix sah sie mitleidig an. »Du kennst dich wohl noch nicht so aus. Wenn Schnee ist, dann kann man den Hügel hinterm Haus runterfahren. Das hat Oma Josefine schon früher mit Jens gemacht. Und mit ihrem Mann. Sie hat mir Fotos davon gezeigt. Das ist super fürs Schlittenfahren.«

»Aha.« Anna betrachtete ihn gerührt. »Dann wollen wir mal Daumen drücken, dass es dieses Jahr genug Schnee gibt.«

»Ja.« Er stand auf. »Und jetzt gehe ich zu Oma Josefine und frage sie, ob ihr das reicht.«

Anna hatte sich schnell eine saubere Jeans angezogen, jetzt stand sie neben Felix, der schon zweimal geklingelt hatte, und wartete. »Vielleicht ist sie mit ihrem Besuch weggegangen?«, sagte sie unschlüssig. Felix sah sie mit großen Augen an. »Aber ich muss sie fragen, ob das reicht. Vier Monate.«

»Was ist in vier Monaten?« Die Tür hinter ihnen hatte sich geöffnet und Christa stand plötzlich neben ihnen. »Macht sie nicht auf?«

»Morgen, Frau Schröder.« Anna nickte ihr zu. »Ich wollte Felix zu Frau Hansen bringen, in seiner Schule ist ein Wasserrohrbruch und seine Mutter muss arbeiten. Er kann aber auch wieder mit zu mir hochkommen.«

»Ich möchte aber lieber zu Oma Josefine.« Felix sah

zwischen den Frauen hin und her, bevor er wieder auf die Klingel drückte. »Weil ich sie …«

In diesem Moment öffnete sich die Tür. Josefine stand unsicher vor ihnen, mit einer Hand stützte sie sich an der kleinen Kommode ab. Erstaunt sah sie die Menschenansammlung vor sich an. »Ich bin nicht mehr so schnell. Ist was passiert? Felix? Was …«

»In der Schule steht alles unter Wasser«, er strahlte sie an. »Darf ich mit dir alte Bilder gucken? Und ich muss dich was fragen.«

Sie lächelte mühsam. »Dann komm mal rein.« Er schob sich an ihr vorbei, während sie Christa und Anna fragend ansah. »Was …?«

»Nein, nein, alles gut.« Christa trat einen Schritt vor. »Ich wollte nur wissen, warum du nicht aufmachst, und Anna Wegner wollte nur den Jungen runterbringen. Möchtest du heute Nachmittag vielleicht auf eine Tasse Kaffee rüberkommen? Ich hole uns ein Stück Kuchen.«

»Ein anderes Mal vielleicht.« Josefine gab sich Mühe, heiter zu wirken. »Ich bin heute ein bisschen erschöpft. Bis bald.«

»Frau Hansen?« Anna hatte ein schlechtes Gewissen. »Soll ich Felix nicht lieber wieder mit zu mir nehmen? Seine Mutter kommt erst um zwei nach Hause.«

»Das ist schon gut. Felix stört mich nicht. Bis bald.«

Dann trat sie umständlich zurück und schloss die Tür. Christa sah Anna an. »Sie sieht schlecht aus. Ich habe sie länger nicht gesehen, ich habe mich gerade richtig erschrocken.«

»Es scheint ihr nicht besonders gut zu gehen.« Anna starrte nachdenklich auf die geschlossene Tür. »Ich glaube, jetzt weiß ich auch, was Felix meinte. Vier Monate bis zum Schnee.«

»Was?«

Anna ließ ihren Hausschlüssel kreisen, ohne es zu merken. »Ach, nur so. Frau Hansen wollte so gern noch mal mit Felix Schlitten fahren. Ich gehe dann mal wieder hoch. Schönen Tag noch.«

Ein stürmisches Klingeln riss Anna aus ihrer Konzentration. Überrascht stellte sie fest, dass sie fast zwei Stunden an ihrem Computer recherchiert hatte. Es war gar nicht so einfach, einen Ort zu finden, wo jetzt schon Schnee lag. Zumindest nicht, wenn es sich um einen Ort handeln sollte, der nah genug war, um einer 92-jährigen Dame eine nicht zu anstrengende Anreise zu ermöglichen. Genau genommen gab es den gar nicht. Frustriert stand Anna auf und ging zur Tür. Der Besucher hatte anscheinend einen Krampf im Finger bekommen, das Klingeln hörte nicht auf.

»Ja, ja.« Kopfschüttelnd riss Anna die Tür auf. »Brennt es, oder was?«

Es war Felix, der mit aufgerissenen Augen und völlig aufgelöst vor ihr stand. »Du musst kommen, Oma Josefine ist komisch.« Er drehte sich sofort um und rannte wieder die Treppe hinunter, Annas Puls schnellte sofort in die Höhe, sie griff nach ihrem Schlüssel und folgte ihm.

Die Haustür hatte er offen gelassen, Anna lief ihm nach und entdeckte sofort Josefine, die kreideweiß und flach atmend in einem Sessel lag. »Frau Hansen?« Anna ging neben ihr in die Knie und nahm ihre Hand, um den Puls zu fühlen. Er war zu fühlen, wenn auch nur schwach. »Ist Ihnen übel? Kann ich etwas tun?«

Ein schwaches Stöhnen war die Antwort, Anna überlegte nicht lange.

»Felix, geh doch bitte mal zu Frau Schröder«, sie nahm das Telefon vom Tisch und wählte eine Nummer, »und warte da auf mich.«

Der Notarzt war nach acht Minuten da. Und noch während er Josefine untersuchte, stand Marie im Hausflur und rief mit leichter Panik in der Stimme: »Felix?«

»Ich bin hier, Mama«, seine Stimme klang kläglich, er stand neben Anna und Christa Schröder in deren Wohnungstür und starrte verängstigt auf die angelehnte gegenüber. »Muss Oma Josefine sterben?«

Bevor Marie antworten konnte, flog die Haustür wieder auf. »Wo ist …«, Jens blieb kurz stehen und sah Anna, Marie, Felix und Christa irritiert an.

Die deutete auf die Tür. »Der Arzt ist noch drin.«

Er schob die Tür auf und ging rein, Christa sah Marie besorgt an. »Ich habe ihn gleich angerufen, er ist ja der Einzige, den sie noch hat. Felix war bei ihr, sie sah vorhin schon so schlecht aus und dann …«

»Sie hat gesagt, ihr ist so schwindelig.« Felix liefen die Tränen übers Gesicht. »Ich habe sie doch nur gefragt, ob vier Monate viel sind.«

»Wieso vier Monate?« Marie sah Anna an, bekam aber keine Antwort, weil die Tür in diesem Moment aufging und zwei Sanitäter heraustraten. »Wir brauchen mal Platz«, sagte einer von ihnen. »Können Sie bitte den Flur freimachen?«

»Natürlich.« Christa öffnete die Wohnungstür. »Wir warten hier. Alle rein. Ich koche uns mal einen Tee. Und Jens wird uns gleich sagen, was los ist.«

Sie saßen das erste Mal alle zusammen um einen Tisch, obwohl sie schon seit Jahren in einem Haus wohnten. Und sie warteten alle zusammen auf die Rückkehr von

Jens aus dem Krankenhaus. Die Stimmung war zunächst gedrückt gewesen. Felix hatte auf Maries Schoß gesessen und leise geschluchzt, Anna hatte ihr Kinn auf die Faust gestützt und den Blick auf ein Gemälde gerichtet, das eine kitschige Berglandschaft zeigte, und Günter war erst mit irritiertem Gesichtsausdruck ins Wohnzimmer gekommen und hatte sich erst an den Tisch gesetzt, nachdem Christa ihn böse angesehen hatte. Christa hatte schließlich Tee und Kakao gekocht, Marie war eingefallen, dass sie noch Kuchen hatte, und Anna hatte ihren gesamten Vorrat an Aufschnitt und Käse für belegte Brote gespendet. Sie saßen schon über eine Stunde an diesem Tisch. Marie und Anna hatten sich leise unterhalten, Christa hatte Marie nach ihrem Job gefragt, Anna war erleichtert, dass die Frage nicht ihr galt, Günter sah dauernd auf die Uhr, bei jedem ankommenden Auto stand er auf und ging ans Fenster. Felix spielte mit der Kordel seines Kapuzenpullis, gedankenverloren, traurig, bis er plötzlich den Kopf hob und laut sagte: »Aber sie stirbt heute noch nicht, ich habe ihr versprochen, dass wir noch mal mit meinem neuen Schlitten fahren. Und Anna hat gesagt, in vier Monaten kommt Schnee und so lange wollte sie noch warten. Das hat sie gesagt, bevor ihr schwindelig geworden ist. Und Oma Josefine lügt mich nicht an.«

»Sie wollte dich auch nicht anlügen.« Marie strich ihrem Sohn die Haare aus der Stirn. »Aber Oma Josefine ist schon sehr alt. Und dann kann das ganz schnell gehen. Vielleicht möchte sie lieber vom Himmel aus zusehen, wie du Schlitten fährst. Vielleicht kann sie nicht mehr so lange warten.«

»Doch«, Felix nickte energisch. »Sie will noch auf den Schnee warten.«

Er rieb sich plötzlich die Augen und lehnte den Kopf an Maries Schulter.

Anna betrachtete ihn nachdenklich. »Vielleicht hätte man sie noch mal in den Schnee bringen müssen. Vielleicht hätte man einen Ausflug organisieren können.«

»Wollen Sie eine alte Frau auf einen Gletscher fliegen?« Günter sah sie an, als wäre sie nicht bei Trost. »Was ist das denn für eine Schnapsidee?« Er schüttelte den Kopf und beobachtete Felix, der trotz der vielen Menschen im Raum gerade einschlief. Er wünschte manchmal, er wäre auch noch Kind.

Draußen hupte ein Auto, er stand auf und ging ans Fenster. »Welcher Idiot … ach, das ist Jens.«

Er ging zur Tür, um zu öffnen, und kam mit einem besorgt wirkenden Jens zurück, der erstaunt in die große Runde sah. »Ach, es sind alle noch da?« Sein Blick blieb an Marie etwas länger hängen, er lächelte sie unvermittelt an.

»Und?« Christa konnte nicht so lange warten. »Was ist mit ihr?«

Jens lehnte sich an den Türrahmen und sah kurz zu Felix, der an der Schulter seiner Mutter eingeschlafen war. Marie nickte Jens zu. »Er schläft. Erzählen Sie ruhig.«

Jens hob die Schultern. »Die Ärzte wollen sie erst mal dabehalten, sie muss an den Tropf und soll ein bisschen aufgepäppelt werden.«

»Und was war es?« Christa reichte die Antwort nicht. »Kreislauf?«

»Ich glaube, sie will nicht mehr.« Jens antwortete leise. »Ich bin mir nicht sicher, ob sie es schafft. Es ist alles Mögliche, sie ist nicht sehr stabil, hat der Arzt gesagt. Ich hoffe nur, dass sie nicht lange leiden muss.«

Er musste niesen, Felix wurde wach. Sofort setzte er sich gerade hin. »Hast du sie wieder mitgebracht?«

»Schätzchen«, Maries Stimme war ganz ruhig, während sie ihm über den Rücken strich, »du musst jetzt nicht traurig sein, aber Oma Josefine ist so sehr müde und es kann sein, dass sie gar nicht mehr zurückkommt. Weißt du, vielleicht möchte sie einfach nicht mehr allein sein und freut sich, dass sie bald ihren Mann und ihre Freunde und ihre Katzen im Himmel wiedersehen kann.«

»Ja, schon«, Felix sah sie mit großen Augen an. »Aber jetzt noch nicht. Weil doch kein Schnee ist.«

»Was hast du denn immer mit dem Schnee?« Marie schüttelte den Kopf. »Wir haben doch noch Sommer. Es schneit noch lange nicht.«

»Dann will sie noch nicht in den Himmel«, stellte Felix fest. »Das geht noch nicht.«

Marie sah Jens entschuldigend an. »Er hat wohl geträumt.«

»Nein«, Jens lächelte traurig, »Josefine hat mir das auch gesagt. Sie wollte noch einmal den Schnee sehen. Und Schlitten fahren.«

»Aber wie?« Christa sah von Jens zu Felix, dann zu ihrem Mann. Anna hatte sie beobachtet.

»Und wenn wir mit ihr noch mal irgendwohin fahren, wo schon Schnee liegt? Es ist nur alles so weit, ich habe vorhin mal gegoogelt. Schnee gibt es jetzt nur auf Gletschern. Das kann sie ja nicht mehr.«

Jens schüttelte den Kopf. »Ausgeschlossen.«

»Schnee.« Günter sah in die Runde. Seine Frau hatte die Arme vor der Brust verschränkt. Sie hatte ihm vorhin gesagt, dass er ein unfreundlicher Mann geworden war, dass er sich nicht mehr um sie und andere Menschen kümmerte, dass er nichts mehr auf die Reihe bekam, dass er keine Ideen, keine Pläne mehr hatte, dass sie ihn verlassen würde, wenn er nicht endlich einmal beweisen würde, dass er immer noch der freundliche, spontane und wunderbare Mann wäre, den sie mal geheiratet hatte. Sie hatte es ernst gemeint. Er musste etwas ändern. Und plötzlich merkte er, dass Felix ihn voller Zuversicht ansah. Günter war nicht umsonst Abteilungsleiter einer Spedition gewesen. Wenn er irgendetwas konnte, dann war es Organisation. Und seine Frau hatte in vielem recht gehabt. Er stand auf und sagte: »Wenn Josefine nicht mehr auf den Schnee warten kann, dann holen wir ihn eben her. Wie können wir das hinbekommen? Anna? Ich sag mal du. Du siehst aus, als hättest du eine Idee …«

Am nächsten Tag stand Anna in ihrer besten Bluse unter dem braunen Jackett am Empfang der größten Eventagentur der Stadt. Die junge Frau sah sie irritiert an. »Sie brauchen das bis wann?«

»Morgen.« Anna lächelte sie an und schob ihr den Zettel über den Tisch. »Ich brauche das alles morgen.«

»Das schaffen wir nicht.« Entschlossen wurde der Zettel zurückgeschoben. »Das ist viel zu kurzfristig. Die Sachen hier sind nicht das Problem. Aber die Maschinen stehen ja nicht im Büro. Die müssten transportiert werden. Und es muss sich ja jemand vor Ort darum kümmern. Wir sind im Moment so dünn besetzt, zwei Kolleginnen schwanger, zwei haben Grippe, ich habe keine Ahnung, wie ich das bewerkstelligen soll.«

»Wo sind die Maschinen eingelagert?«

»In einer Halle im Industriegebiet. Aber wie gesagt, ich habe niemanden für den Transport. Das können Sie vergessen.«

In diesem Moment betrat eine andere Frau den Raum. Sie sah Anna freundlich an, dann fiel ihr Blick auf ihre Kollegin und deren abwehrende Gestik. »Um was geht es denn?«

»Ach, die Kundin möchte eine Winterparty organisieren. Aber sofort. Das klappt …«

Bevor Anna das korrigieren konnte, klingelte ihr Telefon. »Entschuldigung, ja … Anna Wegner … Ach, hallo Herr Schröder … wie? Ach so, ja, hallo Günter, nein, es ist nicht so einfach. Wir müssen Folgendes organisieren …«

Sie ging mit dem Telefon nach draußen.

»Das kriege ich hin. Gar kein Problem.« Günter lehnte sich zufrieden an das Regal im Baumarkt, in dem er gerade stand. »Wir haben hier so weit alles bekommen, ich rufe dann jetzt meinen alten Chef an und sage dir Bescheid. Aber der Rest geht klar, oder?«

Er hörte ihr zu, dann nickte er und meinte: »Fein. Dann sehen wir uns später. Viel Erfolg weiterhin.« Nach einem Blick auf Felix, der gerade mit großen Augen dem Baumarktmitarbeiter beim Sägen zusah, tippte er gleich die nächste Nummer. »Hallo Chef, hier ist Günter Schröder …« Nach dem Gespräch steckte er zufrieden sein Telefon in die Jackentasche und ging vor Felix in die Hocke. »So, mein Junge, der alte Onkel Günter hat gerade einen Lauf. Wie weit sind wir denn mit dem Holz?«

»Ich habe hier auch noch eine. Die ist vierzig Meter lang, ich habe keine Ahnung, wofür ich die mal gekauft habe, ausgepackt wurde sie nie.«

Marie stand mit der Lichterkette vor Christa, die vor einer großen Kiste hockte, auf der mit rotem Filzstift

»Weihnachten« stand. Sofort kam sie hoch und musterte das Paket, das Marie ihr hinhielt. »Wunderbar«, sagte sie. »Und ich habe hier vier verschiedene, dann kommen wir auf vierzig, fünfundzwanzig … egal, das sind über hundertfünfzig Meter. Perfekt. Die Birnen habe ich geprüft, dann brauchen wir keine neuen. Was ist mit den Fackeln?«

»Die wollte Anna besorgen.«

»Gut«, Christa nickte und stand auf. »Kaffee?«

»Gern.«

Zehn Minuten später beugten sie sich zusammen über eine Liste und hakten einiges ab. Als es an der Tür klingelte, sprang Christa auf. »Das ist bestimmt Jens. Hoffentlich hat er gute Nachrichten für uns, ich habe ein bisschen Angst, dass es nicht klappt.«

Verwundert bemerkte sie, dass Marie rot wurde und sich schnell über die Haare strich. Seltsam, sonst war sie so selbstsicher, jetzt sah sie aus wie ein schüchternes Mädchen.

»Alles in Ordnung?«

»Natürlich.«

Es war Jens, der vor der Tür stand, erleichtert stellte Christa fest, dass er gute Laune hatte. »Und?«

»Es sieht gut aus.« Jens lächelte und folgte ihr ins Wohnzimmer. Als er Marie dort sitzen sah, fing er an zu strahlen. Auch das registrierte Christa und war etwas erstaunt. Das hatte sie ja gar nicht mitbekommen, anscheinend bahnte sich hier eine kleine Liebesgeschichte an. Die beiden passten eigentlich ganz gut zusammen. Fragend sah sie Marie an, die ihrem Blick auswich und sich verlegen räusperte. Jens setzte sich langsam und fing erst an zu reden, als Christa ihn anstieß. »Ich bin auch noch da. Also, klappt es? Wie geht es ihr?«

»Ähm, ja«, er zwang sich zur Konzentration, und Christa war sich plötzlich sicher, dass er verliebt war. Entzückend fand sie das.

»Also, Josefine geht es etwas besser. Sie war die ganze Nacht am Tropf, sie ist noch müde und schwach, aber ich habe mit dem Arzt gesprochen und ihm erzählt, was wir vorhaben. Er hat grünes Licht gegeben. Ich glaube, er fand die Idee auch schön.«

»Die Idee ist großartig«, korrigierte Christa. »Und wir kriegen alles umgesetzt. Das war immer das Tolle an Günter, wenn er etwas anpackt, dann klappt das auch.«

»Apropos Günter«, Jens wandte sich ihr zu, »ich wollte da noch was mit ihm besprechen. Josefines Steuerberater hat ja die ganzen Jahre die Verwaltung für dieses Haus gemacht, also Abrechnungen, Organisation und alles. Er hört jetzt damit auf. Meinst du, dass Günter das übernehmen könnte? Er ist doch Rentner und kann organisieren. Und ich schaffe das nicht nebenbei.«

»Will Josefine das denn?«

Jens nickte. »Bestimmt. Aber das Haus gehört ja mir. Schon seit ein paar Jahren, sie hat es mir überschrieben. Und ich fände das eine gute Lösung.«

»Ach«, erstaunt sah Christa ihn an. »Und Günter hat schon gemutmaßt, dass du es erbst und anschließend verkaufst.«

»Bist du verrückt?« Jens lachte. »Ich verkaufe es doch nicht. Ich habe hier einen Teil meiner Kindheit verbracht. Meinst du, ich kann ihn fragen?«

»Unbedingt«, jetzt strahlte auch Christa. »Wirklich unbedingt.«

Am nächsten Tag rollte der erste Lastwagen rückwärts an die Grundstückseinfahrt. Felix hüpfte ungeduldig von einem Fuß auf den anderen und rannte los, als Günter aus dem Führerhäuschen stieg. »Na endlich«, er blieb vor dem Lastwagenfahrer, der jetzt auch ausgestiegen war, stehen und sah ihn an. »Hallo, ich bin Felix. Können wir sofort alles ausladen?«

»Aber klar«, der Mann sah auf ihn hinab und fragte: »Hast du gar keine Schule heute?«

»Heute ist Samstag.« Günter begann, die Plane aufzuknöpfen. »Und der junge Mann ist übrigens mein Kumpel und hier der Projektleiter. Weil er die Idee hatte.«

»Angenehm.« Der große Mann und der kleine Junge schüttelten sich ernsthaft die Hände. »Dann lass uns mal anfangen.«

Als Anna später die Straße entlangkam, standen bereits zwei Lastwagen vor dem Haus. Sie beschleunigte ihre Schritte und traf an der Haustür Christa, die mit einem Korb, in dem mehrere Thermoskannen standen, aus dem Hausflur kam.

»Sie sind ja schon da«, rief Anna ihr entgegen und Christa nickte zufrieden. »Bis jetzt klappt alles super. Die Planen sind bereits ausgerollt, die Beleuchtung ist fast fertig, jetzt haben sie mit dem Bau der Hütte angefangen, Günter hat seine ehemaligen Kollegen richtig auf Trab gebracht. Ganz nette Männer. Und sie sind zu acht.«

»Gut.« Anna blickte an ihr vorbei. Die hämmernden Geräusche waren bis auf die Straße zu hören, Anna lief zu der entstehenden Holzhütte. Vier Männer nagelten sie gerade zusammen, Felix hielt ihnen das Foto hin und reichte ab und zu ein Werkzeug hoch.

»Hallo.« Anna beugte sich über Felix, um das Foto

mit dem entstehenden Bauwerk zu vergleichen. Auf dem sehr alten Schwarz-Weiß-Foto sah man die junge Josefine mit ihrem damaligen Verlobten Herbert, die vor einem Stand mit dem Schild »Heiße Getränke« saßen und verliebt in die Kamera lächelten.

»Ja«, sagte Anna und musterte die Bauarbeiten, »genau so sah der aus. Wo ist Günter denn?«

Felix deutete nach links. »Der hilft Mama mit den Lichtern.«

Nach einem kurzen Blick auf die Uhr zog Anna ihr Telefon aus der Handtasche und wählte. »Hallo, Anna Wegner, ich bin jetzt vor Ort, Sie können dann die Bäume bringen. Ja, danke.«

Felix sah hoch und lächelte sie an. »Schön.« Sie nickte. Und hatte Herzklopfen, weil sie sich so freute.

Stunden später waren die beiden Lastwagen verschwunden. Josefines Mieter standen um das neu entstandene Holzhaus, vor dem Anna auf einer Leiter stand und mit großer Konzentration ein letztes rotes »e« malte. Sie lehnte sich zurück, um ihr Werk zu mustern, dann stieg sie zufrieden von der Leiter.

»Anna, ich muss sagen«, Günter nickte anerkennend, »du hast es getroffen. Sieht genau so aus. Heiße Getränke. Dieselbe Schrift wie auf dem Foto. Ganz prima.« Er nahm ihr den Pinsel ab und ließ ihn in ein Glas fallen, das Christa ihm hinhielt. »Danke.«

Seine Frau sah sich auf dem Grundstück um. »Wir sind fast fertig. Ich habe nicht so richtig dran geglaubt. Anna, das hast du toll gemacht.«

»Ohne Günter hätte ich das nicht hinbekommen«, antwortete Anna und hielt Günter die ausgestreckte Hand hin, die er sofort abklatschte. »Du bist der weltbeste Organisator. Chapeau. Und es ist ja wohl unmöglich, dass du mit deinen Fähigkeiten nichts mehr machst.«

»Ach, Anna«, Christa lächelte und küsste ihren Mann schnell auf den Mund, »wenn du wüsstest, wie recht du hast.«

»Hallo zusammen.« Marie kam durch den Garten, die Wangen gerötet, mit schnellen Schritten und einem verblüfften Blick. »Wow.« Sie blieb stehen und sah sich beeindruckt um. »Wie habt ihr das alles geschafft? Das ist ja … Wahnsinn.«

Stolz breitete Günter die Arme aus. »Ja. Das ist es, oder? Wir haben Hilfe von acht ehemaligen Kollegen gehabt. Mein alter Chef hat uns zwei Umzugswagen für den Transport zur Verfügung gestellt und die Kollegen haben ihren freien Tag geopfert. Es hat alles geklappt für den großen Tag. Jetzt werden morgen früh die Maschinen angestellt und dann kann es losgehen.«

»Und ich habe auch gute Nachrichten.« Marie strahlte alle an. »Erstens geht es Josefine besser, ich war mit im Krankenhaus und …«

»Du warst mit im Krankenhaus?« Christa fragte mit einem wissenden Lächeln nach. Marie stockte, dann sagte sie: »Ja, ähm, das Auto, also Jens' Auto ist nicht angesprungen, da habe ich ihn schnell gefahren.«

»Wieso war Jens denn bei dir?«, fragte Felix und sah sie arglos an. Sie wuschelte ihm schnell durch die Haare und meinte: »Den habe ich, also wir haben uns eher zufällig getroffen. Jedenfalls kann er Josefine morgen Nachmittag abholen. Und das Allerbeste habe ich gerade in den Nachrichten gehört: Heute Nacht zieht ein Tief über den Norden, es gibt Regen, der aber morgen früh aufhört, der Himmel bleibt bedeckt und die Temperatur geht nicht über zehn Grad.«

»Das ist gut«, Anna atmete tief ein, »sogar sehr gut. So. Und jetzt lasst uns noch den Rest machen. Damit es morgen nur noch schneien muss.«

Josefine träumte. Sie packte einen Koffer. Alle ihre Lieblingskleider kamen hinein. Es war komisch, sie packte und packte, aber der Koffer wurde überhaupt nicht schwerer. Das war schön. Herbert kam durch den Raum, streichelte ihren Rücken und sagte, dass sie die rote Mütze und die roten Handschuhe mitnehmen sollte. Es würde schneien. Die ganze Zeit würde es schneien. So lange sie wollten. Das wäre da so. Er habe es selbst kaum fassen können, so schön sei es gewesen. Schnee und Sonne. Wie an dem Tag, an dem sie sich das erste Mal gesehen hätten. Josefine freute sich. Auf die Schneeflocken. Und das Schlittenfahren. Der Schlitten. Da war noch etwas anderes. Es fiel ihr nicht ein. Sie musste nachdenken. Was war es nur? Plötzlich blitzte ein Bild vor ihr auf. Ein kleiner Junge. Große, ernste Augen. Felix. Er hatte einen Schlitten. Und sie hatte ihm versprochen, noch einmal mit ihm darauf zu fahren. Das musste sie noch tun. Sie musste es Herbert sagen. Er sollte noch einen Moment warten. Nicht mehr lange. Nur einen Moment. Ein paar Monate gegen all diese Jahre, das war doch nur ein Moment. »Herbert? Kommst du mal? Herbert?«

Er streichelte ihre Wange. Immer wieder. Beruhigend. Aber wieso antwortete er nicht? »Herbert?«

»Josefine? Ich bin es. Wach auf.«

Sie öffnete die Augen, war ganz verwirrt und sah sich um. Sie war gar nicht in ihrem Schlafzimmer. Sie war in einem fremden Raum. Im Krankenhaus, es fiel ihr wieder ein. Und vor ihr saß nicht Herbert, sondern Jens. Mühsam lächelte sie ihn an. »Oh, du bist es. Ich habe geträumt. Es war schön.«

Er strich ihr über die Hand. »Lust auf einen Ausflug?«

»Was?« Sie versuchte, sich aufzusetzen, es fiel ihr schwer, Jens half ihr. »Was für einen Ausflug?«

»Eine kleine Überraschung. Sie wird dir gefallen.«

Josefine sah ihn fragend an. Dann fiel ihr Blick auf den Rollstuhl, der neben ihr stand. »Jetzt?«

Er nickte. »Jetzt.«

Einige Zeit später saß Josefine neben Jens auf dem Beifahrersitz und fuhr mit ihm durch die Stadt. Es war nicht viel los, heute war Sonntag, der Himmel war bedeckt, nach all diesen schönen Spätsommertagen war es der erste kühlere Tag. Josefine war froh. Sie mochte nicht mehr in die Sonne sehen, sie tat ihr in den Augen weh und machte sie schwindelig. Sie war sehr müde und wollte Jens nur diesen Ausflug nicht abschlagen. Aber wenn sie ehrlich war, hätte sie lieber weitergeträumt.

»Wohin fährst du?«

»In ein Winterwunderland.« Jens sah sie an. »Du wirst es gleich sehen.«

Erstaunt erkannte sie plötzlich, wo sie waren. Die Kirche, die Sparkasse, der Supermarkt, sie waren auf dem Weg nach Hause. Sie verstand es zwar nicht, aber sie freute sich trotzdem. Das Auto bog um die Kurve, da war ihr Haus, ihr Vorgarten, Jens parkte vor der Tür. Niemand war zu sehen, alles schien verlassen.

»Warte einen Moment«, sagte Jens, stieg aus, holte den Rollstuhl aus dem Kofferraum und kam damit zur

Beifahrerseite. Josefine sah auf die Metalllehne. »Da will ich nicht rein«, sagte sie. »Ich will gehen.«

»Okay.« Jens ließ den Stuhl einfach stehen, half ihr beim Aussteigen, wartete, bis ihr Stand sicherer wurde, dann schob er ihren Arm um seinen und ging mit langsamen Schritten aufs Haus zu. Josefine blieb einen Moment stehen, sie hörte ein lautes Geräusch, das plötzlich verstummte. »Was war das?«

Jens zuckte mit den Schultern. »Keine Ahnung. Ich höre nichts.«

»Und da ist auch Musik.« Josefine blieb wieder stehen. Sie hatte gute Ohren, es hörte sich an, als wäre sie auf einem Weihnachtsmarkt. »Ich höre doch Musik.«

»Vielleicht die Nachbarn.«

Sie gingen weiter. Aber Jens dirigierte sie nicht zur Haustür, sondern am Haus vorbei. Sie passierten das Gartenhaus, kamen um die Ecke und standen plötzlich vor einem Winterwunder. Josefine entfuhr ein leiser Schrei. Mit aufgerissenen Augen betrachtete sie das abfallende Grundstück hinter ihrem Haus. Es war schneebedeckt. Nicht nur der Rasen und die Beete, auch die zahlreichen kleinen Tannenbäume, die den Hang rechts und links wie eine Piste begrenzten. Josefine hatte diese Bäume noch nie gesehen. Am Fuß des Hangs stand eine Holzhütte. Die hatte sie schon mal gesehen. Es war lange her, aber sie sah noch genauso aus. Rechts und links davon lagen Strohballen, auf denen Leute saßen. Josefine kniff die Augen zusammen, bis sie Christa und Günter erkannte. Sie trugen beide Mützen. Dabei war es gar nicht so kalt. Aber der Schnee. Der ganze Schnee. Er war überall. Auf dem Dach der Hütte, in den Bäumen, auf dem Weg. Ihr stiegen die Tränen in die Augen. Sie sah nach rechts. Hinter dem Zaun standen seltsame Maschinen, sie wusste gar nicht, was das war. Sie drehte sich wieder zur Hütte. »Heiße Getränke«. Sie ging unsicher ein Stück nach vorn, Jens verstärkte den Druck unter ihrem Arm, damit sie nicht ausrutschte, ihre Schritte hinterließen Spuren im Schnee. Das Holzhaus war mit Lichterketten geschmückt, sie bemerkte sie erst jetzt, es war noch nicht dunkel genug. Hinter dem Tresen der Hütte stand Anna und lächelte ihr entgegen. Jetzt sah Josefine auch die brennenden Fackeln, die den Weg säumten. Es roch nach heißem Wachs, nach Schnee, nach Punsch. Und dann kam Felix. Er trug eine blaue Pudelmütze, er hatte Schnee in den Haaren und auf der Jacke. Er grinste sie übers ganze Gesicht an und zog einen Schlitten hinter sich her. Einen Schlitten, auf den ein Kissen gespannt war, der sogar eine kleine Lehne hatte. Felix blieb vor ihr stehen. Er hob den Kopf, zwinkerte ein bisschen Schnee von den Wimpern und sah sie dann mit seinen großen, ernsten Augen an. »Oma Josefine. Möchtest du jetzt mit mir Schlitten fahren?«

In der Dämmerung leuchteten die zahlreichen Lichterketten, nicht nur vom Dach der Hütte, sondern auch aus der Hecke und von den Bäumen. Sie hatten sich alle vor der Hütte versammelt, saßen auf den Strohballen und auf den Bänken, die Anna bei der Eventagentur abgeholt hatte. Christa und Günter hielten Händchen, wie selbstverständlich, obwohl sie das lange nicht mehr gemacht hatten. Jens und Marie ebenfalls, aber noch versteckt und mit glücklichen Gesichtern. Anna stand mit Margret an der Seite, beide hielten ein Glas Sekt in der Hand. Margret war die Inhaberin der Eventagentur, die so beeindruckt von Annas Willenskraft und ihren Ideen gewesen war, dass sie sich diesen Winterzauber selbst ansehen wollte. Sie war begeistert. Einige der helfenden Kollegen waren Günters Einladung gefolgt, standen jetzt um einen großen Eisengrill und warteten darauf, dass die Würstchen fertig wurden.

Josefine lag in eine Wolldecke gehüllt, ein bequemes Kissen unter ihrem Kopf, auf einer Gartenliege neben den Fackeln und dem Lagerfeuer. Günter hatte zwischendurch noch einmal die Schneekanonen angeworfen, hatte gewartet, bis wieder überall frischer Schnee lag, dann hatten sie Josefine auf den Schlitten geholfen. Felix hatte sich hinter sie gesetzt, seine Arme um ihren zierlichen Körper geschlungen und laut gejuchzt, als sie zusammen den kleinen Hügel hinabgefahren waren. Der Schnee knirschte unter den Kufen, die Lichter funkelten, es roch nach Tannen und Punsch, sie hörte die leise Musik, roch die Holzkohle des Grills, hörte die leisen Stimmen und war erfüllt von einer großen Ruhe und Freude. Dreimal waren sie Schlitten gefahren, bevor Josefine Felix umarmt und ihm gesagt hatte, dass er sie sehr glücklich gemacht hatte.

Bevor Marie angeordnet hatte, dass er jetzt ins Bett müsse, hatte er sich noch einmal vor sie gehockt und ihr einen Schneeball in die Hand gelegt. Josefine hatte ihm über die Wange gestrichen und gesagt, dass heute einer der schönsten Tage ihres Lebens gewesen sei. Er hatte gelächelt. Und dann hatte sie seine Hand genommen und gesagt: »Und weißt du was, Felix? In jedem Winter beim ersten Schnee musst du dir vorstellen, dass die erste Schneeflocke, die du im Gesicht spürst, ein kleiner Kuss von mir ist. Und jetzt schlaf gut und träume den schönsten Traum deines Lebens.«

Er hatte sich noch einmal umgedreht und die Hand zum Gruß gehoben. Danach war er im Haus verschwunden.

Und jetzt lag sie hier, gemütlich zugedeckt, mit geschlossenen Augen, lauschte den leisen Stimmen um sie herum, hörte das Angebot, das die Frau aus der Agentur der freundlichen Anna machte, die es annahm, weil sie sich genau das gewünscht hatte. Sie hörte die zärtliche Stimme von Jens, der mit Marie flüsterte. Josefine konnte nicht verstehen, was er sagte, aber sie hatte schon im Krankenhaus gemerkt, dass hier seine Liebe war. Es war so schön, ihn mit der wunderbaren Marie und auch noch Felix ein neues Leben beginnen zu wissen. Und Günter und Christa, die Guten. Günter würde sich jetzt um alles kümmern, was das Haus anging, es war somit in guten Händen.

»Sie schläft«, hörte sie Jens leise sagen und spürte seine warme Hand auf ihrem Kopf. Er war ein toller Junge. Sie hoffte, dass er nicht zu lange traurig sein würde.

Josefine öffnete die Augen, sah in den Himmel und dann in den Schnee, der um sie herum lag. Ihre Hand sank nach unten, ihre Finger fühlten den kalten Schnee. Sie lächelte. Und dann hörte sie endlich seine Stimme: »Liebes, hast du jetzt alles? Dann kannst du doch kommen.«

Herbert stand da. Zwischen den schneebedeckten Tannen am Hügel. Josefine sah die Schneeflocken in seinem Haar. Er lächelte das schönste Lächeln der Welt. Und sah sie an. Mit seinen klaren, freundlichen Augen, in denen so viel Liebe war. Dann streckte er ihr die Hand entgegen, nickte auffordernd und freudig. Josefine erhob sich, leise und langsam, damit es keiner merkte. Sie schob die Wolldecke zur Seite, das Kissen weg und stand auf. Ihre Füße standen im Schnee, sie konnte wieder laufen, sie empfand keinen Schwindel, keine Schmerzen.

Sie ging zu Herbert, gleich konnte sie ihn anfassen, auf dem Weg drehte sie sich noch einmal um und blickte zurück. Ein Winterzauber. Von Freunden gezaubert. Sie lächelte ihnen zu und flüsterte: »Danke.« Dann endlich spürte sie Herberts Hand.

AXEL HACKE

Zuhören

Einer alten Freundin ging es lange Zeit nicht gut. Wir telefonierten oft, weil sie weit entfernt lebte. Das ist lange her. Ich hörte ihre Klagen und redete viel, sprach auf sie ein im Willen, zu erklären, dass sich alles finden werde, dass sich Lösungen abzeichneten, dass man solche Phasen im Leben habe, dass ich das von mir selbst kennte.

Irgendwann sagte sie: »Du sagst immer so viel. Aber manchmal will ich doch einfach nur erzählen, wie es mir geht.«

Ich begriff, dass Trost oft allein im Zuhören besteht, in der Möglichkeit, etwas zu teilen, und in der Fähigkeit, überhaupt erst einen Raum zu schaffen für den, der des Trostes bedarf, Platz für seinen Kummer. Wenn man zu viel sagt, kann das heißen, dass man nichts hören will, alles schon weiß oder zu wissen glaubt, keine Zeit hat. Dass man will, dass es vorbei ist, obwohl es nicht vorbei sein kann.

Es geht um die Ungeduld der Zeit, in der wir leben.

»Wir verdichten alles, versuchen, jede Sekunde mit etwas zu füllen«, hat der Psychoanalytiker Jakob Johann Müller in einem vom *ZEITmagazin* mit ihm und seiner Lebensgefährtin Cécile Loetz, ebenfalls Analytikerin, geführten Gespräch gesagt. »Wir lassen keine Pausen mehr, wir hören den anderen nicht mehr zu, und wir hören auch uns selbst nicht mehr zu. Selbst in der Psychotherapie und der Psychiatrie wird das Zuhören eingeschränkt, weil es vermeintlich überflüssig ist, stattdessen gibt es Apps oder Medikamente. Ich glaube, dass die stark steigende Rate von Depressionen auch damit zu tun hat, dass ganz viel des täglichen Austauschs, des Einander-Zuhörens, weggefallen ist.«

Denn ist es nicht so? Erst wenn dir jemand zuhört, kannst du, was du erlebt hast und was in dir rumort, zu einer Geschichte formen, und erst, wenn du es zur Geschichte geformt hast, kannst du es ablegen, und erst, wenn du es abgelegt hast, bist du frei, dich für etwas Neues zu entscheiden, weil du kein Gefangener der alten Geschichte mehr bist.

So etwa.

Ich wusste das eigentlich aus meiner Zeit als Zeitungsreporter, aber wirklich begriffen hatte ich es nicht. Ich war in den Jahren der *Wende* 1989, 1990, 1991 viel in Deutschland unterwegs, um Reportagen über die Veränderungen des Lebens zu schreiben, den Alltag der Menschen in Ostdeutschland, darüber, wie schwer es ihnen fiel, zu verstehen, was mit ihnen geschah, und darauf zu reagieren, sich im neuen System zurechtzufinden und ihr vergangenes Leben im alten Staat zu betrachten.

Ich saß zusammen mit Menschen, die in der DDR Funktionäre, Gefängniswärter, Kohlenhändler, Sparkassenfilialleiter, Lehrer, Schokoladenfabrikdirektoren, Busfahrer gewesen waren. Sie alle waren zunächst still, skeptisch – und erst als sie merkten, dass ich mich *wirklich* für ihr Leben interessierte, dass ich nichts anderes wollte, als ihnen zuzuhören, begannen sie zu sprechen. Oft begann ein Redefluss, der erst endete, wenn ich nach

Stunden auf meine Uhr schaute und das Gespräch beendete, weil ich weitermusste.

Durch das Zuhören öffnete sich ein Raum, den die Leute für sich nutzten. Und für mich war dieser Raum auch da, denn ich brauchte ihre Geschichten für meine Reportage. Ich hörte nicht uneigennützig zu, sondern aus egoistischen Motiven. Ich lernte jedoch, wie gerne Menschen sich öffnen, wenn sie das Gefühl haben, dass jemand sich für sie interessiert. Und so war es auch, ich interessierte mich *tatsächlich* für das, was sie zu erzählen hatten. Es faszinierte mich weit über meine schiere Funktion als Zeitungsmann hinaus.

Zuhören: Ich glaube, das erklärt, warum ich den Humor und die Heiterkeit Loriots oder Sempés oder Woody Allens immer als tröstlich empfand und warum es so vielen anderen Menschen ebenso ging. Man hatte das Gefühl, jemand habe zugehört, uns und dem Leben überhaupt. Er habe nicht mechanisch an irgendeiner komischen Geschichte gestrickt, sondern vorher die Ohren offen gehabt für sich selbst und damit auch für alle anderen, denn wir teilen mehr vom Leben, als wir denken.

Heiterkeit dieser Art vermittelt das Gefühl: Du bist nicht allein, ich weiß, wie es dir geht – und hier ist ein Weg, der zu etwas Besserem führt.

Aber nun: Kann es sein, dass ich in den Telefonaten mit meiner Freundin verständnisvoll wirken wollte durch mein Gerede – es aber nicht war?

»Verständnisvoll: das Wort selbst sagt es schon«, schreibt der belgische Essayist David Van Reybrouck in einem Text, der *Ode an den Trost* heißt. »Was voll ist, kann nichts mehr aufnehmen.«

Er schreibt weiter: »Trost ist weniger eine Frage des

Gewährens als des Gewährenlassens: Raum schaffen, Luft zulassen.« Er zitiert den Titel der Dissertation der an der Universität Leiden lehrenden Literaturwissenschaftlerin Yra van Dijk, *Leegte, Leegte die ademt,* also *Leere, Leere, die atmet.* Es geht darin um das typographische Weiß in der modernen Lyrik, den leeren Raum um den Text und die Funktion, die dieser leere Raum für die Poesie hat, der ihr eine Ausdehnung über die Zeilen hinaus ermöglicht, aber auch Platz schafft für die Assoziationen der Leserin.

Reybrouck schreibt weiter über die verschiedenen Formen des Trostes: »Ob es das ist? Die Leere, die atmet, das Weiß, das zuhört? Manchmal tröstet zuhören mehr als reden. Manchmal ist Neugier respektvoller als Diskretion. Nicht im Sinne journalistischer Aufdringlichkeit, sondern schrankenloser Aufgeschlossenheit. Vorfühlen, nicht nachbohren.« Und schließlich, wenige Seiten später: Manchmal sei es »ein größerer Trost, sich verstanden zu fühlen, als aufgemuntert zu werden«.

Unvermeidlich, bei dieser atmenden Leere nicht an Sempé zu denken, die großen weißen Stellen in vielen seiner Zeichnungen und um seine Zeichnungen herum.

Trost hat also eine Menge Möglichkeiten, aber eines ist immer wichtig: dass er nichts verdrängt, sondern die Kalamitäten und das Leiden des zu Tröstenden akzeptiert, aufnimmt und verarbeitet, zu verarbeiten hilft. Das ist die grundlegende Voraussetzung. Und wenn die erfüllt ist, kann man jemandem, der in tiefen Problemen steckt, vielleicht sogar helfen, indem man ihm aus einem Witzbuch vorliest, ihn ins Theater zu einer Molière-Komödie mitnimmt, auf das schöne Wetter hinweist oder ermahnt, das Jammern helfe nicht weiter. Mag sein, dass dies die Leiden lindert, durch Ablenkung.

Einem meiner besten Freunde, der an einer schmerzvollen und schließlich tödlichen Krankheit litt, war immer beizuspringen, indem man ihm ein gutes Essen machte oder gemeinsam ein Fußballspiel anschaute.

Aber es war nicht das, was unter Trost zu verstehen ist.

Trost war: ihm zuzuhören, den Versuch zu machen, ihn zu verstehen, ihm zu sagen, dass man im Rahmen des Möglichen mit ihm litt, ihm das Gefühl zu geben, dass man ihn verstand, seine Hand zu halten, als es zu Ende ging.

Beistand ist ein schönes Wort. Alle seine Freundinnen und Freunde standen ihm in jenen Jahren bei, jeder so gut er konnte, die eine durch schieres Dasein, der andere durch Einkaufen und Fahrdienst zum Arzt, die Nächste, indem sie ihn zu einem Fest begleitete, das ihm wichtig war, wieder andere, indem sie ihn in Fußballdebatten verwickelten.

Irgendwann in all den Jahren ging es auch mir eine Weile lang miserabel.

»Lieber Freund«, schrieb ich ihm einmal am Tag vor seinem Geburtstag aus Italien, »ich bin ein bisschen traurig, dass ich es morgen nicht schaffe, vor allem aber macht es mir wirklich ein schlechtes Gewissen, dass ich Dir dauernd etwas vorjammere, was mein Leben angeht. Das ist eigentlich unangemessen, vor allem angesichts Deiner Lage. Ich hoffe einfach, dass sich alles ein bisschen bessert und vor allem, dass wir uns bald sehen, wenn ich wieder zurück bin.«

»Das ist ja absurd«, schrieb er zurück. »Ich empfinde es genau andersherum. Nämlich, dass ich Dich ständig belagere mit meinen Gesundheitsproblemen. Ich bin froh, wenn wir die Rollen tauschen können und ich auch

Dir mal zuhören kann. Ich wünsche Euch jedenfalls aus tiefer Seele ein bisschen Entspannung. Und danach freu ich mich auf ein Wiedersehen in etwas fröhlicherer Stimmung.«

Oft half es, seinen Blick zu wenden. Er war ein Mensch, der mit seinen Gefühlen rasch auf die abschüssige Bahn geriet und dann in tiefer Traurigkeit versank, hadernd mit seinem Leben, der Trennung von seiner Frau, dem Scheitern beim Aufbau dessen, was er ersehnt hatte: eine harmonische Familie, ein Häuschen im Grünen. Man hörte ihm am besten eine Weile einfach zu.

Ja, sagte ich aber irgendwann, da hast du recht, damit bist du in den Graben gefahren, verstehe. Übrigens stehst du damit nicht allein, das geht nicht wenigen so. Beziehungen scheitern, Menschen werden krank.

Andererseits hast du manche Jahre im Glück gelebt, du hattest ja eine Familie, auch wenn sie zerbrochen ist, doch vorher war sie heil. Und du hattest viel Erfolg im Beruf und bist nicht allein jetzt, denn eines deiner größten Talente ist das zur Freundschaft.

Es waren *Sieh-es-doch-mal-so-Gespräche*, Vorschläge, das Leben von einer anderen Seite zu sehen, von der des Gelungenen. Mit Positivdenken hat das nur insofern zu tun, als es darum geht, sich nicht ins Negative fallen zu lassen, sondern das Gute im eigenen Leben nicht zu vergessen. Dazu neigt man manchmal. Bei meinem Freund war es jedenfalls so, und bei mir ist es das bisweilen auch.

Eines Tages landete er wieder einmal im Krankenhaus. Von dort schrieb er eine SMS: »Bin in Klinik. Gestern Nacht mit RKW. Werde aber überleben und mich für die deutsche Nationalmannschaft der Von-der-Schippe-Springer qualifizieren. *So long.*«

Das würde ich heiter nennen.

Testamentarisch verfügte er, in seiner Todesanzeige habe zu stehen: *C'est la vie!*

ELKE PISTOR

Schokolade

»Schokolade hilft immer.« Dein Lieblingssatz für alle Lebenslagen. Und aus irgendeiner der zahlreichen Taschen holst du ein Stück heraus und streckst es mir entgegen. Den Spruch hast du dir von deiner Lieblingstante Monika abgeschaut. Sie hatte auch immer und überall Schokolade dabei. Immer die dunkle. Zartbitter. Das süße Zeug sei etwas für Anfänger, hat Monika immer gesagt. Das Stück in deiner Hand ist dunkel, fast schwarz. Die Oberfläche so glatt, dass sich der Himmel darin spiegelt. Ich kann den Kakaoduft riechen. Wir sitzen auf dem äußersten Rand des Bootsstegs, stützen uns mit hochgezogenen Schultern ab und lassen die Beine baumeln. Schauen über die Weite des Wassers. Es ist windstill. Unter uns gluckern kleine Wellen gegen die Bohlen. Ein Fisch springt zwischen den angelegten Booten. Weit voraus umkreist ein kleines Motorboot die Insel, die wir von unserem Platz aus sehen können. Es bleibt nur für wenige Minuten in unserem Blickfeld. Dann verschwindet es hinter der Insel. Ich kneife die Augen zusammen, um es bis zum letzten Moment sehen zu können. Wir schweigen, horchen dem immer leiser werdenden Motorengeräusch nach und wissen, wie lange wir zählen müssen, bis das Boot wiederkehrt, weil wir bereits ungezählte Male hier gemeinsam gesessen und Boote haben kreisen sehen.

Ich nehme das Stück Schokolade, schiebe es in meinen Mund. Zartbitter. Bittersüß. Wie passend, denke ich, sage es aber nicht. Stattdessen nutze ich die Gelegenheit, weiter zu schweigen. Lasse, statt zu reden, die Schokolade in meinem Mund schmelzen, zergehen. Drücke den Rest an meinen Gaumen und spüre, wie die Masse zwischen meine Zähne zieht.

»Ich mag diesen Ort«, sagst du und ich nicke, immer noch den letzten Schokoschlieren in meinem Mund nachspürend, wie sie meine Zunge lähmen. »Es ist so still hier«, sagst du und legst den Kopf auf meine Schulter. Das Gefühl ist ungewohnt, denn sonst bin ich es, die den Kopf an deine Schulter lehnt. Wie man das so macht unter Schwestern. Die Kleine und die Große. Nur wir beide. Zwei Schwestern. Ich schließe die Augen, horche und gebe dir recht. Es ist still. Obwohl die Vögel zwitschern und obwohl das Wasser plätschert und obwohl der Wind die Blätter an den Uferbäumen zum Sirren bringt. Die Geräusche der Natur hüllen uns wie ein warmer Mantel ein.

Dass wir Geschwister sind, sieht man nur, wenn unsere Eltern dabei sind. Unser Vater, hell und hochgewachsen, unsere Mutter, dunkel und zierlich. Du bist wie er, ich bin wie sie. Du bist sechs Jahre älter als ich. Seit ich denken kann, bist du da. Meine große Schwester. Die sich mit mir gestritten, die mich heiß geliebt, die mich geärgert und beschützt hat. Die stolz auf mich war und der ich peinlich war. Meine große Schwester. Die, die ich beneidet, gehasst und abgöttisch verehrt und geliebt habe. Ich kann mir nicht vorstellen, wie es ohne dich wäre.

»Du wirst es schaffen«, sagst du. »Du bist stark.«

»Nein«, sage ich und meine beides.

»Wenn es nicht mehr geht, kommst du einfach hierher. An diesen Steg, hängst deine Beine ins Wasser und schaust in die Wolken«, sagst du.

»Wie früher.«

»Wie früher«, wiederholst du, nickst und lächelst. Ich weiß, woran du jetzt gerade denkst, weil ich es auch tue. Du, ich, wir beide denken an unsere ungezählten Kindheitssommer. Warme, fröhliche, unbeschwerte Urlaubswochen, die wir bei den Großeltern im Land unseres Vaters verbrachten. Sonnige Tage an den kiesigen Stränden des Sees, die Körper voller Sand und Kiefernnadeln, die Münder voller Blaubeeren. Wir schaukelten hoch oben auf dem Heuwagen, ritten auf Kühen, scheuchten die Hühner. Tage wie in Kinderbüchern. Endlose Zeit.

Jetzt ist es Frühjahr und wir sind schon lange keine Kinder mehr. Die Bäume auf den Hügeln über dem See lassen das kommende Grün erst erahnen. So früh im Jahr waren wir noch nie hier. Wir sind gekommen, weil dieser Ort uns Geborgenheit, Schutz und Trost gibt.

»Hier, an dieser Stelle, möchte ich sterben«, sagst du und ich weiß, es ist keine Floskel. Denn darum geht es. Ums Sterben. Um dein Sterben. Um mein Dabeisein. Ich habe Angst. Vor beidem.

»Du stirbst noch lange nicht«, sage ich deshalb hastig.

Du sagst nichts, wendest dich ab, bevor du dein Gesicht doch wieder zu mir drehst. Ich sehe die Schatten unter deinen Augen. Der Briefumschlag in deinen Händen knistert. Du hast ihn von deinem Arzt aus Deutschland bis hierher mitgebracht. Wolltest kein Gespräch, nur den Umschlag. Hast versprochen, dich direkt bei deinem Arzt zu melden, sobald du den Bericht gelesen hast. Er war die Fahrt über in deinem Koffer, im Auto, auf der Fähre. Ich wusste, dass du ihn dabeihast, habe seine Existenz körperlich gespürt und ignoriert, wie man einen winzigen Kiesel im Schuh ignorieren, aber nie vollkommen vergessen kann. Solange der Umschlag noch verschlossen bleibt, ist alles möglich.

»Erinnerst du dich an Monikas Beerdigung?«, fragst du unvermittelt und kicherst.

»Oh ja!« Ich lache bei der Erinnerung und als Reaktion auf deine plötzliche Fröhlichkeit, obwohl mir nicht danach ist. Aus deinem Kichern wird ein Prusten. »Dein Gesicht werde ich niemals vergessen. Dieser Moment, als es passierte.«

Ich verdrehe die Augen.

Du schnappst nach Luft. »Es war aber auch zu komisch.«

»Das fand ich in diesem Moment ganz und gar nicht.«

»Da hattest du dich einmal gegen Mama und Papa durchgesetzt. Zum ersten Mal, wenn ich mich richtig erinnere. Und dann so was.«

»Ich habe nicht eingesehen, warum nur Männer Sargträger sein durften. Frauen können das genauso gut.«

»Es waren die Neunziger. Wir haben drei Abende am Abendbrottisch deswegen dicke Luft gehabt. Aber ich war sehr stolz auf dich, dass du diesen Kampf ausgefochten hast.«

»Du hättest mich ruhig unterstützen können.«

»Du brauchtest meine Unterstützung nicht. Du hast das hervorragend allein hinbekommen.« Sie stupst mich mit dem Ellbogen an. »Außerdem – als große Schwester habe ich so viel von den Eltern erkämpft, von dem du nachher profitiert hast. Da konntest du ruhig auch mal etwas zu beitragen.«

»Ich glaube, es war nicht nur meine Sturheit, die zum Erfolg geführt hat. Es fehlten schlicht starke junge

Leute. Zwei Neffen, zwei Nachbarssöhne. Zwei zu wenig. Also mussten wir ran, ob es Mama und Papa passte oder nicht.«

»Es passte ihnen ganz und gar nicht. Und dem spießigen Pfarrer schon mal gar nicht. Ausgerechnet auf Monikas Beerdigung zum ersten Mal Mädchen als Sargträger im Dorf.« Wieder lachst du frei und unbeschwert, brichst dir ein Stück Schokolade ab, wirfst es hoch und fängst es geschickt mit dem Mund auf. Diesen Moment, dieses Bild von dir, möchte ich in mein Gedächtnis brennen.

»Dieser Kunstrasen, mit dem der Bestatter den Rand des Grabes ausgelegt hatte, war nicht nur ausgesprochen hässlich, sondern auch verdammt rutschig.« Ich schaue ins lehmig blaue Nichts des Wassers und sehe die Szene wieder so deutlich vor mir, als lägen nicht dreißig Jahre dazwischen. Wie die jungen Männer in ihren viel zu großen Anzügen und wir beide in schwarzen Kleidern mit schwarzen Blazern darüber, gefalteten Händen und andächtig gesenkten Köpfen links und rechts der Grube aufgereiht standen, den Sarg in der Mitte. Der schöne Blumenschmuck. Der betende Pfarrer davor, den Sprengel mit dem Weihwasser schwenkend, der Bestatter einen Schritt hinter dem Grab, bereit, die Stützen wegzuziehen und den Sarg abzusenken.

Es war der heißeste Tag des Sommers 1996, mitten im Juli. Ich weiß nicht mehr, wie viele Trauergäste auf dem kleinen Friedhof erschienen waren, nur, dass sich die Schlange endlos von dem kleinen Stichweg, an dem das Grab lag, über den breiten Hauptweg bis an die Trauerhalle wand. Es müssen mehr als hundert Menschen gewesen sein. Monika, die Schwester meiner Mutter, war nicht verheiratet gewesen, hatte keine eigene Familie gehabt, aber den kleinen Lebensmittelladen in unserem Dorf geführt. Sie hatte im Kirchenchor gesungen, sich bei den katholischen Frauen wohltätig engagiert und mit gleich zwei Kegelclubs regelmäßig die Kneipe unsicher gemacht. Sie hatte auf jeder Kirmes und jedem Schützenfest getanzt, keine Einladung ausgeschlagen und keine Party verpasst. Alles gemeinsam mit Anneliese, ihrer besten Freundin, wie Monika sie nannte, weil anderes zu dieser Zeit für die Frauen ihrer Generation unaussprechlich war. Anneliese wich nie von ihrer Seite. Auch nicht, als es ans Ende ging.

Ein viel zu frühes Ende, mit dem niemand gerechnet hatte. Am allerwenigsten Monika. In unserer Familie starben die Menschen im hohen Alter weit in den Neunzigern, nicht an Krankheiten, die einen, wie es immer hieß, viel zu früh dahinrafften. Siebzig war kein Alter zum Sterben, hieß es. Vielleicht war Monika deswegen nicht zum Arzt gegangen? Weil sie dachte, es sei nicht notwendig? Als sie ging, war es zu spät, und es blieb ihr nichts, als sich zu wundern, wieso es sie getroffen hatte.

Du bist heute fünfundfünfzig und Monika in vielem so ähnlich.

An diesem heißesten Tag des Sommers 1996, dem Tag von Monikas Beerdigung, schien es, als wäre das ganze Dorf gekommen, um mit ihr ein letztes Mal zu feiern. Über den Köpfen der Trauergemeinde tanzten bunte Regenschirme zum Schutz vor der Sonne. Mama und Papa standen hinter dem Pfarrer. Schräg rechts neben ihm hatten sich Onkel Werner und Tante Gisela aufgebaut. Direkt hinter dem Pfarrer Anneliese, so als wollte sie sich auch heute nicht seinem kritischen Blick aussetzen. Oder gerade heute nicht. Gisela ließ ihre beiden fast erwachsenen Söhne Martin und Michael nicht aus den Augen. Sie hatte noch bis kurz vor der Messe an ihren Anzügen herumgezupft und ihnen eingeschärft, keinen Unsinn zu machen. Schließlich stünden sie als Sargträger und Familienmitglieder unter der Beobachtung aller und wehe, sie würden sie blamieren. Der Blick, den sie dabei dir und vor allem mir zuwarf, machte klar, dass schon allein die Dreistigkeit unserer Anwesenheit an der Seite des Sargs eine Blamage war.

Mitten in die Stille des Momentes, in dem der Pfarrer seinen Segen beendet und sich Schweigen über die Köpfe gesenkt hatte, geschah es. Ich weiß nicht mehr, warum. Vielleicht war es die Hitze, das lange Stehen, die Trauer um Monika. Vielleicht war es auch einfach der kratzige Kragen an meinem Hals. Ich musste mich bewegen, konnte keine Sekunde länger mehr in dieser Starre aushalten. Also trat ich sacht von einem Bein aufs andere, verlor dabei aber mein Gleichgewicht, schwankte für Sekunden. Dann glitt ich wie ein Senkblei über den glatten Kunstrasen in die Grube. Vor meinen Augen wischten innerhalb von Sekunden Blumen, Sarg und Stützbalken vorbei. Dann kühle Dunkelheit. Ich hörte meine Mutter aufschreien, Tante Gisela stöhnen. Ein tiefes, vielkehliges Raunen brandete auf, setzte sich wie eine Welle durch die Reihen der Trauernden fort und schwappte als immer lauter werdendes Gemurmel wieder zurück zu uns. Ich hörte das alles wie unter einer dumpfen Glocke. In meinen Ohren rauschte es. Ich rappelte mich auf, streckte die Hände durch den schmalen Spalt zwischen Sarg und Erde über mir. Der Bestatter eilte mir zur Hilfe, meine beiden Cousins griffen beherzt zu und zu dritt zogen sie mich aus der Grube unter dem Sarg hervor. Der Bestatter wischte hektisch Erdklumpen von

Stellen meines Körpers ab, die er sonst niemals berührt hätte, zog meinen Rocksaum gerade und klopfte mir abschließend auf den Rücken, bevor er mit hochrotem Kopf dem Pfarrer zunickte. Ich war wie versteinert. Was war gerade geschehen? War ich wirklich vor der versammelten Trauergemeinde in das Grab meiner Tante gefallen? Und das, nachdem ich vehement behauptet hatte, ein Mädchen könne ebenso gut Sargträger sein wie ein Junge? Ich traute mich nicht, meine Eltern anzublicken. Der Pfarrer bedachte mich mit einem Blick, als wolle er sagen, er habe es ja gesagt, und so etwas käme nun davon und hob vorwurfsvoll den Sprengel. Es konnte weitergehen. Das Gemurmel verstummte. Erneut andächtige Stille auf dem Friedhof, nur unterbrochen von vereinzelten Hustenattacken. Mein Vetter Martin senkte den Kopf. Er hielt sich die Hände vors Gesicht. Seine Schultern zuckten, nein, sein ganzer Oberkörper zitterte. Hatte ihn jetzt doch noch die Trauer um Monikas Tod übermannt? Dann ließ er die Hände sinken und ich sah es. Er weinte nicht. Er lachte. Und versuchte gleichzeitig krampfhaft, es zu unterdrücken. Er blickte zu seiner sauertöpfischen Mutter, dann zu mir, rang gleichzeitig nach Luft und um Fassung. Er hatte keine Chance. Es platzte aus ihm heraus, er bog sich, wäre beinahe noch selbst in die Grube gerutscht. Er lachte und lachte und lachte. Du und ich sahen uns an. Martins Lachen war immer schon ansteckend gewesen. Du fingst zuerst an zu kichern, wurdest immer lauter. Und wie vorher das Raunen, so pflanzte sich jetzt das Lachen fort. Es sprang von Mensch zu Mensch. Von uns auf meine Eltern, über Anneliese, durch die Reihen der Gräber. Nur Onkel und Tante kniffen die Lippen zusammen. Der Pfarrer stand mit versteinerter Miene, wie eine Insel in tosendem Gewässer, den Weihwassersprengel nach wie vor erhoben in der Hand haltend, als wolle er den Chor des Gelächters dirigieren, bis es schließlich Minuten später in Gluckern und vereinzeltem Kichern verebbte.

Meine Mutter trat vor, wischte sich die Tränen vom Gesicht und kam zu mir. Sie nahm mich fest in den Arm. Dann sprach sie zu allen. Laut und deutlich. Dass Monika eine Vorliebe für schräge und komische Momente gehabt hatte und sie am allerlautesten mit mir und uns gelacht hätte. Und dass Monika unendlich stolz auf mich wäre, weil ich darum gekämpft hatte, ihre Sargträgerin zu sein.

»Du hast auf vielerlei Weise an diesem Tag Familiengeschichte geschrieben«, sagst du jetzt, weckst mich aus meinen Erinnerungen und ich höre liebevolle Anerkennung in deiner Stimme. »Weil du stark genug warst, diese Sache von Anfang bis Ende durchzuziehen.« Du grinst und für einen Moment sehe ich in dir wieder das Mädchen, die junge Frau, die du einmal warst. Nicht den Schatten, den die Krankheit über dich gebreitet hat. Du brichst das letzte Stück Schokolade in zwei Teile, isst einen davon. Du reichst mir die andere Hälfte und sprichst mit vollem Mund weiter. »Du bist stark, kleine Schwester. Das warst du immer schon. Ich weiß das.«

Ich schiebe das Stück zwischen meine Zähne. Schokolade hilft immer. Es stimmt. Vor allem, wenn ich sie mit dir gemeinsam esse. Und sogar das Wissen darum, dass dieser zartbittere Trost in Situationen wie diesen alles andere als ein wirklicher Trost ist, tröstet.

Du reichst mir den Umschlag.

»Mach ihn auf«, sagst du.

Ich nehme das Papier entgegen. Es ist ein großer

brauner Umschlag ohne Fenster. Dein Name steht mit Kugelschreiber darauf. Oben links in der Ecke die eingedruckte Adresse deines Arztes. Der Umschlag wiegt schwer in meiner Hand, obwohl er federleicht ist. Ich halte ihn eine Weile fest, ohne ihn zu öffnen. Mein Herz schlägt hart gegen meine Brust. Dann hebe ich ein Bein, lege den Umschlag unter meinen Oberschenkel und setze mich darauf.

»Hast du dir überlegt, was du tun wirst, je nachdem, was drinsteht?«

»Nein.«

Ich rücke näher zu dir, warte geduldig darauf, dass du weitersprichst. Aber du schweigst.

»Hast du Angst?«, frage ich dich schließlich.

»Ja«, sagst du und dann: »Ich bin froh, dass du bei mir bist. Ich brauche dich jetzt.« Du schiebst deine Hand über den Steg zu meiner. Die Kuppen unserer kleinen Finger berühren sich. Du lässt dich zur Seite sinken, bis dein Kopf in meinem Schoß ruht. Ich streiche über deine Haare. In das helle, fast weiße Blond, um das ich dich immer beneidet habe, haben sich graue Strähnen eingeschlichen. Meine Finger fahren sacht von deinem Scheitel bis zu deinem Ohr. Dann wieder und wieder. So hast du es immer bei mir gemacht, als wir klein waren und du mich getröstet hast. Ich weiß noch, wie es sich anfühlte, wenn du eine meiner Locken um deinen Finger gewickelt hast. Du atmest regelmäßig ein und aus, liegst schwer und müde auf meinen Beinen. Ich ziehe den Umschlag hervor, hebe meinen Arm von deiner Schulter. Meine Finger zittern. Ich öffne den Brief und lese. Dein Atem unter mir stockt. Ich halte das Papier hoch über meinen Kopf. Der Wind zerrt daran, es tanzt und flattert, bis ich es loslasse und der Luft und den

Wellen übergebe. Es landet auf dem Wasser, sinkt langsam in die Tiefe.

Um uns herum gluckert das Wasser. Die Vögel zwitschern. Ein Fisch springt und der Wind wispert durch die Baumwipfel.

Ich packe mit beiden Händen deine Schultern, richte dich auf und schwinge meine Beine auf den Steg. So viel will ich dir sagen. Über meine Liebe zu dir, über meine Angst um dich. Über meine Erleichterung, meine Hoffnung und meine Freude. Aber das brauche ich nicht. Du weißt es in dem Augenblick, als unsere Blicke sich begegnen. Ich reiche dir die Hand.

»Komm, große Schwester. Steh auf.«

Du greifst nach meiner Hand, ziehst dich hoch. Kurz verharren wir, dann wenden wir uns um und gehen langsam ans Ufer zurück.

»Es muss die Schokolade gewesen sein«, sagst du.

»Denn die hilft einfach immer«, sage ich und lächle.

ULRIKE HERWIG

Romeo und Julia bei Edeka

Antonia war erleichtert. Zum Glück war das hier die 10 b, vor der die abgegriffene Schulausgabe von *Romeo und Julia* lag. Zwar eine Horde träger Faultiere, gähnend und geistesabwesend, aber wenigstens keine boshaften Wespen wie die 9 a, die sich tagtäglich einen Spaß daraus machten, sie zu schikanieren. Die 10 b starrte hauptsächlich unter der Bank in ihre Handys, unterhielt sich leise oder inspizierte Acrylnägel und Augenbrauen.

»Also?« Antonia sah sich um. »*Romeo und Julia*. Worum geht's?« Sie versuchte, ihrer Stimme einen munteren Klang zu verleihen, der signalisierte, dass Shakespeare easy und cool war. Eigentlich sollten alle bis heute den ersten Akt gelesen haben, aber natürlich hatte kaum einer die Hausaufgabe gemacht. Das erkannte sie schon daran, wie alle ihrem Blick auswichen.

Seit September arbeitete Antonia Wiegert nun als Deutschlehrerin an der Realschule Nordstadt. Eine Quereinsteigerin, angelockt von einem regelmäßigen Einkommen und gesicherten und vor allem längeren Urlaubszeiten. Etwas, wovon man als freie Texterin und Redakteurin nur träumen kann. Noch im Frühling hatte sie sich vorgestellt, wie sie mit ihrer Klasse in deren letztem Schuljahr über Literatur diskutieren würde – wissbegierige junge Menschen, die sich gegenseitig vor Eifer unterbrachen, um aus Büchern zu zitieren, die sie in den

Sommerferien gelesen hatten. Die sie nach dem Unterricht um Rat fragen oder Bücher ausleihen würden. Die vielleicht wild und ungebärdig waren, aber im Endeffekt auch nicht unempfänglich für die Schönheit von Poesie. Auf alles Mögliche war sie vorbereitet gewesen – nur nicht auf diese Zombie-Armee. Denn die von ihr ersehnte Art von Schülern, das hatte sie nun mittlerweile kapiert, saßen im Erweiterungskurs Deutsch. Das hier war nur der Grundkurs Deutsch, der Kurs für die Leute am Ende der Evolutionskette, so viel hatte sie aus den hingehauchten und gemurmelten Kommentaren im Lehrerzimmer herausgehört, auch wenn das natürlich niemand offen zugeben würde. Nach *Satzart und Satzbau*, einem Thema, das einen Monat lang kommentarlos an allen vorbeigerieselt war, waren nun also Dramen dran. Konkret *Romeo und Julia*.

»Okay, was meint ihr, worum geht's?«, fragte sie erneut. Ihre dünne Stimme segelte allein auf einer hoffnungslosen Reise durch den Raum und erreichte niemanden. War da ein leises Schnarchen zu hören? Ein Mädchen in der ersten Reihe gähnte, während ihre Banknachbarin versuchte, Mascara-Klumpen aus den Wimpern zu entfernen. Der Typ in der letzten Reihe, er hieß Elio, hatte seine Kapuze so tief ins Gesicht gezogen, dass man nur seine Nase sah. War er eingeschlafen? Es sah ganz so aus. Antonia beschloss, ihn nicht zu wecken. Das Leben war einfacher, wenn Elio ein Nickerchen machte.

»Es geht um Liebe?«, antwortete plötzlich jemand aus der zweiten Reihe. Livia, ein Mädchen, das sonst entweder ihre Haarspitzen auf Spliss untersuchte oder in eine ferne Parallelwelt starrte. Unglaublich. *Romeo und*

Julia hatten offensichtlich irgendetwas in Livia zum Klingen gebracht.

»Ganz genau.« Antonia strahlte sie an. »Gut erkannt.« Ermutigt durch diesen ersten Beitrag, legte sie nach: »In wen ist denn unser Romeo verliebt, wenn wir ihm das erste Mal begegnen?«

Schweigen. Aus den Augenwinkeln konnte sie Daniel Holm sehen, den wirklich unerträglichen Klugscheißer, der mit den Fingern schnipste, als ob er eine Kellnerin auf dem Oktoberfest an seinen Tisch rief. Zu Beginn des Schuljahres hatte er ihr erklärt, dass er normalerweise nur Erweiterungskurse belegte, aber irgendwas brauchte, um zwischen all dem Stress mal abzuschalten. Offenbar war Antonias Kurs dafür geradezu prädestiniert. Meistens versuchte sie, ihn so lange wie irgend möglich zu ignorieren, aber da er meist der Einzige war, der überhaupt antwortete, musste sie leider doch oft auf ihn zurückgreifen. Noch hielt sie der Versuchung stand, immerhin hatte diesmal jemand anderes als Daniel etwas von sich gegeben. Jetzt stand plötzlich Vincent von ganz hinten auf und begab sich mit seinem Handy zum offenen Fenster.

»Vincent, setz dich bitte hin«, befahl Antonia.

»Hab besseren Empfang hier«, erklärte er. »Muss nur schnell was klären.«

War es eine Auseinandersetzung wert? War es nicht.

»In wen ist Romeo also verliebt?«, fragte Antonia erneut und positionierte sich so, dass sie weder Vincent noch Daniel sehen musste.

»Na, in Julia natürlich. Ist doch klar.« Ein Mädchen namens Nelia verdrehte die Augen. Erleichtert wandte Antonia sich ihr zu. Wenigstens kletterte Vincent nicht aus dem Fenster.

»Nein, ist er nicht«, warf Daniel ein, noch bevor Antonia etwas sagen konnte. »Am Anfang ist er in ein Mädchen namens Rosaline verliebt, aber sie will ihn nicht.«

»Warum nicht?« Nelia gluckste. »Weil er so aussah wie du? Kann ich verstehen.« Gelächter brandete auf, die anderen sahen hoch und vergaßen einen Moment lang ihre Handys.

»Egal, kommen wir zur nächsten Frage«, schlichtete Antonia diplomatisch. »Wo spielt das Stück?«

»Verona. Italien«, antwortete Daniel, zu Tode gelangweilt.

»Da wäre ich jetzt so gerne«, sagte das Mädchen mit den Mascara-Klumpen. »Italien ist so romantisch.«

»In Italien darf man schon mit elf oder so Alkohol bestellen«, meinte jemand. »Die trinken zum Kindergeburtstag Aperol Spritz.«

»Echt jetzt?« Elio, der offenbar doch nicht geschlafen hatte, zog seine Kapuze zurück. »Krass.«

»Ja, und du kannst schon ab vierzehn mit einer Vespa rumcruisen.« Nelia drehte sich zur Klasse um. »Nicht so wie hier, wo alles verboten ist.« Zustimmendes Gemurmel erfüllte den Raum, wurde lauter und entwickelte sich zu einer allgemeinen Diskussion über Länder und Motorräder.

»Was denkt Julia, als sie Romeo das erste Mal begegnet?«, brachte Antonia sich wieder in Erinnerung.

»Fünfzig Euro, Digga«, erklang Vincents gedämpfte Stimme vom Fenster. »Mehr nicht.«

Das Murmeln verebbte, die Schüler sanken in ihre Stühle und griffen wieder nach ihren Handys. Mist. Ja, es war still – also mal abgesehen von Vincent, der vor sich hin verhandelte –, aber es war die tote Art von Stille, die Antonia hasste. Sie versuchte es noch einmal, nahm das Buch zur Hand und begann zu lesen:

»Schrecklich ist mir die Geburt dieser Liebe, dass ich einen gehassten Feind lieben muss.«

»Was bedeutet …«, setzte sie an, aber Daniel fiel ihr ins Wort, genervt davon, wie lange das alles dauerte. »Das bedeutet, dass sie in jemanden verliebt ist, den ihre Eltern niemals gutheißen würden. Es drückt außerdem Julias innere Zerrissenheit und den Konflikt zwischen Hass und Liebe aus«, zitierte er eine unsichtbare Quelle.

Woher hatte der das? Lag sein Laptop unter der Bank? Hatte er die KI auswendig gelernt?

»Danke, sehr schön«, erwiderte Antonia matt. Sie merkte, wie Röte ihren Hals hochkroch, die Luft im Raum war trotz offenem Fenster unerträglich, durchtränkt von Schweiß, Teenie-Parfüm und Langeweile. Aus einem Bild an der Wand blickte Shakespeare mit seiner Kaffeefilter-Krause auf sie alle herunter. Er wirkte fassungslos.

»Meine Eltern hassen meinen Freund«, seufzte Nelia. »Die wollen, dass ich Schluss mache, weil sie denken, dass er ein türkischer Loser ist.«

»Rassistische Faschos«, erklärte ein Mädchen mit blauen Haaren. »Lass dir das nicht gefallen.«

»Ja, das ist voll daneben«, stimmte jemand zu. »Wenn Eltern so drauf sind, müssen sie sich nicht wundern, wenn ihre Kinder abhauen. Oder sich sogar umbringen.«

»Romeo bringt sich doch auch für Julia um, oder?« Livia schaute in die Runde.

»Nein.« Daniel schüttelte genervt den Kopf. »Die sterben beide.«

»Bro, so was Beklopptes.« Jemand in der letzten

Reihe stöhnte theatralisch. »Sich wegen 'nem Chick umzubringen!« Beifälliges Gemurmel erklang.

Antonia räusperte sich. »Romeo ...«

»Bei meiner Cousine in der Schule hat mal einer versucht, sich umzubringen«, sagte Elio. »Wegen seiner Ex.« Es war der längste Satz, den er bisher in diesem Schuljahr von sich gegeben hatte.

»Wie?«, wollte jemand wissen.

»Also, zurück zu unserem Stück«, versucht Antonia abzulenken, aber es war zu spät. Die Schüler ignorierten sie. Sie war eine totale Versagerin als Lehrerin und sie wusste es. Sie hätte Anwältin werden sollen, so wie ihre Eltern es sich gewünscht hatten. Aber nie hätte sie es geschafft, sich gegen einen gerissenen Anwalt auf der Gegenseite durchzusetzen, der sofort merken würde, dass sie Angst vor ihm hatte – genau wie vor diesen Teenagern hier und ihren arroganten Kollegen.

»Mit Tabletten, oder so«, erklärte Elio, und die ganze Klasse hing an seinen Lippen. »Ging aber noch gut aus.«

»Okay, Leute, zurück zu unserem Stück.« Antonia wedelte mit den Händen wie eine Verkehrslotsin und hasste sich sogleich dafür. »Was erfahren wir denn im ersten Akt?«

»Sechzig Euro und keinen Cent mehr«, erklärte Vincent, der es sich lässig auf dem Fensterbrett gemütlich gemacht hatte. In seinem Handy widersprach eine fistelnde Stimme energisch.

»Mein Onkel wollte sich mal umbringen, wegen seiner Freundin.« Livia drehte sich zur Klasse um. »Ist schon ewig her. Er war total verliebt, aber ihre Eltern haben ihn gehasst, oder so.«

»Wie traurig.« Das Mädchen mit der Mascara zupfte sich eine Wimper aus.

»Du, gar nicht.« Livia schüttelte den Kopf. »Mittlerweile sagt er, er ist froh, dass er die nicht geheiratet hat. Sie ist total fett geworden, er hat sie mir mal gezeigt. Da waren wir bei Edeka.«

»Bodyshaming!«, rief eine Stimme von links.

»Welcher Edeka? Der am Waldplatz?«, wollte ein Mädchen wissen. Ein paar Leute lachten, leises Murmeln wurde lauter.

»Romeo …«

»Ich meine ja nur, vielleicht wäre Julia ja auch irgendwann so fett wie die Ex von meinem Onkel geworden.« Livia verdrehte die Augen. »Dann hätte Romeo sich total geärgert, dass er die an der Backe hat.«

»Im zweiten Akt wird Romeo …«, versuchte Antonia es noch mal, aber sie kam nicht mehr durch. Jetzt beherrschte eine pulsierende Stimmung wie an der New Yorker Börse den Raum.

»Wie fett?«

»Hast du ein Foto von der gemacht?«

»Bodyshaming!«

Daniel verdrehte die Augen, kramte in seiner Tasche und holte seinen Taschenrechner heraus – wahrscheinlich für eine Hausaufgabe in Astronomie oder Quantenphysik oder was immer er normalerweise belegte. In seinen *ernsthaften* Kursen.

»Ja, hab ich.« Livia wischt auf ihrem Handy herum und zeigte es dann den anderen.

»Next level«, meinte jemand.

»Okay, zurück zu Romeo und Julia, wie …«, versuchte Antonia vergeblich, sich Gehör zu verschaffen.

Etwas fiel ganz hinten knallend herunter und alle drehten sich reflexartig um – wie immer bereit für alles, solange es nur nicht vorn an der Tafel geschah.

»It's a deal.« Vincent stand auf und kehrte in aller Gemütsruhe zu seinem Platz zurück.

»Romeo hat …«

»Die von TikTok hat sich neulich auch angeblich umgebracht, die Blonde mit den Fischlippen. Anastasia Dingsbums.« Elio hielt sein Handy als Beweis hoch. »Die hier.«

»Digga, das ist old news.« Ali verzog den Mund. »Das war schon im Januar. Und kein Selbstmord, ein Unfall.«

Mehrere Schüler nahmen es trotzdem zum Anlass, das eben Gehörte auf TikTok zu checken, und Antonia unterdrückte den beinahe zwanghaften Drang, den Raum zu verlassen und sich draußen auf dem Gang zwei Zigaretten gleichzeitig anzustecken. »Leute, bitte packt die Handys weg, wir sind hier im Unterricht!«

»Gruselig, dass heutzutage so viele Influencer sterben, findet ihr nicht?« Nelia wischte auf ihrem Handy herum. »Da fragt man sich schon, warum. Zufall? Was meinen Sie, Frau Wiegert?«

»Was?« Es dauerte eine Sekunde, bis Antonia begriff, dass sie gemeint war. Dass hier tatsächlich jemand nach ihrer Meinung fragte und dreißig Augenpaare sie jetzt erwartungsvoll ansahen. »Schwer zu sagen«, stammelte sie ausweichend.

»Eben. Man hat keine Beweise.« Livia lehnte sich zufrieden zurück.

Es klingelte zum Stundenende. Sofort sprangen alle auf, schnappten ihre Taschen und Handys und rannten raus. Antonia stand mitten im Raum, das aufgeklappte Buch in der Hand, die Seiten lasch wie die Flügel eines toten Vogels.

Eine Lehrerin steckte den Kopf zur Tür herein. Frau Zubanow, stellvertretende Schulleiterin und größte

Schleimerin vor dem Herrn. »Na, alles okay bei Ihnen?«, fragte sie mit gespieltem Mitleid. »Das war ja ziemlich laut hier drin.«

»Klar«, log Antonia, »alles bestens.« Sie würden im Lehrerzimmer über sie reden. Natürlich. Es würde amüsierte Blicke geben und vermeintlich gut gemeinte Ratschläge.

Plötzlich kam Livia zurück und quetschte sich an Frau Zubanow vorbei. »Sorry.« Sie sah unter den Tisch und klaubte dann ihren Lipgloss vom Fußboden auf. Dann drehte sie sich zu Antonia um.

»Ach, Frau Wiegert, übrigens, Ihr Kurs ist echt toll. Viel besser als die anderen, die wir dieses Jahr haben. Man kann voll gut über alles reden.«

»Danke«, stammelte Antonia und lächelte schief. Dann sah sie den offenen Mund der Zubanow.

Und plötzlich fiel eine riesige Last von ihr ab. Ihr Herz machte einen kleinen Freudenhüpfer, und sie fühlte sich leicht und beschwingt.

»Schöner Tag heute, nicht wahr?« Antonia stellte das Buch ins Regal zurück. »Fast schon sommerlich. Ich glaube, ich geh nach der Schule zum Edeka am Waldplatz und hole mir was zum Grillen. Ich liebe Edeka. Sie auch?«

»Na ja …« Die Zubanow blinzelte verwirrt. »Ich find's da ganz schön teuer.«

»Stimmt.« Antonia nickte. »Aber ein Besuch lohnt sich trotzdem immer. Einen wunderschönen Nachmittag wünsche ich Ihnen.«

PETER BICHSEL

Die schöne Schwester der Langeweile

Eigentlich müßte ich jetzt über die Fußball-Europameisterschaften schreiben – oder viel schlimmer: Eigentlich kann ich jetzt über gar nichts anderes schreiben, denn die Europameisterschaften besetzen meinen Kopf. Nein, nicht den ganzen, in meinem Kopf ist noch anderes: Ich weiß noch, wie ich heiße, wo ich wohne, ich weiß noch einiges, was ich gelernt habe, was ich gelebt habe. Ich interessiere mich für vieles andere mehr als für Fußball. Und was ich über Fußball weiß, ist wohl ein ganz kleiner und unwichtiger Teil meines Wissens, und ich verstehe auch nicht viel davon. Trotzdem, der Fußball beginnt meinen Kopf zu besetzen.

Als Kind habe ich mir mal ein Schulheft gekauft und auf das Etikett geschrieben: »Was ich alles weiß«. Ich wollte sozusagen ein Inhaltsverzeichnis meines Hirns anlegen. Ich wollte wissen, wie viel drin ist. Also: »Ich weiß, wie ich heiße. Ich weiß, wo ich wohne. Ich weiß den Namen meiner Schwester. Ich weiß, wie sie aussieht. Ich weiß die Namen meiner Mitschüler. Ich weiß, ich weiß ...«

Auf meinem Computer ist ein Dateimanager. Da kann ich schauen, was und wie viel da alles drin ist. Und ich staune, wie viel es ist – und wie viel da noch Platz hätte. Ich werde ihn nie füllen können. Ich frage mich – eine kindliche Frage –, wie viel Platz all das, was ich weiß (wo ich wohne, wie man die Eisenbahn benützt, die Marke meiner Zahnpasta), auf einem Computer beanspruchen würde.

Ich lösche auf meinem Computer alles, was ich nicht mehr brauche. Ich werde ihn zwar nie füllen, aber ich geize mit Kilobytes. Mit meinem Hirn kann ich das nicht, wenn auch die Festplatte meines Hirns – mein Gedächtnis – noch viel freien Raum hätte. Ob, wenn ich etwas vergesse, auch in meinem Hirn Raum frei wird?

Ich habe mich als Kind furchtbar gelangweilt und meine Mutter damit gequält, die ich allerdings auch im Verdacht hatte, dass sie sich langweilt. Sie versuchte, meine Langeweile nur deshalb zu bekämpfen, weil ich es besser haben sollte als sie.

Ich habe dann halt Bücher gelesen aus Langeweile. Ich habe versucht, ein Inhaltsverzeichnis meines Hirns anzulegen, aus lauter Langeweile. Und ich habe mich mehr und mehr daran gewöhnt, in der Langeweile zu leben – in den Leerstellen meines Hirns.

Und diese Leerstellen, so scheint mir, unterscheiden sich vom freien Platz auf der Festplatte meines Computers. Irgendetwas ist da drin, in diesen Leerstellen: die quälende Gelangweiltheit und ihre sanfte Schwester, die Langeweile. Jene Langeweile, die die Zeit lang macht, das Leben lang macht, jene lange Weile, die mir Zeit gibt, die mir »lange Zeit« gibt, auf Schweizerdeutsch »Längi Zyt«, ein wunderschönes Wort für Sehnsucht.

Nur eben, im Augenblick, sind die Leerstellen in meinem Hirn, wo die »Längi Zyt«, die Langeweile, wohnt, besetzt von etwas, das ich gar nicht will, von Fußball, und wenn der Fußball vorbei ist, dann wird Werbung diesen Teil besetzen wollen und Scheinärger und Scheinnachrichten. Ich kriege den freien Teil in meinem Kopf nicht frei.

Die etwas schwerfällige, aber wunderbare Langeweile hat eine lustige, schöne, aber böse Schwester – sie heißt Kurzweil. Sie versaut und verkürzt uns das Leben, denn jene leere Ecke in meinem Hirn, in der die Langeweile sich gemütlich breitmachen möchte, jene leere Ecke, in der die Langeweile zur Sehnsucht wird, das wäre wohl ich – ich ganz selber. Aber immer wieder ist sie besetzt von der schönen, bösen Schwester Kurzweil. »Ich bin kein Dichter«, hat Paul Valéry gesagt, »ich langweile mich nur.«

MADELEINE D'ARCY

Mr Stenworthys Pantoffeln

Vor langer Zeit, als ich jung war, ging ich von zu Hause fort. Ich musste weg da. Weg von der Arbeitslosenkasse. Weg von den kalten, nassen, kahlen Feldern des County Clare. Weg vom Geruch nach Feuchtigkeit und dem Rauschen des Nordatlantiks. Weg von einem Ort, wo alle alle kannten und die Zeit vorwiegend mit Beten und gemeinem Klatsch zubrachten.

Mein Freund Lorcan ging als Erster nach London, weil er ein weltberühmter Rockmusiker werden wollte. In den ersten beiden Monaten rief er mich rund um die Uhr an, weinte am Telefon, total auf Speed, und flehte mich an nachzukommen.

»Ich brauch dich, Patsy«, winselte er in einer Telefonzelle irgendwo in Willesden.

Also schrieb ich meine letzten Examen und machte mich auf den Weg. Viel hielt mich ja nicht zurück.

Ich fand eine Stelle als »Assist. des Dir.« in einem Büro in Muswell Hill. Es war eine echte Stelle, nicht bloß ein Sommerjob. Das Gehalt war mies. Mein Zeugnis von der Uni zählte nicht. Einige der Leute, mit denen ich da zusammenarbeitete, konnten kaum ein Wort richtig schreiben, aber mich behandelten sie wie eine Vollidiotin.

Ich war einsam in London. Wann immer ich im Bus oder der U-Bahn den Mund aufmachte, starrten mich die Leute an, als ob ich ein paar Pfund Sprengstoff in der Jackentasche hätte. Ich fing an, meinen Akzent zu verstecken, sogar in dem indischen Laden an der Ecke.

Diese Inder, also, großer Gott, man sollte doch denken, die hätten uns Iren gut behandelt, wo die Engländer sie doch auch hassten. Aber nein, die starrten mich an, als wäre ich Alkoholikerin, immer wenn ich Bier oder Cider kaufen wollte. Und jedes Mal, wenn der *Evening Standard*, den sie auf der Theke stapelten, eine schreiende Schlagzeile über IRA-Bomben brachte, spürte ich, wie sie mich aus den Augenwinkeln anschauten, als wollten sie sagen: »Das waren wieder deine Scheißleute, die machen das Leben für uns alle noch schwerer.« Als ob das meine Schuld wäre.

Meinen zwanzigsten Geburtstag verbrachte ich in der Kneipe *Pig and Whistle* in Finsbury Park, zusammen mit Lorcan und Andy, dem Bassisten. Andere Bekannte von ihnen tauchten später auf, dazu eine Australierin, die offenbar Gitarre spielte, und ein paar Groupies mit blauschwarzen Haaren, Kajal um die Augen und Nietengürteln. Ich gab viel zu viele Runden aus, weil Lorcan das nicht tat.

Niemand ließ irgendwas in der Musicbox laufen, also ging ich hin. Während ich überlegte, was ich auswählen wollte, warf ich einen Blick zu Lorcan und seiner Clique hinüber, und dann kam ich mir wirklich seltsam vor, wie vor dem Fernseher, wenn plötzlich die Stimmen nicht mehr zu den Mundbewegungen der Schauspieler passen.

Es war nicht das, was man ein Damaskuserlebnis nennen könnte, ich hatte keine einschneidende Selbsterkenntnis, nur die plötzliche Einsicht, dass Lorcan und die anderen ziemliche Wichtigtuer waren. Wenn man mit ihnen zusammen war, konnte man über einiges lachen, über anderes aber nicht. Es kam darauf an, was die Clique gerade cool fand. Ich ließ *Good Times* von Chic laufen und wünschte, ich hätte Lust zum Tanzen.

Der nächste Tag war Montag und ich hatte einen brutalen Kater. Als ich ins Büro kam, hätte ich weinen können. Big Monica, die Büroleiterin, telefonierte gerade mit einer Freundin und trank dabei schwachen Tee. Auf meinem Tisch lag ein Stapel brauner Ordner mit einem handgeschriebenen Zettel voller Anweisungen. Noch ein Tag in meinem Leben, den ich mir nicht gewünscht hatte, lag vor mir, ich würde Gespräche mithören und Geschäftsbriefe an Leute schreiben, die ich niemals kennenlernen würde.

In der Mittagspause wollte ich frische Luft schnappen und beschloss, das Schuhgeschäft auf der anderen Straßenseite aufzusuchen. Ich konnte mir keine neuen Schuhe leisten, aber ich probierte gern welche an. Im Laden wurden Schuhe auch repariert, aber ich hatte keine, bei denen das noch was gebracht hätte.

Als ich gerade hineingehen wollte, sah ich einen ungewöhnlichen Mann auf mich zukommen mit einem Paar lindgrüner Pantoffeln in der einen Hand. Er trug einen weiten Tweedmantel in Moosgrün und Senfgelb und eine Art Sherlock-Holmes-Hut, wie man ihn im Fernsehen sehen konnte. Er war alt – vierzig vielleicht oder sogar fünfzig –, sein Gang aber war, wie es in Büchern hieß, »beschwingt«.

Als ich den Laden betrat, folgte mir der Mann mit den Pantoffeln. Er hob höflich den Hut vor der Dame mit dem robusten Haarhelm hinter der Theke, und sein oranger Vollbart erinnerte mich an einen Zauberer aus dem Märchen.

»Gnädige Frau«, sagte er laut und liebenswürdig, »könnten Sie meine Schuhe besohlen?«

»Natürlich, Sir«, sagte sie. »Wäre bis Freitag in Ordnung?« Ihre Nägel waren sorgfältig lackiert, in einem Rosaton, den ich mir selbst nie ausgesucht hätte.

»Ach, wer weiß das schon«, erwiderte er strahlend. »Aber ich hoffe, dass Freitag ganz hervorragend passt.«

Er war bestimmt Schauspieler. Er hatte so eine exaltierte Stimme. Ich überlegte, ob sein Hut wohl Deerstalker genannt wurde, und wenn ja, ob er bei der Pirsch wohl nützlich war. Er streifte die Schuhe ab, reichte sie der Dame mit dem Haarhelm und zog seine Pantoffeln an. Dann bemerkte er mich.

»Oh, Entschuldigung«, sagte ich. »Ich habe nur Ihren Hut bewundert.«

»Aha«, sagte er. »Eine irische Colleen. Maureen, ja, zweifellos. Oder vielleicht Kathleen.«

Ich erklärte höflich, dass nicht alle Irinnen Maureen oder Kathleen hießen. Er sagte mir, ich hätte den schönsten Akzent der Welt. Ich antwortete, sein Akzent sei auch sehr schön.

Wir plauderten weiter, während die Dame aus dem Laden einen gelben Abholschein ausfüllte. Aus irgendeinem Grund kamen wir auf Tanz zu sprechen.

»Tanzen Sie?«, fragte er. »Wissen Sie … diesen entzückenden Tanz, den es in Irland gibt? Wo man kerzengerade dasteht und nur die Füße bewegt?«

»Ja, allerdings«, sagte ich. »Ich habe bei Tanzwettbewerben sogar Preise gewonnen.« Und vielleicht, weil wir in einem Laden waren, hörte ich, wie ich die weichen Schuhe beschrieb, ein bisschen wie Ballettschuhe, die für Reels getragen werden, und die schwarzen Lackschuhe mit den funkelnden Schnallen, in denen ich Jigs und Hornpipes getanzt hatte.

»Wie faszinierend«, sagte er. Er war so enthusiastisch, dass ich lachen musste. »Meinen Sie, Sie könnten möglicherweise …«

»Klar doch«, sagte ich zu meiner eigenen Überraschung. Und dann nahm ich auf dem Linoleumstreifen vor den Spiegeln Tempo auf wie die Concorde und tanzte den einzigen Jig, an den ich mich erinnern konnte:

Batter batter hop toe and toe jump kick jump kick
batter batter hop back batter batter hop back
batter one two three one two three one two three
stamp toe toe
batter toe batter toe batter hop back.

»Bravo!« Mein neuer Freund applaudierte begeistert. »Hurraaaaa! Zugabe, Zugabe!«

Ich musste so sehr lachen, dass ich das entsetzte Gesicht der Verkäuferin kaum bemerkte.

»Und tanzt Ihre ganze Familie?«

»Mein Vater … mein Vater hat viele Preise gewonnen, Er hat mir alles beigebracht.« Ich fügte nicht hinzu, dass ich seit seinem Tod das Gedudel der Tanzmelodien nicht mehr ertragen konnte und dass sogar die Mitsinglieder in den verräucherten Kneipen von Kilburn mich unerklärlicherweise wütend machten.

»Und tanzt Ihre Mutter?«, wollte der Mann mit den Pantoffeln wissen.

»Na ja, sie ist eher der Walzertyp.«

»Ach, der Walzer«, sagte er. »Zu Ehren Ihrer Mutter, lassen Sie uns einen Walzer tanzen.«

Das taten wir. Wir wogten und glitten durch den kleinen Laden, er in seinen Pantoffeln und ich in meinen langweiligen Büroschuhen. Ich weiß nicht mehr, ob er die Musik summte oder ob ich das tat oder ob wir schweigend dahinwalzten und beide derselben imaginären Melodie lauschten. Was ich noch weiß, ist, dass sein Mantel einen tröstlichen, leicht muffigen Geruch ausströmte und dass für einige Minuten alles in einem vagen Nebel davonwirbelte: der Job, die drückende Einsamkeit, die Dame hinter der Theke, alles vergessen.

Aber dann stieß ich gegen eine Fußbank und wusste wieder, wo ich war.

»Ich muss zurück zur Arbeit«, sagte ich und löste mich traurig aus der orangen Trostzone. Er hielt die Tür für mich auf und hob den Hut, dann watschelte er langsam in seinen Pantoffeln die Straße hinunter.

Als ich am Abend nach Hause fuhr, nickte ich oben im Bus 144 ein. In meinem Traum lebte Dad und brachte mir zu Hause in unserer Küche den Swing bei, er wirbelte mich herum wie in einem Kettenkarussell auf dem Jahrmarkt, bis ich fast weggeflog… Ich lächelte, als der Bus mich wach schlingerte.

Dann fiel mir mein neuer englischer Freund ein, und ich machte mir gleich Sorgen. Was war das mit den Pantoffeln? Hatte er nur ein Paar Schuhe? Was, wenn es regnete? Seine Pantoffeln würden doch total aufweichen. Er musste bis Freitag auf seine Schuhe warten. Wie sollte das gehen?

Als ich in die Wohnung kam, die ich mit Lorcan teilte, saßen er und Andy im vorderen Zimmer, machten Musik und tranken aus Bierdosen. Ich erzählte ihnen von meinem Tanz im Schuhgeschäft.

»Musst du dich denn immer und überall blamieren?«, fragte Lorcan.

Andy aber war total begeistert. »Ich wette, der Typ war Viv Stenworthy. Das hört sich ganz so an! Er wohnt in Muswell Hill.«

»Hä?«, fragte Lorcan.

»Du musst dich doch an Viv Stenworthy erinnern. Der war in der Bonzo Dog Doo-Dah Band. Er ist superberühmt.«

Ich war beeindruckt davon, dass Andy beeindruckt war, aber ich hatte keine Ahnung, von wem er da redete.

»Der hat früher mal haufenweise interessante Sachen gemacht«, sagte Andy. »Er ist einer meiner allergrößten Helden.«

»Nie von dem Kerl gehört«, sagte Lorcan.

Am nächsten Tag ging ich wieder in das Schuhgeschäft.

»Sie schon wieder«, sagte die Dame mit der tadellosen Frisur. »Was führen Sie denn heut vor, die Nusskrachersitte?«

»Äh, tut mir leid, ich wollte nicht …«

»Keine Sorge, Schätzchen. Hat'n bisschen Sonne in den Tag gebracht.« Und ja, sagte sie. Mein Tanzpartner war wirklich der berühmte Vivian Stenworthy.

Lorcan wollte nach Hause, zurück nach Irland. Er hatte wieder einen Job verloren – offenbar ging es um Probleme mit der Pünktlichkeit. Der Schallplattenvertrag ließ sich noch immer nicht blicken. Er rief seine Eltern an und bat noch einmal um Geld, aber sie waren am Ende mit ihrer Geduld und schickten ihm das Ticket für eine einfache Fahrt nach Hause.

Das mit uns war ohnehin aus. Das mit Lorcan und mir. Ich hatte es an dem Abend klargestellt (sehr laut), als ich ihn mit der Australierin auf dem Männerklo im Marquee Club erwischt hatte. Es war seltsam, dass er sein altes Selbstvertrauen zurückgewonnen hatte, kaum war ich in London eingetroffen, während ich anfing, auch noch die Reste von meinem zu verlieren. Mit ihm zusammen zu sein, war überhaupt nicht so, wie ich mir das vorgestellt hatte. Ich fragte mich, ob das früher oder später allen Paaren passierte und ob ich Glück gehabt hatte, weil es bei mir und Lorcan früher als bei den meisten anderen so weit war.

Ich wollte nicht nach Hause zurück. Meine Mutter hatte wieder geheiratet – bald nach Dads Tod –, einen jüngeren Mann. Donie Duggan strotzte nur so vor Gesundheit und guter Laune, aber ich konnte mich an seine Anwesenheit nicht gewöhnen. Es war auch klar, dass weder Donie noch Mam sehen konnten, was ich sah – den Schatten meines Dads, der am Hintereingang stand und hinaus in den Regen schaute, mit einer alten Strickjacke über seinem gestreiften Schlafanzug, in abgenutzten braunen Pantoffeln; er rauchte eine Kippe und lauschte dem Lachen der Lebenden.

Ich fand ein Zimmer in einem Mietshaus in der Turnpike Lane und am Umzugstag stand ich zum letzten Mal im Vorderzimmer der Wohnung, mit einem Rucksack über der Schulter und einer Reisetasche in der Hand. Ich trug zwei Mäntel und mir war schon viel zu heiß. Lorcan saß neben seinen Reisetaschen auf der Couch, klimperte auf seiner Gitarre und wartete auf den Vermieter.

»Also«, sagte ich. »Hier sind meine Schlüssel. Komm gut nach Hause.«

Er schaute irgendwie vorwurfsvoll zu mir auf.

»Du weißt doch, dieser Promi, dem du die irischen Tänze vorgeführt hast?«, fragte er. »Ich hab gehört, der macht immer nur Scheiß.«

»Mr Stenworthy? Mir kam der richtig nett vor.«

»Der hat sich bloß lustig gemacht über dich.«

»Ach«, sagte ich und kam mir schrecklich blöd vor.

Er warf mir noch einen letzten Spruch hin, wie einen Knochen für einen Hund: »Ich mein es ja nur gut mit dir. Du musst aufpassen, vor allem jetzt, wo du allein bist.«

Ungefähr eine Woche später begegnete ich Mr Stenworthy wieder. Ich hatte für diesen Tag Feierabend und kam mir vor wie ein kleines Schiff, das auf einem riesigen Ozean herumdümpelt. Immer wieder glaubte ich, Dad aus dem Wettbüro von William Hill kommen oder zusammen mit den türkischen Jungs vor dem Kebab-Restaurant eine rauchen zu sehen. Ich hatte sogar Sehnsucht nach Lorcan, obwohl er sich als miese Ratte entpuppt hatte. Ich bin einfach nicht gut drauf, sagte ich mir. Irgendwie braucht es Entgiftung. Also wanderte ich los, um mir ein bisschen Gemüse zu kaufen.

Harveys Gemüseladen war gleich um die Ecke vom Büro. Der Laden gefiel mir sehr gut, auch wenn es gar keinen Mr Harvey gab, nur einen Mr Hussein und eine Menge Hussein-Verwandte, und das hatte mich zuerst ein bisschen verwirrt. Kisten voller Obst und Gemüse balancierten auf groben Holztischen vor dem Laden, Zitronen geradewegs aus Zypern, seltsame Dinge wie Yams und Süßkartoffeln, Bündel von Koriander, Petersilie, Basilikum und Thymian. Es gab auch eine Kiste voll von langem, knollenartig aussehendem Gemüse mit roter Schale – Gemüse, das aussah wie gruselig verformte Kartoffeln. (Ich wollte immer fragen, was das für ein Gemüse war und wie es zubereitet wurde, aber irgendwie war nie der richtige Moment. Die Husseins hatten immer so viel zu tun.)

Ich kaufte Ingwerknollen, Knoblauch und etwas Gemüse für eine Chinapfanne. Als ich vor der Obstabteilung herumlungerte und überlegte, ob ich Kumquats oder Granatäpfel nehmen sollte, weil ich beides noch nicht kannte, stieß ich mit Mr Stenworthy zusammen, der eine Zitrone bezahlte. Er trug wieder seinen Deerstalker (also, den Hut, den ich für einen Deerstalker hielt), diesmal zusammen mit einem weiten grünen Cape.

»Wie geht's denn so, Mr Stenworthy?«, fragte ich.

Er hob auf seine reizende altmodische Weise den Hut. Ich wünschte für einen Moment, ich hätte ebenfalls einen Hut, um diesen für ihn heben zu können.

»Wie geht es denn der Fürstin des irischen Tanzes an diesem schönen Morgen?«, fragte er laut und mit seiner Radiostimme, aber als ich ihm in die Augen schaute, kam er mir ein bisschen schüchtern vor.

»Großartig … na ja, geht schon«, log ich.

Ich war auch schüchtern. Jetzt wusste ich ja, dass er berühmt war. Und er wusste, dass ich es wusste. Und ich wusste, dass er wusste, dass ich wusste, wenn ihr versteht, was ich meine. Das änderte alles.

Plötzlich fiel mir Lorcan ein, und ich war sicher, dass der berühmte Mann sich mit mir einen Jux erlaubt hatte. Ich konnte es nicht lassen. Ich musste ihn fragen.

»Mr Stenworthy«, fing ich tapfer an. »Das mit dem irischen Tanzstil … na ja, das war schon ein bisschen blöd, oder?«

»Um Himmel willen, nein«, sagte er und machte ein überraschtes Gesicht. »Ihr Tanz war grandios und ein Triumph. Ich war vollkommen begeistert von Ihrer Vorführung.«

»Oh«, sagte ich. »Gott sei Dank. Ich wollte auch nicht an Ihnen zweifeln.«

»Meine Liebe, Sie sind ein wunderbares Exemplar Mensch und ich salutiere vor Ihnen.« Das tat er dann, in tadellos militärischem Stil.

Ich lachte, weil er so überschwänglich war, und obwohl ich das alles nicht so ernst nehmen wollte, tanzte ich trotzdem nach Hause.

Bei meiner letzten Begegnung mit Mr Stenworthy war ich ein winziges bisschen beschwipst. Ich hatte einen neuen Job gefunden und mein »Abschiedsumtrunk« in Muswell Hill hatte schon in der Mittagspause begonnen. Gegen fünf Uhr nachmittags küsste ich alle und sagte, sie würden mir fehlen, was eine schändliche Lüge war. Gegen sieben war Big Monica in dem Zustand, den sie »ratten-ärschig« nannte, und sie bestand darauf, dass ich mit ihr aufs Damenklo kam, wo sie mir anvertraute, dass sie offenbar keinen Typen lange halten konnte, dann kotzte sie. Worauf ich Big Monica der Obhut ihrer Stellvertreterin übergab und die Flucht ergriff.

Während ich auf den Bus wartete, sah ich Mr Stenworthy mit einer Plastiktüte aus dem Weinladen schlurfen. Heute trug er einen schokoladenbraunen Pelzhut, der mich an Aloysius erinnerte, meinen alten Teddybären.

Ich winkte ihm zu und er winkte zurück und lächelte, deshalb lief ich zu ihm hinüber.

»Mr Stenworthy«, sagte ich. »Wie geht es Ihnen?«

»Mir geht es bestens, junge Dame«, verkündete er und ging weiter.

Als ich ihm hinterherschaute, sah ich, dass er an einem Fuß einen blauen Pantoffel und am anderen einen grünen trug. Und neben ihm sah ich meinen Dad die Straße herunterkommen, doch als ich mich umdrehte und in den Weinladen gehen wollte, sah ich sein Gesicht von der Seite und es war gar nicht Dad.

In meiner Verwirrung schaute ich mich wieder um, gerade als Mr Stenworthy um die Ecke bog und verschwand. Und dann überkam mich das furchtbar trostlose Gefühl, dass ich auch ihn vielleicht nie mehr wiedersehen würde, dass er sterben könnte, genau wie Dad, einfach so.

Also rief ich »Halt!« und rannte los und holte ihn ein und stürzte mich auf ihn und drückte ihn ganz fest an mich und nahm den tröstlichen muffigen Geruch seines Mantels wahr, und ich war dermaßen außer Atem, dass ich kein Wort herausbrachte.

Als ich ihn endlich losließ und hochblickte, starrte Mr Stenworthy mich überaus erschrocken an.

»Meine liebe junge Dame«, sagte er. »Immer mit der Ruhe.«

Ich erstarrte. Lorcan hatte recht. Dauernd musste ich mich blamieren.

»Entschuldigung«, sagte ich. »Es war bloß … danke, dass Sie mit mir getanzt haben und so nett sind.«

»Oh«, sagte Mr Stenworthy. Dann blieb er einen Moment stehen und blinzelte zweimal.

»Alte Trottel sollen gescheiten jungen Dingern niemals gute Ratschläge geben«, erklärte er schließlich. »Aber ich habe vor, eine Ausnahme zu machen. Vergessen Sie nie zu tanzen, schon gar nicht an unpassenden Orten.«

Und dann trottete er weiter, die Straße hinab, in seinen nicht zusammenpassenden Pantoffeln, und die Flaschen klirrten leise in der Plastiktüte. Das war unsere letzte Begegnung.

Jahre später ging mir auf, dass Mr Stenworthy damals vielleicht genauso einsam gewesen war wie ich.

SIEGFRIED LENZ

Hintergründe einer Hochzeit

In Bollerup, Nachbarn, gab es einen Bauern, der hieß Sven. Dieser Sven Feddersen, ein langarmiger Mann mit schleppenden Bewegungen, mit wäßrigen Augen und dem Hals eines ausgewachsenen Truthahns, war, solange man denken konnte, begehrt: Erbe eines ansehnlichen Hofes, Besitzer des Mischwaldes, Eigentümer von Wiesen, Wasserläufen und Feldern, auf denen regelmäßig Steinäxte gefunden wurden, schien es ihm an nichts zu mangeln – außer an einer Frau. Da gab es so manche, die sich ihm an die Seite dachte, womöglich in seine bedächtigen Arme; doch Sven entging allen Fallen, ließ sich in keinen Hinterhalt locken, beschied alle unmißverständlichen Aufforderungen gewissermaßen abschlägig.

Man kann sich daher unser Erstaunen vorstellen, als er sich eines Tages, im Alter von siebenundfünfzig, verlobte. Seine Wahl war auf eine gewisse Elke Brummel gefallen, eine zarte, aber zähe Person, die beliebt war wegen ihrer Fähigkeit, Unterhaltungen wortlos zu bestreiten, alles Wesentliche durch Nicken zu sagen. Kaum war das bekannt, da erkundigte man sich nach dem Termin der Hochzeit, und Sven gab zu verstehen, daß die Hochzeit, seiner Meinung nach, im Herbst stattfinden werde, nach der Ernte. Da niemand an seiner Auskunft zweifelte, sah jedermann in seiner Verlobten bereits eine Elke Feddersen.

Doch der Herbst kam und ging vorüber, ohne daß die Hochzeit stattgefunden hätte. Fragte man Sven, warum die Hochzeit ausgefallen war, so sagte er einfach, wegen des Todes eines Onkels, und dieser Grund wurde anerkannt.

Im darauffolgenden Jahr nun starb kein Onkel, und wer geglaubt hatte, daß die Hochzeit diesmal stattfinden würde, der sah sich getäuscht: der Herbst kam und ging vorüber, und der Zustand, in dem sich beide befanden, war nach wie vor der von Verlobten. Man konnte beobachten, wie die beiden einander zufällig auf dem Hünengrab begegneten, auf dem Feld oder auf der Straße, man konnte zur Kenntnis nehmen, wie sie ein Weilchen miteinander schwiegen, mehr war ihren Begegnungen nicht zu entnehmen. Da verriet nichts, daß man sozusagen füreinander versprochen war; kein Zwinkern, kein Winken und erst recht kein Wort.

Nun ist es wirklich nicht allein die Geschichte, die mich zwingt, Herbst auf Herbst verstreichen, das Verlöbnis dauern zu lassen. Sven Feddersen verhielt sich einfach, als sei ihm seine Verlobung mit Elke Brummel entfallen, denn fünf-, sechs-, achtmal kam der Herbst, und eine Hochzeit fand nicht statt. Die Leute in Bollerup, sie waren schon der Meinung, daß Sven sein Leben als Verlobter beschließen wollte, und hier und da vergaß man sogar, daß er überhaupt verlobt war. Man behandelte ihn allmählich wieder wie einen Ledigen, und das gleiche geschah mit Elke Brummel, die, zart, aber zäh, den Hof ihres Bruders zu beaufsichtigen half.

Plötzlich, nach neun ereignislosen Herbsten, geschah, was niemand mehr erwartet hatte: Sven Feddersen ließ einen Termin für seine Hochzeit bekanntgeben; ließ aber nicht nur den Termin bekanntgeben, sondern lud sogleich zweihundertvierzehn Personen, wovon einhundertachtundneunzig Feddersen hießen, in den Mühlenkrug, um mit ihnen die Hochzeit zu feiern. Da war Bollerup – nun, sagen wir mal, tief verblüfft; aus einer Spannung entlassen, seufzte man auf und beeilte sich, die geforderte Summe abzuzählen, denn obwohl eingeladen, mußte jeder, wie es in Bollerup üblich ist, die Rechnung selbst bezahlen.

Die ländliche Hochzeit fiel auf einen Sonnabend, und nach der Trauung fand sich die Gesellschaft im Gasthaus ein, wo man sich an langen Tischen niederließ und zu Ehren des späten Hochzeitspaares folgendes aß: saure Heringe, gebratenen Aal, gebratene Seezungen, gebackenes Huhn, geschmorte Koteletts, panierten Speck, ein Stück vom Hasen, Wurstplatten, Platten mit Schinken und kalter Schweineschulter, dazu Brot, Kartoffeln und Gemüse, danach Eis und Käseplatten. Hatte zunächst, während des Essens, noch hier und da jemand das Wort genommen, so entstand, erstaunlich und belastend, eine immer befremdlichere Stille, die jeder spürte, die jedem zusetzte, und mein Schwager will wissen, daß diese Stille nur deshalb entstand, weil jeder darüber grübelte, warum das Verlöbnis neun Jahre gedauert hatte. Insbesondere grübelte man deshalb darüber, weil das betagte Brautpaar, alles in allem, einen ausgeglichenen, zufriedenen Eindruck machte, sich aufmerksam die Kartoffeln zuschob, mitunter auch nachdenklich zunickte; und dabei fragte man sich natürlich, warum man dies Bild nicht bereits vor neun Jahren hatte wahrnehmen und genießen können.

Der Druck der Stille wurde so groß, daß einige Feddersens es als Erlösung ansahen, als eine Kapelle aus Flensburg, die sich selbst »Die blauen Jungen« nannten, mit ihrer Tätigkeit begann. Sven und Elke tanzten zuerst, und dann tanzten die andern, und ich könnte jetzt beschreiben, wie der Tanz sich ausnahm im Verhältnis zur Musik, könnte auch erwähnen, was mit dem überflüssigen Essen geschah, doch das und so manches andere interessiert nur die Betroffenen.

Ich möchte nur zugestehen, was von überregionalem Interesse ist, und da wäre zu sagen, daß Sven Feddersen keine Einladung zum Schnaps ausschlug, an die neunzig Mal anstieß und sich deshalb kostenlos an neunzig Schnäpsen labte. Das hatte zur Folge, daß er mitteilsam wurde, zuerst mit den Händen, die er hier und da fallen ließ, gegen Morgen auch mit dem Mund, und auf einmal, so berichtet mein Schwager, verschaffte sich jemand Luft, wollte sich gleich dazu Gewißheit verschaffen; und er ging – ich glaube, es war der Friseur Hugo Feddersen – zum Bräutigam.

Stellte sich einfach vor ihn und fragte: »Warum, Sven Feddersen, hat deine Verlobung neun Jahre gedauert?« Darauf soll Sven gezwinkert und dann gesagt haben: »Als mein Onkel starb, da hinterließ er mir einen ganzen Keller voll Johannisbeerwein. Es gibt nichts, was ich so gern trinke wie dieses Zeugs. Nachdem ich die erste Flasche probiert hatte, sagte ich mir: heiraten kannst du, wenn der Keller leer ist; denn so ein Tröpfchen, das trinkt man besser allein.«

JUTTA PROFIJT

Lieber Mensch

~~Liebe Mama,~~ (sie gibt sich Mühe, ist aber trotzdem schwierig zwischen uns)

~~Meine liebe beste Freundin Elke,~~ (neue Geliebte meines Ex – seit wann?!)

~~Liebe Oma,~~ (immer noch ein lieber Mensch, aber leider dement)

~~Liebe Nachbarin von unten,~~ (ich kenne nicht mal deinen Namen)

~~Liebe …~~ (tja, keine Ahnung … dann eben ohne Anrede)

Das hier ist die Abschlussaufgabe. Okay, muss ich kurz erklären: Wir sind sechs sehr unterschiedliche Menschen, die entweder freiwillig oder gezwungenermaßen einen Kurs zur Verbesserung von Beziehungsarbeit besuchen. Manche sind hier, weil sie einsam sind und lernen wollen, wie sie mehr Kontakt zu anderen Menschen bekommen. Andere – darunter ich – sind hier, weil sie müssen. In meinem Fall hat mein Arbeitgeber, dessen Namen ich lieber nicht nenne, mir sehr, sehr dringend geraten, an diesem Seminar teilzunehmen, weil sonst meine Weiterbeschäftigung fraglich wäre. Wegen meines Sozialverhaltens. Als ob mein Arbeitgeber sozial wäre, aber der kann es halt besser verstecken. Okay, anderes Thema.

Die Gruppe wird geleitet von Heidelinde. Heidelinde sieht genau so aus, wie man sich das bei dem Namen vorstellt. Wallende Klamotten aus Baumwolle, Leinen oder Wolle, Kette mit gefilzten Wollkugeln in allen Farben des Regenbogens und Schuhe ohne Absatz, dafür aber mit ganz viel Platz für die Zehen.

Die Kursteilnehmer (Nein, ich werde nicht gendern, muss sich halt jeder was denken. Schadet ja nicht. Also das mit dem Denken.):

Frau Holle, die nicht geduzt werden möchte und eigentlich Hollenfels heißt, aber inzwischen voll auf Frau Holle reagiert. Freiwillige Teilnahme.

Erwin, der nur halb so alt ist wie der Name klingt. Freiwillige Teilnahme.

Jasmin. Anfang dreißig, auch freiwillig hier. Jasmin ist einsam und traut sich nicht, das jemandem zu sagen. (Wem auch, wenn ich das mal einwerfen darf?)

Rüdiger. Unfreiwillige Teilnahme. Rüdiger hat ein Aggressionsproblem und eine rechtslastige Gesinnung. War anfangs etwas schwierig mit Jasmin, weil die halt Türkin ist. Also Deutsche, aber mit Migrahigru (Migrationshintergrund. Zum Thema Selberdenken: siehe oben.).

Igor. Unfreiwillig. Überraschend viele Haare. Auch da, wo andere Leute Mimik haben. Mitte zwanzig, vermutlich.

Betty. Das bin ich. Achtundzwanzig, unfreiwilliger Single, unfreiwillige Teilnahme. Scheint gerade das vorherrschende Konzept in meinem Leben zu sein.

Wir sechs sollten also in den vergangenen drei Monaten unser Seelenleben erkunden und eine grundsätzlich gelassene, freundliche und offene Haltung gegenüber anderen Menschen entwickeln. Das fing damit an, dass jeder sich vorstellen musste.

Frau Holle erzählte vom Tod ihres Mannes und fragte Heidelinde, warum die gemeinsamen Freunde sie nun, da sie allein sei, fallen ließen.

»Was glauben Sie denn, warum sie das tun?«, fragte Heidelinde.

Jasmin erklärte, ihre Identität mache ihr Probleme, weil sie immer wieder für eine ausländische Muslimin gehalten würde, obwohl sie in Deutschland geboren und inzwischen evangelisch sei und sogar ein Kreuz um den Hals trage.

»Warum ist es dir denn so wichtig, was die Leute von dir halten?«, fragte Heidelinde.

Erwin ist Bestatter und findet deshalb keine Frau. Entweder, weil die den Tod lieber verdrängen, oder weil er häufig zu den unmöglichsten Zeiten gerufen wird und sich dann halt kümmern muss. Um Tote. Womit wir wieder bei Argument Nummer eins wären.

»Warum ist der Tod so ein riesiges Tabu?«, fragte Erwin.

»Was denkst du denn, warum das so ist?«, erwiderte Heidelinde.

Rüdiger stellte sich selbst vor und fragte dann Jasmin, ob sie stolz drauf wäre, dass sie sich jetzt auch noch in die Religion reinwanzen würde, nachdem sie ja schon in Deutschland leben dürfe, obwohl sie gar nicht hierher gehöre. Jasmin brach in Tränen aus.

»Habe ich was Falsches gesagt?«, fragte Rüdiger verwirrt.

»Glaubst du denn, dass das, was du gesagt hast, richtig war?«, fragte Heidelinde.

Dann war ich dran: »Ich heiße Betty und bin hier, weil

ich die schwanzgesteuerten Idioten nicht mehr ertrage, die mich ständig angraben.«

»Wir wollen hier keine Schimpfwörter benutzen«, sagte Heidelinde.

»Wie soll ich die sonst nennen?«, fragte ich.

»Wie würdest du sie denn nennen?«, fragte Heidelinde.

»Kollegen, Vorgesetzter, Personalchef«, sagte ich.

»Das ist doch gut«, sagte Heidelinde.

Ich fand das nicht gut. Genau das war mein Problem. Deshalb hatte ich schon einige Verwarnungen kassiert. Wegen ungebührlichen Verhaltens. Ich. Nicht die.

Igor sagte: »Igor, Industriekletterer.«

»Warum bist du hier, Igor?«, fragte Heidelinde.

»Weil ich muss.«

»Weshalb musst du denn hierherkommen?«

»Ich habe jemand geprügelt.«

»Wen?«

»Mann, der schuld ist an Absturz von Kollege.«

»Was hat er getan?«

»Geschlampt.«

»Und hat deine Gewalt die Situation irgendwie besser gemacht?«, fragte Heidelinde in einem Tonfall, den Jasmin sicher aus der Kirche kannte.

»Ja«, sagte Igor. »Hat mir gutgetan.«

Heidelinde wurde blass. Frau Holle, die neben Igor saß, tätschelte seine Hand. Rüdiger grinste.

»Wie geht es deinem Kollegen?«, fragte Jasmin mit Rehaugenaufschlag.

»Ist tot.«

»Scheiße«, sagte ich.

Alle nickten. Außer Heidelinde. Die klatschte in die Hände und verkündete die erste Aufgabe.

Ich will hier nicht jedes Detail ausbreiten, das meiste war auch einfach langweilig. Wir warfen uns Plüschtiere zu und dann durfte der, der es geworfen hatte, eine Frage stellen, die der Fänger beantworten musste. So erfuhren wir, dass Frau Holle immer nur das Anhängsel ihres Mannes gewesen war. Die Frau vom Chef, die Frau vom Vorsitzenden des Schützenvereins, die Frau vom Bruder und so weiter. Für Hobbys hatte sie keine Zeit gehabt, denn ihre Beschäftigung als Beiwerk war sehr zeitaufwendig. Und ihr Mann hätte es auch gar nicht gemocht, dass sie ihn allein zu Hause ließ.

Jasmin wäre gern die Frau von jemandem, aber für türkische Männer war sie nicht muslimisch genug, für deutsche Männer zu schüchtern. Oder zu türkisch. Oder völlig unsichtbar. Außerdem arbeitete sie zu viel, denn in der Schneiderei ihres Onkels war immer so viel zu tun. Bestatter Erwin warf ihr einen langen Blick zu. Kein ›Ich-seh-dich-nackig‹-Blick (damit kenne ich mich aus), sondern einen ›Ich-seh-dich‹-Blick (von denen es viel zu wenige gibt). Ich drückte ihm heimlich die Daumen, was aussah, als würde ich eine Faust machen und mir einen misstrauischen ›Ich-hab-dich-im-Blick‹-Blick von Heidelinde eintrug.

Rüdiger war funktionaler Analphabet und hatte einem Kollegen eine reingehauen, weil der sich drüber lustig gemacht hatte, dass Rüdiger irgendein Handbuch nicht lesen konnte.

»Dabei bin ich der beste Mechaniker der ganzen Firma«, erklärte er mit einer Mischung aus Stolz und Verzweiflung in der Stimme. »Was hätte ich denn sonst tun sollen, um meine Ehre zu verteidigen?«

»Was glaubst du denn heute, was du hättest tun sollen?« (Sie wissen sicher, von wem die Frage kam.)

Zum zweiten Treffen brachte Frau Holle ein Blech Kuchen mit.

»Ich hoffe, das ist in Ordnung?«, fragte sie.

»Ist es dir denn wichtig, dass das in Ordnung ist?«, erwiderte Heidelinde.

Zum dritten Treffen erschien Igor mit einer großen Kanne Tee, der so stark war, dass niemand außer Jasmin ihn unverdünnt trinken konnte.

»Das ist ja nett, oder?«, fragte Jasmin.

»Findest du es denn nett?«, erwiderte Heidelinde.

Zum vierten Treffen am gleichen Ort zur gleichen Zeit an jedem Dienstag kamen Rüdiger und Frau Holle gemeinsam. Rüdiger wurde rot, als ich eine entsprechende Bemerkung machte.

»Sie bringt mir Lesen bei«, wiegelte er ab. »Ist doch super, wenn ich in dem Kurs wenigstens das lerne, oder?«, fragte er Heidelinde.

»Würde dich das denn freuen?«, erwiderte diese.

Erwin und Jasmin erschienen zum sechsten Treffen gar nicht. Ich war enttäuscht, denn irgendwie hatte ich mich inzwischen an die Gruppe gewöhnt und freute mich immer schon morgens auf die abendliche Runde. Auch die anderen empfanden das Fehlen der beiden als Verrat.

»Warum Verrat?«, fragte Heidelinde.

»Hast du auch irgendwo einen Punkt im Programm?«, konterte ich. »Oder immer nur Fragezeichen?«

Mein Akt der Rebellion wurde von Frau Holle mit einem erschreckten »Huch!« und von Rüdiger mit offener Zustimmung quittiert. Igors Gesichtsbehaarung zuckte.

Wir kannten uns ja nun schon ein bisschen besser, weshalb ich das Zucken als Grinsen interpretierte.

»Hättest du es denn gern, dass dir mal jemand einen Punkt setzt?«, fragte Heidelinde.

Erwin und Jasmin warteten draußen auf uns. Unsicher, verlegen, von einem Bein aufs andere tretend. Erwin öffnete den Mund, um etwas zu sagen – eine Entschuldigung, darauf hätte ich mein nächstes Gehalt verwettet –, als Igor zu Erwin ging, seinen Kopf in beide Hände nahm und ihm links und rechts einen dicken Kuss auf die Wange gab. Dasselbe machte er bei Jasmin. Dann legte er je einen Arm um die beiden, nickte uns anderen zu und sagte: »Mitkommen!«

Igor ist ein Schweiger, aber wenn er was sagt, hat das Autorität. Vielleicht hatte aber auch einfach niemand Bock, allein nach Hause zu gehen, also folgten wir gehorsam. Er führte uns in ein Café, in dem er offenbar bekannt war, denn auf das knappe Begrüßungsnicken des Wirts machte er eine kreisende Bewegung mit dem rechten Zeigefinger. Wenig später brachte Väterchen Russland ein Tablett mit sechs Gläsern und einer unbeschrifteten Flasche.

»Vodka«, sagte Igor, während er einschenkte. Jasmin, Erwin und Frau Holle wollten ablehnen, aber ein Blick von Igor genügte. Wir erhoben unsere Gläser auf das junge Glück und tranken auf Ex. Erwin strich Jasmin nach dem Hustenanfall zärtlich die Tränen von der Wange und auch die Wiederbelebung bei Frau Holle klappte problemlos, ohne dass wir die Sanis rufen mussten. Viel später bot ich Igor an meiner Haustür noch einen Kaffee an.

»Frag mich noch mal, wenn du nüchtern bist«, habe

ich als Antwort verstanden, dann schob er mich in den Flur und schlenderte davon. Ich schlief super und freute mich schon beim Aufwachen auf den nächsten Dienstag.

Wir ließen Heidelinde weiter mit Fragezeichen um sich werfen und ertrugen die folgenden Kursabende mit deutlich mehr Gelassenheit. Rüdiger, Igor und ich mussten sowieso, die anderen drei hatten sich bereit erklärt, weiterhin zu kommen, um uns beizustehen.

Selbst heute, am letzten Kurstag, hat Heidelinde noch nicht bemerkt, dass Erwin und Jasmin ein richtiges Paar sind, oder dass Rüdiger und Frau Holle ein Geheimnis haben, das wir vier anderen aber kennen. Sie weiß nicht, dass Frau Holle, die gelernte Herrenschneiderin, einen Job bei Jasmins Onkel bekam. So hat Jasmin mehr Zeit für Erwin und Frau Holle eine sinnvolle Beschäftigung. Und wenn Jasmin recht hat, entwickelt sich zwischen Frau Holle und Jasmins Onkel etwas, das nichts mit der Schneiderei zu tun hat.

Igor hat sich nach dem Tod seines Kollegen selbstständig gemacht und kann sich vor Aufträgen nicht retten. Andere Kletterer wollen für ihn arbeiten, denn er macht keine Zugeständnisse bei der Sicherheit. Da er die Expansion allein nicht stemmen kann, braucht er eine fähige Bürokraft. Deshalb habe ich jetzt einen neuen Job. Und mein neuer Chef darf mir gern seine Hände auflegen, das haben wir zwei nach dem denkwürdigen Dienstag ziemlich schnell geklärt.

Die Abschlussaufgabe, nämlich einen Brief an einen lieben Menschen zu schreiben, erledigen wir trotzdem gerade alle ganz fleißig. Inhalt: Wie wir uns fühlen und was das Leben so mit uns macht. Am Schluss dürfen wir auch einen guten Rat geben, falls wir uns dazu in der Lage fühlen, nachdem wir in dem Kurs ja wahnsinnig viel gelernt haben, sagt Heidelinde. (Ein Punkt von ihr, ein Punkt für sie. Wow.)

Die neuen lieben Menschen in meinem Leben sehe ich regelmäßig, die brauchen meinen Brief nicht. Deshalb habe ich mir was überlegt. Ich schreibe den Brief an alle anderen lieben Menschen, die es mit Sicherheit überall gibt.

Also los:

Lieber Mensch,

das hier ist die Abschlussaufgabe unseres Kurses zur Verbesserung unserer Beziehungsarbeit. Ich habe Menschen getroffen, die genauso sind wie ich. Einsam, wütend, verletzt. Und mutig genug, das ändern zu wollen. Ich habe viel gelernt in dem Kurs über Industriekletterei, Bestattungswesen, den Dativ und die Neu- und Änderungsschneiderei, aber das nur am Rand. Vor allem habe ich eine Erkenntnis gewonnen, die ich gern mit dir teilen möchte:

Wir sind nicht schön oder wichtig, aber echt. Wir sind die wahren Helden. Lass dir nix anderes einreden.

Liebe Grüße

Deine Betty

JULIUS ARTH

Jacob, der kleine Kaminkehrer

Es gibt diese Orte, an denen kauert die Verzweiflung in jeder Mauerritze. Fast ist es, als könne man ihr Murmeln hören. Weder das Rauschen der Themse noch das Geklapper von Pferdehufen vermögen es, sie zu übertönen. Ja, selbst wenn die Dame hinter dem Kutschenfenster hastig den Blick abwendet und sich ihren soeben auf der London Bridge erworbenen Seidentüchern zuwendet, fährt ihr doch unweigerlich ein Frösteln den Rücken hinab. Denn es gibt diese Orte, von denen etwas ausgeht, das einem die Luft nimmt.

Manchmal liegt das Labyrinth von St Giles, diese Ansammlung von engen Gassen und schmutzigen Hinterhöfen, unter einer schweren Nebelbank verborgen. Das berüchtigte Armenviertel Londons hält den Nebel fest im Griff. Wie einen Freund, den es nicht ziehen lassen möchte. Oder einen Feind, den es gefangen hält. In dieser grauen Suppe ist der kleine Jacob unterwegs. Er kennt hier jede Ecke, denn er wurde vor nunmehr acht Wintern im Jahre 1741 in St Giles geboren. Sein strähniges Haar fällt ihm ins Gesicht und er muss es immer wieder zur Seite streichen. Vorsichtig bahnt sich seine in Lumpen gekleidete Gestalt den Weg durch die Gassen. Aufs Tunlichste möchte Jacob es vermeiden, in jemanden hineinzustolpern. Freund und Feind sind in diesem Stadtteil schwer voneinander zu unterscheiden.

Immer wenn Jacob durch diesen undurchsichtigen Nebel schwimmt, kommt ihm die Themse in den Sinn. Vom Ufer aus konnte er einmal beobachten, wie ein großer, langer Fisch einen kleineren geschnappt und verschluckt hat. Blitzschnell. »Ich werde nicht der kleine Fisch sein. Niemals«, murmelt er und schlägt im Nebelfeld einen Haken.

Sein Vater ist Seidenweber und hat seine Arbeitsstelle bereits vor langer Zeit verloren. An seine Mutter kann er sich nicht erinnern. Zu jung war er, als sie verstarb. Für sein Alter ist der Junge übrigens merklich klein, weshalb ihn die anderen Kinder nur Little Jacob nennen. Die unregelmäßigen Mahlzeiten haben nicht dazu beigetragen, ihn wachsen und gedeihen zu lassen, was ihn selbst jedoch nicht weiter stört.

Gerade kehrt er mit knurrendem Magen aus dem Westen Londons zurück. Aus einer anderen Welt. Über Stunden hat er am prächtigen Grosvenor Square gesessen und die feinen Damen aus großen Augen angeblinzelt. Die eingesammelten Pennys gibt er dem Vater, damit sie die Miete für das Zimmer bezahlen können. Denn selbst im Armenviertel von St Giles muss der Mietzins entrichtet werden, möchte man sein Dach über dem Kopf behalten. Zumindest darin unterscheidet sich dieser Ort wenig von anderen.

Der Vater selbst verlässt das Zimmer nur selten. Er sagt, es läge an diesem Ort, der ihn lähme. Ihm die Luft abschnüre. Also muss der Achtjährige am Straßenrand hocken und den Damen Westminsters flehentliche Blicke zuwerfen.

Doch in Jacob wohnt die Zuversicht. Ihn trägt die Hoffnung, dass es seinem Vater und ihm gut ergehen wird. »Sicher wird es das«, flüstert er in den Nebel von

St Giles, um das Murmeln zu verdrängen, das sich auch in sein Ohr schleichen möchte. Doch Jacob gibt der Verzweiflung keinen Raum. Vater spricht schließlich oft von den alten Zeiten, in denen er als Seidenweber arbeitete. Zeiten, in denen alles besser war. Gewiss wird der Vater eine neue Anstellung finden, eines Tages. Dann werden sie diesen Ort hinter sich lassen. »Vater wird es schaffen!«, raunt das Kind auf seinem Weg durch das elendste aller Armenviertel und lächelt.

Im Hausflur riecht es nach Schimmel und Urin. Jacob schleicht die Treppe hinauf, vorbei an schiefen Türen, hinter denen unzählige Stimmen zu hören sind. Eine Frau lacht, verfällt dann übergangslos in ein heftiges Schluchzen. Eine Etage höher plärrt ein Neugeborenes. Aus einem anderen Zimmer ertönt eine barsche Männerstimme.

Oft leben zehn Personen in einem einzigen Raum. Einige Leute, die hier wohnen, bekommt Jacob nie zu Gesicht. Andere, wie die alte Mrs Hugh, sieht er jeden Tag. »Hallo, Mrs Hugh«, grüßt er, auf dem nächsten Treppenabsatz angekommen.

Die alte Frau hebt den wackelnden Kopf, zeigt aber kein Zeichen des Erkennens. Sie murmelt einfach weiter, als spreche sie angeregt mit sich selbst. Den ganzen Tag über sitzt sie auf einem Schemel im Treppenhaus, starrt und murmelt vor sich hin. Nur nachts verschwindet sie in dem Zimmer, das sie sich mit unzähligen weiteren Bewohnern teilt.

»Ich wünsche Ihnen noch einen schönen Tag, Mrs Hugh«, sagt Jacob und hastet an ihr vorbei. Nicht dass er Angst vor ihr hätte, nein. Doch seitdem Beth ihm erzählt hat, die Alte sei in Wahrheit eine verzauberte Krähe, hat er ein mulmiges Gefühl, wenn er ihr begegnet. Wobei man Beth nicht immer Glauben schenken sollte. Sie wohnt im Nebenhaus und ist zwei Jahre älter als Jacob. Manchmal erfindet sie absichtlich schlimme Geschichten, damit die Kinder aus der Nachbarschaft weinen. Jacob weint aber nie. Zumindest nicht, wenn Beth es sehen könnte.

Im obersten Stockwerk, vor der Tür zur schmalen Dachkammer, hält Jacob verwundert inne. Aus dem Zimmer dringen Stimmen. Die Tonlage des Vaters erkennt er sofort, doch die andere nicht. Sie ist tief und rau, wirkt ungehalten. Hat der Vater Besuch? Er hat niemals Besuch. Langsam drückt Jacob die Tür auf.

»Junge, da bist du endlich«, grummelt der Vater. Dann wendet er sich dem Besucher zu. In seine Stimme schleicht sich ein unterwürfiger Tonfall. »Sehen Sie, Mr Pike, das ist er. Habe ich Ihnen zu viel versprochen, Sir? Klein wie ein Stichling.«

Mit beiden Händen reibt Mr Pike über seinen ausladenden Bauch, zieht die darüber spannende Weste zurecht. Aus tief liegenden Augen mustert er Jacob, kratzt sich an der hohen Stirn, über der eine vergilbte Perücke thront. »Nun, sieh an.«

»Habe ich zu viel versprochen?«, wiederholt der Vater und schielt auf den Geldbeutel, der sich deutlich in Mr Pikes Hosentasche abzeichnet.

Ratlos blickt Jacob vom Vater zu Mr Pike und wieder zurück. Er hat diesen Mann noch nie zuvor gesehen. Er mag ihn nicht.

»Es sollte reichen«, erklärt der Besucher und zückt den Geldbeutel. Für einen Moment hält er ihn reglos in der Luft. Als habe er eine Angel ausgeworfen und warte auf den Fang.

In den Augen des Vaters glimmt etwas auf.

»Erst die Papiere«, sagt Mr Pike und steckt den Beutel kurzerhand wieder ein. Dann zieht er von irgendwoher einen Papierbogen hervor.

»Ja, ja, natürlich«, krächzt der Vater und fährt sich mit der Zungenspitze über die Lippen.

Jacob verspürt ein unangenehmes Gefühl in seinem Magen. Ein Zwicken. Ein Drücken. Es ist beinahe so, als wolle es ihn zum Weglaufen bewegen. Doch er bleibt in der Tür stehen, wie versteinert.

Mr Pike überfliegt das Dokument. »Die Mutter ist also verstorben? Gut. Sie sind der einzige Vormund?«

Der Vater nickt und greift nach Feder und Tinte. Sie sind die letzten Überbleibsel eines längst vergessenen Lebens.

»Hier unten, mein Herr. Unterschreiben Sie leserlich, damit ich später keine Schwierigkeiten bekomme.« Mr Pike reicht dem Vater das Papier. Nachdem die Unterschrift an die gewiesene Stelle gekritzelt ist, rollt Mr Pike das Blatt zusammen und schiebt es in die Weste. Er wirkt nun äußerst zufrieden. Dann zieht er den Geldbeutel abermals hervor. »Die verabredete Summe.«

»Verabredete Summe?«, ächzt Jacob.

Mit zitternden Fingern nimmt der Vater das Geld entgegen. Dann geht er zur Kiste, die ihnen als Kommode dient, und greift nach der darauf stehenden Gin-Flasche. Er nimmt einen großen Schluck, hält hernach Mr Pike die Flasche einladend entgegen.

Mit einem angewiderten Zug um die Mundwinkel schüttelt Mr Pike den Kopf. Dann wendet er sich an Jacob. »Hast du irgendwelche Sachen, die du mitnimmst?«

»Mitnehmen?«, stöhnt der Junge. »Was denn für Sachen?«

»Nicht? Dann komm«, sagt Mr Pike und fasst Jacob am Arm.

Der feste Griff tut Jacob weh. »Vater? Hilf mir!« Er will zu ihm gehen, doch Mr Pike gibt ihn nicht frei.

»Moment«, stößt der Vater aus.

Jacob atmet auf. Gleich wird der dicke Mann ihn loslassen müssen.

»Das Geld«, sagt der Vater zum Sohn. »Das Geld aus Westminster, gib es mir.«

Der kleine Jacob fühlt sich in einem bösen Traum gefangen. Sein Kopf ist seltsam leer, obwohl sich die Gedanken darin doch überschlagen. Seine Finger händigen die Pennys aus, ohne dass er etwas dagegen tun könnte. Dann zieht Mr Pike ihn schon aus dem Zimmer, das Treppenhaus hinab, an der murmelnden Mrs Hugh vorbei und weiter auf die Straße. Von seinem Vater bleibt als letzter Eindruck zurück, wie dieser erneut die Gin-Flasche ansetzt und den Kopf in den Nacken legt. Dabei wiegt er den Geldbeutel in der anderen Hand.

Draußen hat sich der Nebel gehoben. Schonungslos entblößt sich das Elend der Gassen und Höfe. Heruntergekommene Hausfassaden. Unrat, der sich in den Ecken häuft. Ein paar Kerle lungern in einem Hauseingang herum, doch sie schenken Mr Pike und Jacob keine Beachtung. Vielleicht wagen sie es auch nicht, sich mit Mr Pike anzulegen.

Jacob versucht, sich loszureißen. Er schreit vor Schmerz auf, da der eiserne Griff nur noch fester wird. Den Atem für einen Hilferuf kann er sich indes sparen. Jacob weiß, dass niemand auch nur einen Finger rühren würde. Schluchzend reibt er mit dem zerschlissenen Jackenärmel des freien Arms über seine Nase, während Mr Pike ihn hinter sich herzieht.

Vor einer zweispännigen Kutsche, die an der Grenze des Viertels wartet, versucht Jacob erneut, sich loszumachen. Doch ein rüder Stoß verfrachtet ihn in den Innenraum. Schwer atmend bleibt er auf dem Kutschenboden liegen.

»Du gehörst jetzt mir, Junge«, sagt Mr Pike und gibt dem Kutscher ein Zeichen, woraufhin sich das Gefährt mit einem Ruck in Bewegung setzt. »Der Vertrag mit deinem Vater ist rechtens. Du wirst dich also nützlich machen, Bürschchen.«

Es gibt diese Orte, an denen kauert die Verzweiflung in jeder Mauerritze. Fraglos ist die Schlafstube in Mr Pikes Haus einer jener Orte, an denen Verzweiflung und Hoffnungslosigkeit das Zepter fest in der Hand halten. Jacobs schmales Bett steht gleich unterhalb des einzigen Fensters, durch das der Mond jetzt seine fahlen Strahlen schickt. Gesiebt wird das Licht von breiten Eisenstangen, die laut Mr Pike dazu dienen, Einbrecher fernzuhalten. Doch Jacob und die vier weiteren Jungen, die sich diesen Raum teilen, wissen genau, dass die Gitter dazu gedacht sind, etwas *im* Gebäude zu halten.

Da wäre zum einen Clive, mit zwölf Jahren der älteste der Jungen. Selbst das wöchentliche Waschen vermag es nicht mehr, den Kohlenstaub und die Asche von seiner Haut zu entfernen. Er hustet ohne Unterlass und seine Augen tränen. Doch Mr Pike meint, er solle sich nicht anstellen.

Dann gibt es Luke, der kaum jünger als Clive ist und ebenfalls vor Schmutz starrt, als habe er sich in einem Kohlehaufen gewälzt. Was nicht weit von der Wahrheit entfernt liegt. Luke stammt aus Yorkshire und hat immer etwas zu sagen. Anders als Peter, der die Zähne kaum auseinanderbekommt. Er ist neun Jahre alt, aber bereits so groß gewachsen wie Clive. Niemand weiß, wo er herkommt, am wenigsten wohl er selbst.

Der letzte im Bund trägt den Namen Jonathan, wird von allen aber nur Jo genannt. Er ist ein Jahr jünger als Jacob und ist ebenfalls erst kürzlich zu Mr Pikes Truppe gestoßen. Oder vielmehr gestoßen worden. Im Gegensatz zu Jacob hat der Master – denn so will Mr Pike von den Jungen angesprochen werden – ihn aus dem Waisenhaus geholt. Dort ist man über jedes hungrige Maul, das es nicht zu füttern gilt, mehr als erfreut. Also übergab man Jo als Lehrling an Mr Pike und legte noch ein paar Schillinge obendrauf. Sieben Jahre lang hat der Junge nun in die Kamine zu klettern, um sie von Rußablagerungen und von Asche zu reinigen. Eine Aufgabe, welche die übrigen Kinder mit ihm teilen. Währenddessen muss Mr Pike, der Master Sweep, lediglich die Hand aufhalten und das Geld der Hausbesitzer, an die er die kleinen Kaminkehrer ausleiht, einsammeln.

»Du hast Glück, dass du so klein bist«, sagt Clive zu Jacob und verfällt in ein trockenes Husten.

Luke richtet sich in seinem Bett auf und nickt. »Du bist für Robert gekommen. Kannst wahrlich von Glück sagen, dass du so klein und schmal bist.«

»Robert?« Little Jacob ist seit drei Tagen ein Kaminkehrer und nach wie vor ist ihm alles entsetzlich fremd.

Luke seufzt. »Rob hatte es beinahe geschafft. Die sieben Jahre waren fast rum. Dann hätte der Master ihn gehen lassen müssen.«

»Was ist geschehen?«, fragt Jacob, ängstigt sich aber sogleich vor der Antwort.

Bedrücktes Schweigen breitet sich in der Stube aus. Es ist schließlich Jo, dessen dünnes Stimmchen im Halbdunkel erklingt. »Er ist stecken geblieben. Oben im Kamin. Sie mussten die Wand aufbrechen. Doch Robert war bereits tot.«

»Er ist jetzt im Himmel«, flüstert Clive und hustet.

»Pike hat geflucht, hat er«, meldet sich erstmals Peter zu Wort. Er rollt sich im Bett auf die andere Seite.

»Weil er für die kaputte Wand zahlen musste«, erklärt Luke und stößt ein Schnauben aus.

Clive wischt an seinen Augen. »Robert ist zu groß geworden. Die Kamine sind furchtbar schmal. Selbst wenn du nackt da hochkletterst, kann es sein, dass du stecken bleibst.«

»Ich hab große Angst, hab ich«, flüstert Peter, wie zu sich selbst. »Warum musste ich so schnell wachsen? Ich werd der Nächste von uns sein, der dran glaubt.«

Abermals breitet sich bedrücktes Schweigen aus. Diesmal ist es Jacob, der die Stille durchbricht. »Warum lauft ihr nicht weg?«

Luke lacht auf. »Wohin denn? Und der Meister findet uns immer. Er hat Leute, die spüren dich selbst im tiefsten Keller von Southwark auf, glaub mir. Robert hat es mal versucht. Wegzulaufen, mein ich. Pike hat ihn grün und blau geprügelt.«

»Du machst besser, was der Master dir sagt«, raunt Clive. »Wenn er dir vom Rauchfang aus mit seinem spitzen Stock in die Fußsohlen sticht, weil du nicht schnell genug den Schacht hochkletterst, hast du tagelang was davon.«

Jacob umschlingt seinen Oberkörper, versucht, das Zittern zu unterdrücken. Dankbar hört er auf eine innere Stimme, die ihm zuflüstert, dass alles gut werden wird.

»Einmal hat Pike unter Robert den Kamin angezündet. Damit Rob bis ganz nach oben durchklettert. Der Arme war danach rot wie ein Krebs.« Ein neuerlicher Hustenanfall schüttelt Clive durch.

»Ich werde kein kleiner Fisch sein. Und auch kein roter Krebs«, flüstert Jacob. »Man ... man müsste etwas tun.« Gleich wird ihm leichter ums Herz.

Bereits nach drei Wochen ist Jacob zu Mr Pikes wertvollstem Kaminkehrer geworden. Der kleine Junge erweist sich als äußerst gewandt und geschickt. Vor allem findet er selbst in ausgesprochen schmalen und verwinkelten Schächten Platz. Und derer sind es in London nicht wenige. Fraglos ist seine Arbeit ein gefährliches Unterfangen. Mr Pike lässt sie sich daher gut bezahlen.

Man sollte nicht denken, dass der gewinnbringende Einsatz Jacobs dazu führen würde, dass der Junge eine besondere Behandlung durch den Meister erführe. Nein, der Master Sweep rühmt sich seines strikten Regiments, das für alle Schützlinge gleichermaßen gilt. Also sind die Mahlzeiten karg, dürfen sich die Kinder lediglich einmal in der Woche waschen, werden Verfehlungen mit Prügeln geahndet. Für Jacob gibt es keine Ausnahme. Im Gegenteil, er muss noch mehr arbeiten als die übrigen Kinder. Schließlich ist er aufgrund seiner körperlichen Vorzüge sehr gefragt. Geschickt und mit einem langen Atem ausgestattet, vermag er es sogar, Kaminbrände zu löschen. Mr Pike kann sein Glück kaum fassen.

Doch da ist etwas, das der Master Sweep nicht kontrollieren, nicht verhindern kann. Während Jacob gehorsam in die schmalen Kamine klettert und den Ruß von den Ziegeln kratzt, während er die Schmerzen seiner aufgescheuerten Haut verdrängt, reift in seinem Inneren ein Entschluss. Er wird von hier verschwinden! Selbst im Armenviertel von St Giles hat er sich wohler gefühlt als bei Mr Pike. Also wartet er sehnsüchtig auf den richtigen Moment, um sich davonzumachen. Er vertraut darauf, dass er schon wissen wird, was zu tun ist, wenn es so weit ist. Und beißt die Zähne zusammen.

Der ersehnte Moment kommt, doch anders als erwartet. Es ist ausgerechnet Mr Pike selbst, der ihn herbeiführt. So ist es manchmal mit dem Schicksal. Es präsentiert jäh eine Rechnung, die man unwissentlich bereits seit Langem offen hat. Man könnte mit Blick auf Mr Pike auch von Ironie sprechen, doch der kleine Jacob würde nicht wissen, was dieses Wort bedeutet.

Zufrieden mit der Folgsamkeit seines neuesten Kaminkehrers, erteilt der Master Sweep ihm bald eine zusätzliche Aufgabe: Jacob soll bei seinem nächsten Einsatz, der ihn nach Westminster in die Stadtvilla eines betuchten Händlers führt, die Augen aufhalten. Und Mr Pike hernach Bericht erstatten. Darüber, wo sich die Reichtümer des Mannes befinden, wo etwaige Wachleute positioniert sind, wie man am besten in das prächtige Gebäude einsteigen kann. Denn Mr Pike, geschäftstüchtig wie er nun einmal ist, hat sich neben dem Schornsteinfegen unlängst ein zweites Standbein zugelegt. Des Nachts lässt er einige zwielichtige Gesellen in die von den Kaminkehrern ausgekundschafteten Häuser einsteigen. Ein lukratives Unterfangen, das sogar noch mehr Ertrag einbringt als die Arbeit eines Master Sweep. Manchmal, wenn Mr Pike seine Reichtümer zählt, sagt er sich, was er doch für ein Glückspilz ist.

Doch der Master ahnt nicht, dass in dem kleinen Kaminkehrer, der aus dem ärmsten aller Armenviertel stammt, ein unbeugsamer Wille schlummert, der nach einem anderen Leben strebt. An dieser Stelle also beginnt das Schicksal, seine Rechnung aufzumachen, Soll und Haben gegenüberzustellen. Was unter dem Strich übrig bleibt, dürfte Mr Pike kaum gefallen.

Wie gewohnt macht sich der kleine Kaminkehrer an die Arbeit, klettert in den Kamin und befreit diesen von Ruß und Schmutz. »Ich werde nicht der kleine Fisch sein«, spricht er sich flüsternd Mut zu. Dann schiebt er sich den Schacht hinauf, zwängt sich in eine Verzweigung und landet schließlich mit einem lauten Plumps in einer erkalteten Feuerstelle.

Die Dienstmagd, die sich gerade im Zimmer aufhält, gibt einen erschrockenen Laut von sich, als der rußverschmierte Junge aus dem Kamin steigt. Doch Jacob hat beim Betteln lange genug demütige Haltungen und flehende Gesten eingeübt, um die Magd gleich für sich zu gewinnen. »Ich muss mit Ihrem Herrn sprechen, Ma'am«, fiepst er. »Es geht um Leben und Tod.«

Etwas in seiner Stimme bewegt die Magd, den kleinen Kaminkehrer nicht vor die Tür zu setzen. Jacob wird durch einen langen Korridor zum Arbeitszimmer des Hausherrn geführt. Als er dem Händler, einem Mr Sheppard, berichtet, der Master Sweep habe vor, ihn nicht nur vom Kohlenruß, sondern auch von einigen seiner Reichtümer zu befreien, bleibt Mr Sheppard lange Zeit still und nachdenklich. Jacob übt sich in Geduld, studiert die Miene des schlanken Mannes, dessen weißgepuderte Perücke und samtener Gehrock tadellos wirken. Dass er um Mr Sheppards Mund einen Zug von Güte zu erkennen meint, stimmt Jacob zuversichtlich.

»Wie heißt du, Junge?«, fragt Mr Sheppard schließlich.

»Jacob, Sir«, sagt er. »Aber alle nennen mich Little Jacob, weil ich so klein bin.«

»Wie bist du zu diesem Mr Pike gekommen, Kind?«

Erst stockend, dann immer flüssiger berichtet Jacob von seinem Leben in St Giles, vom Vater, der ihn an den Master Sweep verkauft hat.

Sacht schüttelt der Händler nach Jacobs Bericht den Kopf.

»Alles ist wahr, was ich Ihnen sage, Sir«, stößt Jacob aus.

»Oh, daran habe ich keinen Zweifel«, sagt Mr Sheppard mit einem sanften Lächeln. »Ich kann nur nicht fassen, was du in deinem kurzen Leben bereits alles erlebt hast.«

Jacob ist verwirrt. Er versteht nicht, warum der Händler nach ihm und seinem Leben fragt. Es geht hier doch um Mr Pike! Um den bevorstehenden Einbruch in Mr Sheppards Haus! Warum befragt der Mann ihn nicht dazu?

Nun, Mr Sheppards Reichtum gerät nicht zum ersten Mal ins Visier von Gaunern und Ganoven. Was mit Mr Pike zu tun ist, darüber ist sich Mr Sheppard im Klaren. Etwas anderes beschäftigt den Händler, während er hinter seinem breiten Schreibtisch sitzt und den kleinen Kaminkehrer nachdenklich mustert. »Sag, mein Junge, wenn diesem Master Sweep der Prozess gemacht wird, was geschieht dann mit dir?«

»Mit mir?« Aus großen Augen blickt Jacob sein Gegenüber an. Darüber hat er bisher nicht nachgedacht. »Ich … ich bin dann frei«, stottert er.

»Und wohin wirst du gehen?«

Jacob runzelt die Stirn. »Ich suche dann Vater, denke ich.«

Mr Sheppard seufzt. Zu Jacobs Vater hat er bereits eine ebenso klare Meinung gefasst wie zu Mr Pike. Plötzlich überlagert sich vor seinen Augen das Bild des schmutzigen Jungen mit dem seines eigenen Sohnes, als dieser jung war. Zuerst will er die Erinnerung verdrängen, wie er es immer tut. Doch diesmal lässt er sie zu. Sein Herz wird ihm schwer. Vor nunmehr zwei Jahren hat er sein Kind an das Meer verloren. Im Sturm ist das Schiff gesunken, nachdem Mr Sheppard den gerade volljährig gewordenen Sohn gezwungen hatte, sich auf den Weg zu einem italienischen Handelspartner zu machen. Der Sohn hatte keine Ambitionen gezeigt, das väterliche Unternehmen weiterzuführen, doch Mr Sheppard hat so viel Eigensinn nicht dulden wollen. Das tragische Ende der erzieherischen Maßnahme hat er nie verwunden. Er hatte nicht nur den Sohn verloren, sondern auch noch seine seitdem in Trauer dahinsiechende Ehefrau. Abermals schüttelt Mr Sheppard sachte den Kopf.

Von diesen Gedanken seines Gegenübers hat Little Jacob natürlich keine Ahnung. Das lange Schweigen des Händlers beginnt ihn zu verunsichern.

»Eines nach dem anderen«, sagt Mr Sheppard schließlich und drückt den Rücken durch. »Zuerst nehmen wir uns diesen Mr Pike vor.« Klar und präzise gibt er Jacob auf, was dieser seinem Master bei der Rückkehr berichten soll.

Jacob prägt sich jedes Wort ein. Ein federnder Schwung liegt in seinen Schritten, als er sich auf den Weg zurück zum Master Sweep macht.

Mr Sheppard blickt dem Kind nach, wie es von der Dienstmagd aus dem Haus geführt wird. Dann geht er ins Krankenzimmer seiner Frau. Sein Herz ist ihm ein wenig leichter geworden. Erstmals seit nunmehr zwei Jahren.

Und so berichtet Jacob Mr Pike von den mannigfaltigen Schätzen, die er in Westminster vorgefunden hat. Von kostbaren Vasen, von Schmuckstücken und goldenen Bechern. »Es sind so viele Sachen, dass man nicht genügend Hände haben kann, um sie alle aus dem Haus zu schaffen«, flunkert er. »Und die einzige Wache besteht aus einem alten Tropf, der kaum etwas hört oder sieht.«

Mr Pikes Augen leuchten. Der Ausdruck ist nicht unähnlich dem von Jacobs Vater, als Pikes Geldbeutel vor seiner Nase baumelte. »Ich selbst werde helfen, das Zeug aus dem Haus zu schaffen«, frohlockt der Master Sweep und fährt sich mit der Zungenspitze über die Lippen.

Ist der Köder passend gewählt, kann man jeden Fisch fangen.

Das erste Mal seit seiner unfreiwilligen Ankunft im Haus des Master Sweep schläft Jacob in dieser Nacht tief und fest. Auch die übrigen Kinder atmen ruhig. Selbst Clive hustet im Schlaf weniger als gewöhnlich. Es liegt eine unerklärliche Ruhe über der Schlafstube, wie ein wärmendes Federbett. Wie ein sanfter Hauch von Hoffnung.

Indes machen Mr Pike und seine Spießgesellen in Westminster große Augen, als sie im Haus von Mr Sheppard, statt von einem zahnlosen Greis, von einer Handvoll Konstabler erwartet werden. Auf frischer Tat ertappt gibt es kein Entrinnen, auch wenn Mr Pike kurzzeitig den Kamin als Fluchtweg ins Auge fasst. Doch er scheitert bereits am engen Rauchfang und muss von den feixenden Konstablern gewaltsam daraus befreit werden.

Mr Sheppard ist, das mag nicht verwundern, ein äußerst gewissenhafter Mann. Er ist sehr darauf bedacht, seine

Anliegen und Pläne nicht scheitern zu sehen. Daher lässt er nach Jacobs Vater suchen. Doch der Mann ist spurlos aus St Giles verschwunden, nicht einmal eine leere Gin-Flasche ist von ihm zurückgeblieben. Ehrlich gesagt ist der Händler über diesen Umstand weder überrascht noch sonderlich unglücklich.

Derweil umhegt Mrs Sheppard, der es erstaunlicherweise von Tag zu Tag besser zu gehen scheint, den kleinen Jacob. Hätte sie den armen Jungen etwa in die Armenführsorge der Gemeinde geben sollen, wie es ein Konstabler anregte? Der bloße Gedanke daran lässt Mrs Sheppard die Hände über dem Kopf zusammenschlagen. Zuständig für Jacob wäre die Gemeinde in St Giles gewesen und der Junge schneller wieder im Elendsviertel gelandet, als man hätte gucken können. Nein, Mrs Sheppard teilt die Meinung ihres Gatten, dass man dem Kind verpflichtet sei. Man müsse leider davon ausgehen, dass Jacobs Vater verschollen bleibt, erklärt Mr Sheppard einem befreundeten Anwalt. Und beauftragt diesen, sich der rechtlichen Komponente von Jacobs ungeklärter Situation anzunehmen. Kurz darauf überträgt ein Richter die Vormundschaft des Jungen auf Mr Sheppard. Das totgeglaubte Gefühl von Zuversicht, welches mit der Aufnahme Jacobs in seine Familie zurückkehrt, macht den Händler geradezu trunken.

Und der kleine Jacob? Glücklich, Mr Pikes Fängen entkommen zu sein, schaut er sich mit großen Augen in seinem neuen Leben um. Er wohnt nun in einem großen Zimmer in Mr Sheppards Haus. Er hat neue Kleidung bekommen, schläft in einem sauberen Bett. Dienstboten bereiten seine Mahlzeiten zu, die er zusammen mit dem Ehepaar Sheppard einnimmt. Anfangs denkt er noch oft an seinen Vater. Wäre es nicht schön gewesen, sie hätten zusammen hier in Westminster leben können? Aber vielleicht wird der Vater sich mittlerweile selbst eine gute Anstellung gesucht haben, tröstet sich der Junge. Wenn er das Mrs Sheppard erzählt, streicht sie ihm stets über den Kopf.

Schon bald ist Jacob nicht mehr wiederzuerkennen. Als habe er nur darauf gewartet, beginnt er zu wachsen, wird größer und kräftiger. Er lernt das Lesen, Schreiben und Rechnen, erweist sich dabei als ausgesprochen talentiert. Manchmal trifft er sich noch mit den anderen Jungen, die über die Stadt verteilt untergebracht worden sind. Dem einflussreichen Mr Sheppard sei Dank. Nur Luke hat sich davongemacht. Einmal noch sieht Jacob ihn von Weitem über die London Bridge hechten, einen kleinen Jungen an der Seite. Betriebsamkeit liegt in ihren Schritten.

Ein Jahr später beginnt Jacob eine Lehre im Handelsunternehmen von Mr Sheppard. Besonders die Buchhaltung hat es ihm angetan. Wenn am Ende eines Tages Soll und Haben stimmen, dann gibt ihm das ein Gefühl der Zufriedenheit. Gleich nach der siebenjährigen Lehrzeit macht er sich einen Namen als rechte Hand von Mr Sheppard, den er mittlerweile um eine Kopflänge überragt. Sowohl Geschäftspartner als auch Gäste der Familie stellen immer wieder fest, wie ähnlich sich die beiden doch seien, Mr Sheppard und Jacob. Nicht äußerlich vielleicht, doch in ihrem Wesen. In der Zuversicht, die sie verströmen. Mrs Sheppard nickt dann stets und wischt sich verstohlen im Augenwinkel.

Manchmal muss Jacob an St Giles zurückdenken. An Mrs Hugh und Beths Geschichten. An den dichten Nebel, der das Elend unter sich versteckt, aber niemals ausgelöscht hat. Diese Vergangenheit, sie liegt nun selbst hinter einer Nebelwand, wie ein Traum. »Ich bin nicht der kleine Fisch geworden«, flüstert Jacob dann, mit einer Spur von Stolz in der Stimme. Und eines Tages, sagt er sich, wird er den Vater sicherlich wiedersehen.

Es gibt diese Orte, an denen kauert die Verzweiflung in jeder Mauerritze. Fast ist es, als könne man ihr Murmeln hören. Doch zuweilen, wenn die Hoffnung stark genug ist, wird das Murmeln übertönt. Dann gedeihen Mut und Zuversicht – und neue Welten eröffnen sich.

MAX SCHARNIGG

Wie ich einmal Karpfenkönig wurde

Seit zwei Jahren sind wir jetzt in dem Verein »Petri Heil 1898«. Wir haben nicht sehr viel gefangen, aber zum Glück fragt keiner danach, und den anderen Anglern geht es genauso. Immer wenn wir einen treffen, muss man das Gleiche sagen:

»Und?«

»Nix. Bei euch?«

»Gerade erst angefangen.«

»Schon auf Hecht probiert?«

»Nee.«

»Also dann!«

Manchmal sagt mein Vater auch Sätze, die mit »Mein Bub« beginnen und die tollkühnsten Geschichten folgen lassen. Sein Bub, das bin ich. Er schwindelt ganz gern mit mir, und ich mache mit, wenn er von den tollen Fantasiefängen erzählt, stehe nämlich so ein bisschen gelangweilt dabei und nicke.

Zu Weihnachten habe ich einen englischen Angelaufnäher bekommen, den mir die Mama an die Angeljacke genäht hat. »Predators Hunting Group« steht darauf, aber mein Vater und ich nennen ihn nur den Trevor-Housby-Aufnäher, weil wir uns vorstellen, dass er so einen auch hatte. Jedenfalls, zusammen mit dem Aufnäher und den Schwindelgeschichten, komme ich, glaube ich, ziemlich gefährlich rüber, ich merke schon, dass die alten Angler richtig Respekt haben. Und gerade als sich die Ersten anmelden, um mal mit mir loszuziehen und dabei zu sein, wenn ich die Zander und Graskarpfen fange, die nur im Kopf meines Vaters herumschwimmen, gerade da passiert die Sache mit dem Karpfenkönig.

Es ist ein Sonntag im Juni, und es ist das alljährliche Königsfischen des Vereins. Beim letzten Mal waren wir schon dabei und haben nichts gefangen, aber hinterher sehr hübsch Grillfleisch gegessen, das auf einem riesigen Grill hin und her geschwenkt wurde. Deswegen sind wir also wieder um vier aufgestanden und an den Vereinssee gefahren. Dort fischen wir eigentlich nie, weil er weit weg liegt, aber er hat gerade die richtige Größe für hundert Angler. Diesmal werden die Plätze ausgelost, mein Vater und ich ziehen einen nichtssagenden Platz, an dem rechts ein großer Baum im Wasser liegt. Man darf nur mit einer Rute fischen, also fangen wir an – er mit einem Maiszopf als Köder, ich mit einem Teig, den wir gestern Abend noch eilig angerührt haben, nachdem wir die Backvorräte in der Küche geplündert hatten. Der Teig riecht jetzt nach Zimtsternen. Ein Maiszopf ist ein Geheimköder von uns: Mit einer speziellen Nadel werden dabei zwanzig Maiskörner auf die Schnur gefädelt, das sieht dann eher aus wie naive Kunst. Aber die Idee ist, dass die kleinen Fische so eine Maiskette in Ruhe lassen und nur die großen beißen, ha!

Ich fische mit meiner neuen Karpfenrute, die ich auch zu Weihnachten bekommen habe, allerdings war es genau wie bei den Abo-Geschenken von Magazinen: Ich musste noch was dazuzahlen, denn sie war wirklich teuer. Bisher habe ich mich kaum getraut, damit wirklich ans Wasser zu gehen, aber an diesem Tag scheint es mir angemessen: Königsfischen mit der Königsrute. Ziemlich bald knarrt der Freilauf an meiner Rolle. Das ist eine unerhörte Sache, das gab es bisher überhaupt noch nie. Ein Fisch will Schnur, das bedeutet dieses Geräusch. Fünf Minuten später liegt der erste Karpfen im Kescher. Mein erster Karpfen überhaupt, und dann noch beim Königsfischen – wenn nicht so viele Menschen drum herum sitzen würden, würden mein Vater und ich einen Indianertanz machen, den wir für solche Fälle einstudiert haben. Klar, er setzt jetzt auch auf den Zimtsternteig. Keine zehn Minuten später knarrt die Rolle wieder bei mir, Karpfen Nummer zwei. Das Komische ist – es geht bis um elf Uhr, als ein Böllerschuss das Ende des Fischens anzeigt, so weiter. Der Platz neben dem Baum muss eine Karpfenhöhle gewesen sein. Es hat sich eine ansehnliche Zuschauertraube um uns geschart, und man flüstert sich mit Kennerblick gegenseitig etwas zu, wenn ich einen neuen Batzen Zimtsternteig auf den Haken knete. Mein Aufnäher und die Gerüchte, die mein Vater mit seinen »Mein Bub«-Sätzen in Umlauf gebracht hat, sie scheinen sich bei diesem Königsfischen seltsamerweise zu bewahrheiten. Ich lasse mir nichts anmerken und tue so, als sei ich spektakuläre Massenfänge gewohnt.

Am Ende habe ich elf Karpfen, niemand im Verein kann sich an so einen Fang beim Königsfischen erinnern. Die Karpfen werden nach dem Wiegen vor Ort zu Fischfrikadellen verarbeitet und gegrillt, mein Fang macht den ganzen Verein satt – worüber mein Vater sehr froh ist, denn er hat in den letzten Stunden panisch unsere Gefrierkapazitäten überschlagen und seine eigenen drei Karpfen heimlich zurückgesetzt. Väter tun so was. Es sind die besten Frikadellen, die ich je gegessen habe. Nach dem Essen werde ich zum Karpfenkönig in der Jugendklasse gekrönt, das heißt, ich bekomme eine sehr schwere Kette mit Medaillen umgehängt und darf mir als Erster einen Preis vom Gabentisch aussuchen. Mein Vater muss einen Kasten Bier spendieren, ich schlendere stolz mit meiner Kette durch die Reihen der Biertische und werde alle zwei Minuten gefragt, was das für ein Teig gewesen sei.

»Vanillekipferlteig«, sage ich.

FRIEDA-ALICE KAHRO

À votre santé

Es war bereits das dritte Weihnachten, das meine Mutter im Pflegeheim verbrachte. Und nach wie vor fiel es uns allen schwer. Abwechselnd hatten wir Kinder, allesamt über die Republik verstreut, unsere Mutter über die Weihnachtstage zu uns geholt und versucht, ihr das Fest, an dem ihr so viel lag, das sie ihr ganzes Leben geliebt und zelebriert hatte, so schön wie möglich zu machen.

Dieses Jahr aber blieben wir zum ersten Mal im Heim. An eine lange Autofahrt war nicht mehr zu denken.

Ich hatte Heringssalat gemacht und mitgebracht – das Essen, das es bei uns, seit ich denken konnte, an Heiligabend gab. Und ich hatte mit der Stationsleitung vereinbart, dass wir den Abend im Zimmer meiner Mutter verbringen würden, nicht im Gemeinschaftsraum. Ein kleiner Weihnachtsbaum (natürlich mit elektrischen Kerzen!) stand auf einem Schemel vor dem Fenster, ich hatte den Tisch festlich gedeckt und die CD (ein Relikt meiner Eltern) mit Weihnachtsliedern eingelegt.

Es war feierlich und schön. Und traurig. Wir aßen zusammen, erinnerten uns an früher, so gut es ging. In ihrer Demenz war es für meine Mutter schwierig, in ihrem Kopf Ordnung zu schaffen, Dinge der richtigen Zeit zuzuordnen. Und immer wieder musste sie sich dem Schmerz stellen, dass mein Vater nicht gleich zu uns stoßen würde, dass er nicht mitsingen würde, dass er den Heringssalat nicht loben würde. Denn mein Vater war schon vor vielen Jahren verstorben.

Immer wieder wurden meine Augen feucht, wusste ich doch um die große Liebe meiner Eltern zueinander. Immer wieder musste ich hart schlucken, um den Kloß im Hals loszuwerden. Immer wieder schloss ich meine Mutter in die Arme – um sie zu trösten und um mich von ihr trösten zu lassen.

Als sie müde wurde, es war gegen acht Uhr abends, kündigte ich meinen Aufbruch an. Ich räumte alles zusammen, half meiner Mutter, sich fürs Schlafengehen fertig zu machen. Ich bettete sie so sanft wie möglich und deckte sie zu. Sie schien die Zuwendung zu genießen und wirkte zufrieden und entspannt.

Mir aber war zum Heulen zumute – es tat einfach weh. Und es fiel mir schwer, mich von ihr zu verabschieden.

Als ich aus dem Zimmer trat, war ich vom grellen Stationslicht geblendet. Aus einem der Zimmer war das Läuten der Glocke zu hören, schrill und hartnäckig. Aus einem anderen das Rufen eines alten Menschen, der offenbar Hilfe benötigte.

Ein Schluchzen stieg in mir auf und ich konnte kaum hinschauen, als ich am Speisesaal vorbeikam, in dem ein paar wenige Bewohner und Bewohnerinnen einsam und allein an ihren Tischen saßen. So möchte man nicht alt werden, dachte ich mir.

Auf dem Weg zum Bahnhof konnte ich nicht länger an mich halten: Tränen liefen mir über das Gesicht und ich ließ ihnen freien Lauf. Kaum eine Menschenseele war auf den Straßen, nur hin und wieder fuhr ein Auto vorbei. Die Fenster in den Häusern waren warm erleuchtet, Weihnachtsbäume erstrahlten, Balkonbeleuchtungen blinkten mehr oder weniger kitschig.

Am Bahnhof wirkte alles wie gedämpft, einige wenige Durchsagen waren zu hören. Bildete ich es mir ein oder war die Stimme tatsächlich ein wenig freundlicher, klang die Ansage weniger blechern als sonst?

Der Zug stand schon bereit. Es war der TGV, aus Paris kommend, mit dem ich bis München fahren würde. Ich stieg ein und lief einige Waggons nach vorn zur zweiten Klasse. So wenige Passagiere waren an Bord, dass ich sie an zwei Händen abzählen konnte. Manche entdeckte ich kaum, so tief waren sie in ihren Sitz gerutscht.

Erschöpft ließ ich mich auf einem Fensterplatz nieder. Ich schloss die Augen und versuchte, die Eindrücke des Tages zu verarbeiten. Immer wieder versicherte ich mir selbst, dass ich für meine Mutter getan hatte, was ich tun konnte.

Ich hörte den Pfiff zur Abfahrt des Zuges und spürte das leichte Ruckeln, als er sich in Bewegung setzte. Irgendwie tat das gut.

Wenige Minuten später knisterte es im Lautsprecher und ein Räuspern war zu hören.

»Mesdames et Messieurs, isch wünsche Ihnen einen schönen ’eiligen Abend und begrüße Sie ganz ’erzlich au bord unseres TGV auf dem Weg nach Münschen. Isch ’offe, Sie werden die Fahrt genießen. Isch werde naturellement alles tun, damit Sie sich wohlfühlen. Unser nächster ’alt ist Ulm. Wenn Sie ’ilfe brauchen, bin isch gerne für Sie da.«

Ich spürte, wie ein Lächeln über mein Gesicht huschte. Was für eine charmante Durchsage. Was so ein freundlicher französischer Akzent doch ausmachte.

Wir fuhren durch die Nacht. Viel gab es nicht zu sehen. Ich war dankbar für jede noch so kleine Ortschaft, die wir passierten. Zu meinem Erstaunen waren nämlich trotz der Geschwindigkeit Weihnachtsbäume in den Fenstern der Häuser und die beleuchteten Kirchen zu sehen.

Ich fühlte mich an die elektrische Eisenbahn meines Bruders erinnert – an die vielen Häuschen (mit Klebstoff aus zahllosen winzigen Einzelteilen zusammengebaut), die in ihrem Inneren mit einer kleinen Glühbirne ausgestattet waren und zusammen mit den Lichtern der Signalanlage und der Züge in der Dunkelheit leuchteten, sobald wir das Licht im Kinderzimmer ausgeschaltet hatten. Für mich war das immer der Inbegriff von Geborgenheit gewesen, ohne dass ich es hätte benennen können. Daran erinnerte ich mich jetzt wieder.

Ich war so in meiner Erinnerung versunken, dass ich erschrak, als ich plötzlich angesprochen wurde. Ein junger Mann mit zerzaustem Haar und Hornbrille lächelte mich freundlich an. Er trug kein Jackett und hatte die Krawatte gelockert, aber der TGV-Schriftzug auf der Brusttasche seines Hemdes verriet: das musste der Schaffner sein.

Ich streckte ihm meine Fahrkarte entgegen.

»Ah, Madame fährt bis nach Munich. Isch liebe diese Stadt und freue mich totalement, einen Tag da zu verbringen.«

Ich war überrascht. An Weihnachten? Wo alles geschlossen war?

»Ja, meine Großmutter lebt dort und isch bin so froh, dass isch sie wiedersehen kann. Wissen Sie: Isch liebe meine Großmutter – beaucoup.«

Ich war gerührt – irgendwie teilten wir etwas. Es ging ihm vielleicht ganz ähnlich wie mir.

In dieser außergewöhnlichen Situation und der besonderen Stimmung verging die Zeit, ohne dass ich es so recht wahrnahm. Gefühlt wenig später war erneut das Knistern des Lautsprechers zu hören:

»Mesdames et Messieurs, unser petit Bistro ’at zwar geschlossen, aber aus Feier zu Weihnachten … sagt man so? … bringe isch Ihnen ’eute die Getränke an den Platz.«

Kaum hatte er seine Ansage beendet, kam er auch schon mit einem Tablett. »Isch ’abe ein bisschen die Schränke aufgemacht und wirklisch, da ’abe isch etwas Wein gefunden. Voilà, à votre santé!«

Ich traute meinen Augen kaum. Neben einer Flasche Wasser hatte er ein Glas Wein platziert und dazu noch zwei Schälchen mit Nüssen und Salzgebäck.

Bevor ich mich bedanken konnte, war er schon weitergeeilt. Immer noch ein wenig ungläubig griff ich nach dem Glas und trank. Und während der Wein meine Kehle hinunterrann, spürte ich, wie die Schwermut der vergangenen Stunden von mir abzufallen begann, wie Kraft und Zuversicht zurückkehrten. Ich schloss die Augen und ließ mich im sanften Beben des Zuges durch die Lande fahren. In Ulm verabschiedete der nette Schaffner überaus freundlich alle Reisenden, die nun leider unsere kleine Fahrgemeinschaft verließen, und wünschte naturellement schöne Weihnachten und Joyeux Noël!

Ich nippte noch einmal an meinem Weinglas und überließ mich wieder meinen Gedanken.

Nach einer Weile ertappte ich mich dabei, dass ich mich auf den nächsten Halt freute, nicht nur, weil ich damit meinem Ziel näherkam, sondern auch, weil ich gespannt war, womit der nette junge Mann wohl bei seiner nächsten Ansage aufwarten würde.

Ein Räuspern schreckte mich auf. Dieses Mal kam es nicht über den Lautsprecher. Ein älterer Herr stand neben mir. Er entschuldigte sich höflich für die Störung, wobei er sich immer wieder ein wenig verbeugte, es sei zwar noch etwas Zeit, aber er werde in Augsburg aussteigen und ob ich ihm möglicherweise behilflich sein könne, seinen Koffer aus der Gepäckablage herunterzuholen.

»Selbstverständlich«, erwiderte ich und erhob mich aus meinem Sitz. Tatsächlich hatte er nur wenige Reihen vor mir gesessen, ohne dass ich Notiz von ihm genommen hatte. Rasch war der Koffer heruntergehievt. Zum Dank oder weil er noch ein bisschen plaudern wollte, streckte mir der Herr eine Dose mit Weihnachtsgebäck entgegen.

»Von meiner Tochter«, fügte er erklärend hinzu. »Wir haben heute zusammen Weihnachten gefeiert, aber meine Kleine, wenn ich so sagen darf, fliegt morgen in aller Herrgottsfrüh mit Mann und Kindern nach Sri Lanka. Weihnachten unter Palmen. Das ist ja mittlerweile so üblich. Deshalb bin ich jetzt schon auf dem Weg nach Hause.«

Ich nahm einen Keks und ließ mich, ohne lange zu zögern, auf dem Platz neben ihm nieder. Wir erzählten uns, was an Weihnachten das Schönste und das Wichtigste war und was auf keinen Fall fehlen durfte. Die Zeit verflog und in Augsburg verabschiedeten wir uns aufs Herzlichste. Als er ausgestiegen war, drehte er sich auf dem Bahnsteig noch einmal um und winkte mir zu. Lächelnd winkte ich zurück.

Die letzte halbe Stunde der Fahrt, das wusste ich aus Erfahrung, verging rasch. Kaum hatte man Augsburg hinter sich gelassen, kamen schon die ersten Vororte von

München. Und tatsächlich meldete sich der Schaffner noch einmal zu Wort.

»Mesdames et Messieurs, c'était un plaisir, es war mir eine Freude und ein besonderes Vergnügen, 'eute Abend Ihr Zugbegleiter zu sein. Ihnen allen bonnes fêtes. Merci beaucoup et au revoir. Auf Wiedersehen.«

Ich musste wieder lächeln. Es waren wirklich zwei besondere Stunden gewesen. Sie hatten mich irgendwie gerettet und mir über die Traurigkeit hinweggeholfen.

In München öffneten sich die Türen zischend und entließen die wenigen Reisenden auf den zugigen Bahnsteig. Ich sah mich um, hielt nach dem Engel in TGV-Uniform Ausschau. Gern hätte ich mich bedankt.

Er schien jedoch verschwunden.

Für meine liebe Mutter

SUZANNE FORSSTRÖM

Mein Trostheld

Ich hatte am Vormittag beruflich in Hamburg zu tun gehabt und mir blieb noch ein wenig Zeit bis zur Abfahrt meines Zuges nach Berlin. Auf dem Vorplatz des Hamburger Hauptbahnhofs lehnte ich mich gegen einen Poller und stellte meinen schweren Rucksack neben mich auf den Boden. Die Frühlingssonne lächelte mir ins Gesicht. Es schien, als wäre ich die Einzige weit und breit, der ein Moment des Nichtstuns vergönnt war. Um mich herum herrschte reges Treiben. Eine Mutter zog ihr weinendes Kind hinter sich her, ein schwer beladener Backpacker bahnte sich eilig einen Weg durch die Menschenmenge, eine Frau mühte sich mit ihrem Rollkoffer ab, der ohrenbetäubend über den Platz klackerte. Hinter ihr fiel mir ein Mann mit schwarzer Baseballkappe auf, der sich suchend umschaute und irgendwie verloren wirkte. Als er mich sah, kam er auf mich zu und zeigte auf das Stück Papier in seiner Hand. Ich beugte mich darüber und erkannte einen Stadtplan von Köln. Ich erklärte ihm, dass er in Hamburg sei und nicht im weit entfernten Köln. Er wirkte nicht so, als ob er mich verstanden hätte, nickte hilflos und verschwand im Bahnhofsgebäude. Der arme Kerl, offenbar war er in den falschen Zug gestiegen.

Ich schaute auf die Uhr. Jetzt war es für mich an der Zeit, zu gehen und ich griff nach meinem Rucksack. Aber da war kein Rucksack. Hektisch sah ich mich um. Er war nirgends zu sehen. Er war einfach weg. Ich war mir hundertprozentig sicher, dass ich ihn neben mir abgestellt hatte. Oder etwa doch nicht? Hastig flog mein Blick über die Poller. Panik stieg in mir auf. Verzweifelt fragte ich einige Passanten, ob sie einen beigen Lederrucksack gesehen hätten. Alle schüttelten mit einem bedauernden Blick den Kopf. Das war doch nicht möglich! Ich war beklaut worden! Von wegen »armer Kerl«! Der Typ mit dem Stadtplan hatte mich nur ablenken wollen, damit sein Komplize meinen Rucksack schnappen konnte. Mir gefror das Blut in den Adern. Da stand ich nun. Geld weg. Ausweis weg. EC-Karte weg. Kreditkarte weg. Führerschein weg. Autopapiere weg. Haustürschlüssel weg. Das teure Aufnahmegerät mit dem Interview, das ich am Morgen geführt hatte, war weg, dazu alle Notizen, die ich brauchte, um die Fernsehsendung vorzubereiten. Ich hätte schreien können! Noch wütender als auf den Dieb, war ich auf mich selbst, dass ich auf so eine plumpe Masche reingefallen war.

Zum Glück hatte ich mein Handy in der Jackentasche – so hatte ich wenigstens mein Bahnticket noch. Ich konnte auch sofort mein Konto sperren lassen. Was für eine Erleichterung. Gut war auch, dass meine Nachbarn einen Schlüssel für meine Wohnung hatten. Das war schon mal zumindest geregelt. Aber wie sollte es weitergehen?

Verzweifelt lief ich zur Polizeiwache im Hauptbahnhof. Völlig aufgelöst schilderte ich dem Polizisten am Empfang den Vorfall. Er nickte verständnisvoll und fragte mich, ob ich den Mann, der mich abgelenkt hatte, wiedererkennen würde. Was für eine Frage! Dieses Gesicht würde ich nie vergessen. Sofort winkte der Polizist einen Kollegen heran und zu dritt machten wir uns auf den Weg. Mit den beiden Gesetzeshütern im Schlepptau sollte ich im Bahnhof und im Außenbereich nach dem Mann suchen. Bei aller Verzweiflung empfand ich einen Hauch von Abenteuer. Ein bisschen war es, als spielte ich die Hauptrolle in einem Krimi. Ich hielt Ausschau nach dem Mann mit der schwarzen Cap, aber auch nach meinem heiß geliebten Rucksack. Die Diebe leerten meistens die geraubten Taschen sofort aus und warfen sie weg. Das gab mir einen kleinen Hoffnungsschimmer. Möglicherweise entdeckte ich ihn hier irgendwo. Er hatte mich so viele Jahre lang begleitet und mich nie im Stich gelassen. Dass er jetzt womöglich armselig im Dreck herumlag, hatte er nicht verdient. Eine Dreiviertelstunde durchkämmten wir den Bahnhof, doch ich konnte weder Mann noch Rucksack entdecken. Enttäuscht und erschöpft folgte ich den Polizisten wieder auf die Wache.

Ich erstattete Anzeige. Der freundliche Polizist bat mich, den Inhalt meines Rucksacks aufzulisten und genau zu beschreiben, wo er sich befunden hatte. Als ich angab, der Rucksack hätte direkt neben mir gestanden, schaute er mir tief in die Augen: »Nein, der Rucksack hing über Ihrer Schulter, nicht wahr?«

Ich widersprach: »Nein, nein, er stand neben mir.«

»Doch, doch, Sie hatten den Rucksack über Ihrer Schulter hängen und er wurde Ihnen gewaltsam entrissen.«

Da fiel endlich der Groschen bei mir. Eine Hausratsversicherung würde nur zahlen, wenn der Rucksack mir mit Gewalt entwendet wurde. Der Polizist und ich nickten einander still zu.

Als die Formalitäten erledigt waren, zog der Polizist

plötzlich seinen Geldbeutel aus der Hosentasche und schob mir einen Fünfzig-Euro-Schein über den Tisch. »Nehmen Sie das, damit Sie in Berlin die ersten Tage über die Runden kommen.« Überwältigt von seiner Hilfsbereitschaft starrte ich ihn an und kämpfte fast mit den Tränen. Er tätschelte nur tröstend meine Hand und begleitete mich dann sogar noch zum Bahngleis, wo mein Zug nach Berlin bereitstand. Bevor ich einstieg, sprach er ein paar Worte mit einem der Schaffner. Ich stand daneben und fühlte mich wie ein müdes, kleines Kind, das seine Mutter in der Menschenmenge verloren hatte. Ich hatte keine Ahnung, was er dem Mann gesagt hat, jedenfalls kümmerte sich der Schaffner die ganze Fahrt über rührend um mich. Er ließ mich in der ersten Klasse fahren, fragte mich mehrmals, ob es mir gut ginge, brachte mir einen Schokoriegel und Kaffee. Obwohl mir der Schreck immer noch in den Gliedern steckte, entspannte ich mich allmählich. Voller Dankbarkeit dachte ich an den fürsorglichen Polizisten. Unverhofft und mit so viel herzlicher Anteilnahme hatte dieser Mann mir geholfen – das hatte mich sehr bewegt. Ich würde ihm das Geld natürlich sofort am nächsten Tag wieder zurückschicken. Vor Erschöpfung musste ich dann wohl eingeschlafen sein. Als ich kurz vor Berlin wieder aufwachte, hielt ich noch immer den Fünfzig-Euro-Schein fest in meiner Hand.

IKE SRISKANDARAJAH

Die Traumpolizei

Leroy ist mein Sohn und das lauteste Kind, das ich kenne. Ich spreche eher mit leiser Stimme, das Laute hat er also nicht von mir. Was er aber von mir hat: Wir sind beide gern wach. Nur dass Leroy ein bisschen übertreibt.

Von Anfang an hatten wir unsere Kämpfe, wenn es ums Schlafengehen ging. Wochenlang dasselbe Spiel: Zum Mittagschlaf versuchte ich, ihn in sein Kinderbettchen zu legen. Seine Augen waren gerötet, die Lider schwer und sein Köpfchen sackte immer wieder vornüber.

Ich merkte, dass er sich manchmal selbst ins Gesicht schlug, um wach zu bleiben – wie ein Fernfahrer, dem gerade die Energiedrinks ausgegangen waren.

Und es war nicht nur so, dass er gegen den Schlaf ankämpfte. Wenn er eingeschlafen war, konnte es passieren, dass er urplötzlich aus dem Schlaf aufschreckte. Und dann ging alles wieder von vorne los.

Es war zum Verzweifeln. Er musste doch schlafen. Das müssen wir alle.

Wir haben wirklich alles versucht, haben es sogar mit einem Einschlaftraining probiert. Nichts hat funktioniert. Dann hörten wir von der »Schreimethode«, die, je nachdem zu welchem Elterntyp man gehört, entweder die effektivste Art darstellt, das Kind zum Schlafen zu bringen, oder die barbarischste. Sie beruht darauf, dass man die Kinder schreien lässt. Man soll sie auf keinen Fall trösten, darf nicht mit ihnen reden oder zu ihnen ans Bettchen gehen, auch wenn es sich echt schlimm anhört. Und das tat es.

Wir hatten bereits ein paar Wochen mit diesem Wahnsinnsritual zugebracht. An einem Tag im Sommer sah Leroy wirklich müde aus, und es war Zeit, ihn für sein Schläfchen am frühen Nachmittag hinzulegen. Ich trug ihn in sein Zimmer, zog die Vorhänge zu, stellte die Einschlafmusik leise, wickelte ihn, hob ihn in sein Bettchen – »Hab dich lieb, Leroy, bis nachher« –, verließ das Zimmer und schloss die Tür.

Das Geschrei erhob sich im selben Moment. Ich stellte den Timer. Die nächsten vierzig Minuten hielten Emma und ich durch, wenn auch vollkommen verkrampft, dann näherten wir uns unserer absoluten Toleranzgrenze.

»Kann ich ihn holen?«, fragte Emma.

»Ja, bitte.«

Sie ging in sein Zimmer. In dem Moment klingelte es an der Tür.

Ich ging hin, um zu öffnen. Draußen standen ein Mann und eine Frau in Uniform, von der New Yorker Polizei.

»Ist das Ihr Kind, das da so schreit?«, fragte die Frau.

»Ja.«

»Wir haben einen Anruf bekommen wegen möglicher Kindeswohlgefährdung.«

Mein Hirn kapierte nur allmählich, was hier vor sich ging. Leroy, das lauteste Kind, das ich kenne, hatte so sehr geschrien, dass die Nachbarn die Polizei verständigt hatten. Sie dachten, wir würden unser Kind misshandeln.

»Wir müssen überprüfen, dass mit dem Kind alles in Ordnung ist.«

Sofort spielten sich die wildesten Szenarien vor meinem inneren Auge ab. Ich wusste, dass aus so einer Überprüfung ganz schnell auch eine Ermittlung werden konnte. Da genügten oft Kleinigkeiten. Hatte Leroy im Moment eine Schürfwunde oder einen Bluterguss? Lagen Berge von schmutziger Wäsche herum?

Adrenalin pumpte durch meinen Körper. Verpissen Sie sich, riet mir meine innere Stimme zu sagen. Und dass ich die Tür zuknallen und mit Leroy durch den Garten abhauen solle. Aber auf diese Stimmen durfte man nicht hören. Außerdem hatten wir gar keinen Garten.

Ich riss mich zusammen. »Das ist wirklich nicht nötig. Meine Frau stillt ihn gerade. Es geht nicht.«

»Entweder«, entgegnete der Polizist, »wir suchen ihn in seinem Zimmer auf oder Sie bringen ihn an die Tür. Wir werden nicht eher gehen, bis wir das Kind in Augenschein genommen haben.«

»Okay, okay, bitte warten Sie einen Augenblick.« Ich ging in Leroys Zimmer und sprach mit Emma. »Die Polizei ist da. Sie wollen Leroy sehen.«

»Aber ich stille ihn gerade.«

»Das hab ich ihnen gesagt, aber sie bestehen darauf.«

Emma verstand und brachte Leroy an die Tür.

»Machst du etwa so einen Lärm?«, fragte die Polizistin Leroy, der auf Emmas Arm wie erstarrt war und absolut ruhig blieb.

»Schlaftraining«, erklärte Emma. »Echt schwierig.«

Die Polizistin nickte wissend. Sie winkte unserem

Sohn ansatzweise zu und sagte: »Okay, du musst jetzt wirklich schlafen.«

Bevor die Polizisten sich zum Gehen wandten, fragte ich: »Nur so aus Neugier, können Sie mir sagen, welcher der Nachbarn angerufen hat?«

»Nein.«

»Oh, okay. Ich verstehe.« Ab sofort würde ich alle meine Nachbarn hassen, die in Hörweite wohnten und den Blickkontakt mieden, wenn wir uns trafen.

Damit war unser Schlaftrainingsexperiment vorbei. Wir legten uns wieder auf den Boden neben Leroys Kinderbett und schlichen uns auf Zehenspitzen hinaus, wenn wir glaubten, die Luft wäre rein. Meistens war sie es dann doch nicht.

Eines Nachts eskalierte die Situation. Es schien für Leroy kein Zurück mehr zu geben. Er schrie, ob ich nun da war oder nicht. Ich machte mir Sorgen, dass die Nachbarn wieder die Polizei rufen könnten. Da hörte ich ein Polizeiauto mit Sirene an unserem Haus vorbeifahren.

»Hast du das gehört, Leroy?«

Sofort hörte Leroy auf zu schreien und lauschte.

»Die Polizei fährt vorbei, um zu prüfen, ob du schläfst, und wenn du so laut schreist, hören sie dich.«

»Und dann?«, fragte Leroy.

Es gibt im Leben Momente, in denen sich entscheidet, zu welcher Art Eltern man gehört. Würde ich zu den moralisch bankrotten Eltern gehören und meinem Kind Angst einjagen, um es zum Schlafen zu bringen?

Ich sah meinem süßen Leroy in seine großen hübschen braunen Augen. »Wenn die Polizisten zurückkommen, dann nehmen sie uns mit, jeden von uns in einem extra Auto.«

Wortlos rollte er sich unter seiner Decke ein und schloss fest die Augen. Ich ging hinaus, machte die Tür zu, hielt den Atem an und wartete.

Stille.

Unglaublich. Es funktionierte. Oh Gott, was hatte ich getan? Ich beichtete Emma mein Vergehen.

»Oh nein, er muss solche Angst haben.« Sie sah mich an.

»Findest du, dass ich reingehen und ihm sagen soll, dass sie nicht kommen werden?«

»Na ja, ich weiß nicht… Er ist ja ruhig.«

»Okay. Aber ich will nie wieder darüber sprechen.«

Am nächsten Abend fragte Leroy nach den Polizisten. »Kommen sie zurück?«

»Ja«, antwortete ich.

Und Leroy legte sich schlafen.

Eine Weile stand ich noch vor der geschlossenen Kinderzimmertür. Dann ging ich zu Emma.

»Emma, ich hab's wieder getan.«

»Oh, sag nichts.«

»Willst du, dass ich damit aufhöre?«

»Ich weiß nicht …«

»Okay, dann bist du von jetzt an mitschuldig.«

Es wurde zu unserer neuen Routine. Ein warmes Bad, kalte Milch. Emma las einen ganzen Stapel Bücher vor, sprach all die Charaktere virtuos mit verschiedenen Stimmen. Dann brachte ich Leroy ins Bett – und drohte mit Staatsgewalt. Und wir fanden alle unseren Schlaf.

Doch nach einer Weile funktionierte es nicht mehr. Leroy war schlau und hatte bemerkt, dass die Polizei nicht jeden Abend an unserer Wohnung vorbeikam. Und prompt fing er wieder an zu schreien, sobald ich sein Zimmer verließ. Ich glaube, es war Shakespeare, der einmal schrieb – ich paraphrasiere hier: Wenn man sich auf halbem Weg in einem Fluss aus Blut befindet, dann muss man, egal für welche Richtung man sich entscheidet, den halben Fluss aus Blut durchqueren.

Ich zwang mich also weiterzugehen. Und als Leroy abends wieder schrie, schloss ich die Tür hinter mir, atmete einmal tief durch und hämmerte dagegen.

»Hier ist die Polizei. Leroy, du musst jetzt endlich schlafen«, rief ich mit verstellter tiefer Stimme.

Man möge mich dafür verachten, aber, jap, es funktionierte. Wir lebten über einen gewissen Zeitraum hinweg, den Kinderpsychologen mit Sicherheit für zu lang halten würden, in einem imaginären Polizeistaat.

Eines Abends aber stellte mir Leroy eine Frage, auf die ich nicht vorbereitet war.

»Dad, nimmt die Polizei dann meine schlechten Träume mit?« Seine schlechten Träume? Nicht ihn?

Irgendwie hatte es sich Leroy in seinem coolen kindlichen Kopf zurechtgelegt, dass diese angsteinflößende Polizei doch einfach alles Angsteinflößende mitnehmen könnte, also auch all das, was ihn in seinen Träumen verfolgte.

Ich war perplex. »Natürlich«, erwiderte ich. »Sie nehmen deine schlechten Träume mit. Sie legen sie hinten in den Einsatzwagen rein und bringen sie ins Gefängnis.«

Leroy hatte seine Angst in etwas verwandelt, das ihm weggenommen würde und ihn damit verschonte.

Ich hatte versucht, Leroy das Einschlafen beizubringen und ihm eine gesunde Angst vor der Polizei zu vermitteln. Ich bin mit beidem gescheitert.

Jetzt ist Leroy drei Jahre alt. Unsere Zubettgehroutine wird längst nicht mehr von der Polizei eskortiert. Ich quetsche mich in seinem Kinderbett neben ihn und warte darauf, dass er einschläft. Der Plan ist, damit fortzufahren, bis er achtzehn ist.

Ein paar Monate später führten wir eines Abends diesen aufschlussreichen Dialog:

Ich: Okay, Leroy. Was ist heute Abend dran?
Leroy: In die Badewanne gehen mit viel Schaum, Schlafanzug anziehen, dann aufs Klo, ein Buch anschauen und ins Bett gehen.
Ich: Das klingt ja kinderleicht. Du gehst einfach jetzt ins Bett? Ohne ein Problem?
Leroy: So machen wir das eben.
Ich: Hast du nicht noch was vergessen?
Leroy: Was?
Ich: Na, eine dicke Umarmung und ein Küsschen.
Leroy: Yeah, yeah, yeah. (Leroy fiel mir um den Hals und gab mir einen feuchten Schmatz.) Gute Nacht, Daddy.

ALICE HUTH

Die neue Küche

»Und was sagen Sie zu der neuen Küche?«, fragt Frau D., an mich gewandt. Frau D. ist Therapeutin und wir bilden ein Dreieck in dem hellen kleinen Raum im Bahnhofsviertel, sie, mein Freund und ich.

Nach einer Pause höre ich mich sagen: »Früher, wenn ein Deich gebaut wurde, am Meer, haben die manchmal einen kleinen Hund geopfert. Lebendig haben die den in die Deichgrube geworfen. So fühlt sich das an. Als hätten wir etwas Lebendiges geopfert. Wie viel wir gestritten haben.«

Später, bei den Rädern, fragt er: »Warum hast du das gesagt?«

Dann sagt keiner mehr etwas.

Dabei geht es nicht um eine Küche, es geht um den verfluchten Deich, an dem wir schon so lange bauen. Um das, was wir geopfert haben.

Kleine Hunde in die Grube.

Unterwegs zum Kindergarten fällt mir ein, woher das Bild gekommen ist. Storms Schimmelreiter.

»Es muss was Lebigs in den Deich«, raunen die Arbeiter in ihrem Aberglauben, als Deichgraf Hauke Haien das Tier vor dem Tod im Deichgraben bewahrt. Das Hündchen lebt. Fallen wird der Deichgraf, mit ihm die Vernunft.

Ich googele »KLEINE HUNDE DEICHOPFER« und

habe keinen Treffer. Das mit den Hundeopfern und den Deichen ist bloß Dichtung.

Storms »Schimmelreiter« las meine Mutter uns im Nordseeurlaub vor, früher, wenn auf Föhr der Wind ins Reetdach fuhr. Ich fand Hauke Haien schicksalhaft und schön, den unglücklichen Deichherrn, der mit seinem Schimmel nachts über den Deich jagte.

Heute tut Haien mir leid.

Der war vermutlich vierzig, als er anfing, schwach zu werden. Seine Frau und er schwiegen sich an, das Kind war nicht so, wie der Schwiegervater wollte, und der Erfolg, den Hauke hundertfach verdient hatte, blieb aus, nur, weil sein klarer Kopf bei einem Haufen dummer Deichbauern nicht zählte. Er fing an sich zu belügen, wurde träge, bang. Nachts plagten ihn Albträume von Dammbrüchen und Untergang (von Klimakrise und Kl, vom Krieg im Nachbarland, der AfD, und wer hat eine Ente auf den Thron gesetzt?), vom Fremdsein, immer fremder werden. Also verschloss er sich.

Als es endlich so weit war, als der Damm brach, den er nicht erneuert hatte, ließ Hauke sich fallen.

Ich glaube nicht, dass er geschrien hat.

Er wurde hin- und hergeworfen, sank. Aber Ruhe war ihm nicht gegönnt: Mit seinen bleichen Knochen muss er noch und immer wieder auf den Damm, sobald sich was zusammenbraut, die Leute warnen vor dem Untergang, in jeder dusseligen dunklen Nacht.

Hauke Haien hat das Glaubensopfer unterbunden. Dafür verriet er sich.

Wenn da keine Mächte sind, die unser Opfer wollen, könnte Opferbringen heißen: bei sich bleiben. Streiten, reden, weiterlieben, denken, streiten, weiterlieben, weiterstreiten, auch wenn's wehtut. Beisichbleiben.

Und wenn es irgendwann so kommt, wenn nichts verfängt, nichts fruchtbar war, wenn also das Meer sein dummes Maul aufmacht, dann fällt man halt, dann geht es langsam immer tiefer bis zum Grund.

Aber wäre das der Untergang?

Sanft schwebt man hinab
und darf
am Grunde
ruhn.

Bald ist April, dann backen wir ein Osterlamm.

»Ja, ich mag die neue Küche.«

Ja.

DIANA HILLEBRAND

Die Marienkäfer

Seit sie fort war, schmeckte er die Stille. Sie klebte an seinem Gaumen und hinterließ einen bitteren Geschmack. Nicht einmal Zitronenlimonade konnte daran etwas ändern. Und obwohl Bernd viel trank, blieben sein Mund trocken und seine Seele durstig. Elisabeth war gestorben, vor genau fünf Monaten, 25 Tagen und drei Stunden. Sie hatte ihn zurückgelassen, in ihrer Wohnung, die sie eingerichtet und in der sie so viele Jahre gelebt hatten.

In den letzten Wochen war ihm bewusst geworden, wie Elisabeth jeden Winkel ihres gemeinsamen Lebens ausgefüllt hatte. Über so etwas denkt man erst nach, wenn es nicht mehr da ist, dachte Bernd. Er fühlte sich, als sei er in eine leere Wohnung voller alter Möbel gezogen.

Er ging in die Küche, um sich einen Tee aufzugießen. Seit einiger Zeit bevorzugte er scharfe und geschmacksintensive Sorten. Ingwer, Zitrone und Kräutertees, bei denen sich die Schleimhäute normalerweise sofort beleidigt zusammenzogen. Bei ihm passierte nichts. Alles blieb fad und geschmacklos. Bernd stöhnte. Auch die verdammte Stille ließ sich einfach nicht vertreiben. Er schlich durch seine Wohnung wie durch ein Museum. Leise und fremd kam ihm alles vor. Zwar weinte er nicht mehr so oft, zumindest nicht tagsüber, aber seine Trauer wog manchmal so schwer, dass er sich kaum auf den

Beinen halten konnte. Jetzt stützte er sich mit beiden Händen auf dem Küchentisch ab. Diese Welt aus Stille und Schweigen lastete schwer auf seinen Schultern. Und mit jedem Tag ohne Elisabeth wurde das Gewicht schwerer. Herrgott! Das war auch neu. Dieses Zwiegespräch mit Gott. Immer wieder stellte er ihm die gleiche Frage: Warum musste Elisabeth sterben? Eine Antwort bekam er freilich nicht, und Bernd war wütend. In den letzten Jahren hatte er nicht mit Gott gesprochen. Es hatte ja keinen Grund gegeben. Vielleicht als Kind, da hatte er manchmal gebetet. Da hatte er abends seine Hände gefaltet und mit dem »lieben Gott« geredet. Aber damals wusste er auch noch nicht, wie es einem das Herz zerreißen konnte. Und wo war Gott jetzt?

Bernd stand in der Küche, in jeder Hand eine Tasse, ohne es zu merken. Die Bewegung war automatisch gewesen – zwei Tassen, wie immer. Für einen Augenblick hatte es sich richtig angefühlt und er hatte sie auf dem Tisch abgestellt. Da standen sie einander gegenüber, seine und ihre. Weißes Porzellan mit dem dünnen blauen Rand, leicht angeschlagen. Das war Elisabeths. Immer schon. Sie hatte sie einmal auf einem Flohmarkt ausgesucht, weil sie sagte, der Rand schmecke sicher wie das Meer.

Bernd starrte auf die zwei Tassen. Alles war still. Keine Stimme, die nach ihm rief, kein Lachen aus dem Wohnzimmer. Nur das leise Ticken der Küchenuhr.

Er goss Tee in seine Tasse, hielt kurz inne und setzte sich dann auf den Stuhl, auf dem Elisabeth früher immer gesessen hatte. Er wollte einmal Elisabeths Perspektive einnehmen. Seine Hände lagen auf der Tischplatte, neben Elisabeths leerer Tasse, die nie wieder benutzt werden würde.

»Ich hab Tee gemacht«, flüsterte er in die Stille. Seine Stimme klang hohl.

Er schloss die Augen. Für einen Moment stellte er sich vor, sie säße ihm gegenüber. Auf »seinem« Stuhl, ihre Hände um die Tasse gelegt, mit dem vertrauten Blick und ihrem Lächeln. Doch das Bild verschwamm schnell und Bernd war wieder allein.

Er griff nach ihrer leeren Tasse, hielt sie einen Moment lang fest, versuchte, sie zu wärmen. Dann stand er auf, stellte sie ganz nach hinten in den Schrank, wo er sie nicht mehr sehen konnte. Sein Tee war kalt geworden.

Als das Telefon am nächsten Morgen klingelte, schreckte Bernd hoch. Er wusste nicht, ob und wie lange er geschlafen hatte. Die Tage und Nächte glitten einfach durch ihn hindurch. Es war Leander.

»Wie geht's dir, Papa?«

Immer wieder diese Frage. Bernd schwieg.

»Hast du was gegessen?«

»Ja, ja«, antwortete er, der nicht einmal wusste, welche Uhrzeit gerade war. »Ich habe mir einen Tee gemacht.« Er musste ja nicht sagen, dass das gestern gewesen war, und er musste auch nicht sagen, dass er den Tee gar nicht getrunken hatte.

»Davon wirst du aber nicht satt.«

»Nein«, antwortete Bernd.

»Dann mach dir doch was.«

Elisabeth hatte sonntags immer Kuchen gebacken, dachte Bernd. »Ja, mach ich«, sagte er.

»Und sonst?«, fragte Leander.

»Passt«, antwortete Bernd und war froh, mit einem Wort auszukommen.

»Na, dann ist ja gut.«

Während Bernd noch überlegte, was an seinem Leben im Moment gut war, sprach Leander schon weiter: »Aber ich muss noch etwas mit dir besprechen, Papa.«

»Ach.« Wieder nur ein Wort, gut so. Er konnte sich einfach nicht konzentrieren, hing dem Gespräch hinterher und dachte über irgendetwas anderes nach. Ich habe eine lange Leitung, kam ihm in den Sinn.

»Hör mir doch mal zu!«, hatte Elisabeth manchmal zu ihm gesagt, wenn seine Gedanken wieder einmal auf Abwegen waren.

»Papa?«

Da war etwas in Leanders Stimme. Etwas wie eine schwarze Wolke am Horizont, Regen oder eine schlechte Nachricht.

»Ja?«

Leander räusperte sich trocken und kurz. »Papa. Es tut mir leid, aber die nächsten Wochen können wir nicht kommen.«

»Auch nicht am Wochenende?« Vier Worte, zählte Bernd.

»Es ist einfach so viel los. Mina hat einiges in der Schule, ich bin auf Geschäftsreise, Judith gibt einige Workshops und wir haben ein paar wichtige Einladungen. Wir kommen nicht hier weg. Du weißt ja, wie das ist. Und ...«

»Und?«, fragte Bernd. Das war doch noch nicht alles.

»Vielleicht wird es in Zukunft ein bisschen weniger mit den Besuchen, Papa. Mama ist ja jetzt schon eine ganze Weile ...«, er zögerte, »... nicht mehr da.«

Bernd schwieg. Ihm waren die Worte abhandengekommen.

»Das verstehst du doch, Papa, oder? Und du kommst doch schon ganz gut klar, oder?«

»Klar«, sagte Bernd. Der Rest des Gesprächs war für ihn eine wabernde Masse aus aneinandergereihten Buchstaben, die sein Gehirn nicht mehr zu Wörtern und Sätzen zusammensetzen konnte. Nur eines hatte sich in seinem Kopf eingebrannt: Er würde die schwere Stille ab jetzt allein ertragen müssen. Als er auflegte, rang er nach Luft. Er musste sich irgendwie ablenken, sich beschäftigen …

Der Stapel mit den Beileidsbekundungen lag vor ihm. In der ersten Zeit nach Elisabeths Tod hatte er sie einfach auf die Anrichte gelegt. Graue Umschläge, betende Hände, kahle Bäume, einsame Bänke, schattenhafte Gestalten, allesamt schwarz umrandet. Trostlos. Da brauchte man keine Worte mehr, sie sagten alles.

Er griff nach der ersten Karte, die obenauf lag. Nebelgrau mit silberner Schrift: *In tiefem Mitgefühl.* Bernd kannte den Absender. Es war Peter von der gegenüberliegenden Straßenseite. Sie plauderten manchmal über den Gartenzaun hinweg. Er öffnete die Karte und las. Die Worte waren einfach: »Es tut mir so leid für deinen Verlust. Wenn du etwas brauchst, lass es mich wissen.«

Er legte die Karte zurück und starrte auf die wenigen Zeilen. Dann öffnete er noch ein paar der anderen Umschläge. Was hatte er erwartet? Sätze, die seinen Schmerz lindern könnten? Alles, was er las, waren nur leere Floskeln. Sie erreichten seinen Schmerz nicht. Austauschbare Worte. Keiner konnte wirklich begreifen, was es bedeutete, dass Elisabeth nicht mehr da war. Niemand konnte sich diese entsetzliche Leere vorstellen, die sie hinterlassen hatte.

Er legte die Karte, die er gerade in der Hand hielt, auf

den Tisch. Dann ließ er seinen Blick über den restlichen Stapel schweifen und spürte, wie etwas in ihm zerriss. Für einen kurzen Moment schloss er die Augen. Das Gewicht der Stille drückte auf ihn, und die Karten hatten ihm gezeigt, was er nicht wahrhaben wollte: Elisabeth war tot. Diese Karten waren der eindeutige Beweis. Seine Welt war stehen geblieben. Auch in den nächsten Tagen konnte Bernd das Gefühl der Einsamkeit nicht abschütteln. Da war nichts als Schweigen. Und dieses Schweigen war das, was ihn am meisten quälte.

Er hatte gegessen und getrunken, ohne etwas zu schmecken, er war ins Bett gegangen und aufgestanden, er hatte sich angezogen. Manchmal war er sogar beim Einkaufen. Es war seltsam gewesen, draußen zu sein, in diesem unsichtbaren Kokon aus Einsamkeit und Schweigen. Denn obwohl die Nachbarn ihn kannten, die Frau an der Supermarktkasse ihm zunickte, hatte niemand auch nur ein einziges persönliches Wort an ihn gerichtet. Alle hielten sich wie auf geheime Anweisung an das Gebot der Stille. Bernd hätte am liebsten geschrien, doch sein Kokon hielt stand.

An einem Nachmittag, das Licht drang sanft durch den Vorhang, nahm er Elisabeths Gießkanne, füllte sie mit Wasser und goss die vertrockneten Pflanzen auf der Fensterbank. Elisabeth hatte ihre Blumen geliebt. Er hatte ein schlechtes Gewissen, dass er sich nicht darum gekümmert hatte. Kaum war das Wasser in der Erde versickert, strömte ein fast vergessener Geruch in seine Nase. Erdig, dunkel und schwer. Elisabeth war gern bei Regen spazieren gegangen, genau deswegen. »Komm, Bernd, der Himmel hat Wäsche gewaschen. Lass uns rausgehen«, hatte sie gerufen und ihn mit sich gezogen.

Und dann hatte sie ihm erzählt, dass der Geruch regennasser Erde sie immer lebendig werden lasse.

Bernd atmete ein. Sog den Duft tief in seine Lungen. Dann versorgte er alle Pflanzen mit Wasser und zupfte verwelkte Blätter ab. Er seufzte, sie sahen genauso aus, wie er sich fühlte. Aber ein Funken Leben steckte vielleicht noch in ihnen. Elisabeth hatte immer gesagt, die Natur ist stark, die kämpft sich wieder zurück. Ob das auch für ihn galt?

Er hatte gerade den letzten Topf gegossen, als er etwas auf der Fensterscheibe entdeckte. Etwas winzig Kleines, das sich behutsam über das Glas bewegte. Zuerst dachte er, es sei nur eine Staubflocke oder ein Schatten auf der Scheibe, doch dann sah er genauer hin und erkannte einen Marienkäfer.

Bernd stand da, mit der Gießkanne in der Hand und starrte auf den kleinen Käfer. Er hatte fünf Punkte auf seinem roten glänzenden Rücken. Und wie er so über das große Fenster spazierte, schien es, als laufe er direkt über den Himmel.

Inmitten der Stille füllte dieser winzige Käfer plötzlich den ganzen Raum. Bernd trat einen Schritt näher. Elisabeth hatte die kleinen Glücksbringer immer sehr gemocht. Und mit einem Mal wusste er: Dieser Marienkäfer, so winzig und zart, war ein direkter Gruß von Elisabeth. Der Gedanke, dass gerade dieses Geschöpf ihm Trost spenden konnte, erschien ihm abwegig. Doch tatsächlich spürte Bernd in diesem Moment ein Gefühl der Nähe, das er so lange vermisst hatte. Vielleicht war sein Leben doch nicht ganz so leer? Er streckte vorsichtig die Hand aus, doch der Käfer flog sofort auf. Schließlich gelang es Bernd, ihn auf ein Blatt Papier zu setzen und in die Freiheit zu entlassen.

Am nächsten Tag ging er in die Stadt. Er dachte an Elisabeth und daran, wie sie immer wieder gesagt hatte, dass Glück und Liebe sich in den kleinsten Dingen finden ließen. Komisch, früher hatte er ihre Lebensweisheiten nie so ganz ernst genommen. Einer inneren Eingebung folgend betrat er einen Schreibwarenladen. Er sah sich um und wandte sich dann an den Ladeninhaber.

»Haben Sie auch Marienkäfer?«

Der strahlte ihn an. »Ich glaube, die sind gerade ausgeflogen. Aber wenn Sie warten wollen, kann ich Ihnen einen Stuhl anbieten.«

Einen kurzen Moment war Bernd von der guten Laune des Mannes überfordert. Dennoch versuchte er sich an einem Lächeln. »Nein, keine echten Marienkäfer. Ich meine diese Aufkleber ...«

»Natürlich. War nur ein Scherz. Die haben wir dort hinten«, sagte der Mann und wies auf einen Postkartenständer. »Sogar in verschiedenen Größen.«

Bernd suchte sich die kleinsten aus, zahlte und verließ den Laden. Zu Hause klebte er einen Marienkäfer auf die Fensterscheibe, exakt an die Stelle, wo der echte gestern herumspaziert war. Bernd freute sich das erste Mal seit Monaten. Die anderen Käfer landeten auf dem Spiegel im Badezimmer, auf Elisabeths Nachtschränkchen, in ihrem Lieblingsbuch. Auf der Fernbedienung, im Hochzeitsalbum, auf dem Lichtschalter im Flur, auf dem Plattenspieler und der Abba-LP, im Brillenetui, unter einem Lampenschirm und auch auf dem hässlichen Bilderrahmen, den Bernd noch nie gemocht hatte. Er verteilte eine ganze Armada an roten Glückskäfern in der Wohnung und mit jedem kleinen Käfer wurde ihm etwas wärmer ums Herz. Aus allen Ecken, Winkeln und von Erinnerungsstücken glänzten die kleinen roten

Punkte ihm entgegen. So konnte er es eine Weile aushalten. Nach der Klebeaktion fühlte er sich müde und erschöpft und schlief das erste Mal seit Monaten ohne Unterbrechung bis zum nächsten Morgen.

Zusammen mit seinen Marienkäfern fühlte Bernd sich in der Wohnung nicht mehr ganz so einsam. Doch seine Nachbarn trauten sich einfach nicht, ihn anzusprechen, und er ermutigte sie auch nicht. Wenn er rausging, senkte er den Blick, und wenn er nach Hause kam, schloss er die Tür ab. Leander meldete sich nicht. Früher hatte ihn das nicht gestört, da war Elisabeth ja da. »Sie vergessen mich«, flüsterte er einmal dem Marienkäfer auf der Fensterscheibe zu.

Nach einigen Wochen hatte sich Leander samt Familie doch mal wieder zu Besuch angekündigt. Auf einmal füllte sich die Wohnung mit Stimmen und Geräuschen. Erstaunt stellte Bernd fest: Das war er nicht mehr gewöhnt und es gefiel ihm auch nicht unbedingt. Seine Schwiegertochter räumte den Kühlschrank ein. »Sag mal, viel ist hier ja nicht drin«, rief sie.

»Hab alles aufgegessen«, murmelte Bernd.

»Ja, Opa muss was essen!«, sagte Mina bestimmt und blickte ihn mit ihren leuchtenden Augen an, wie es nur Kinder tun. Er nahm sie in den Arm. Sie drückte ihn zuerst fest, doch dann trat sie einen Schritt zurück und betrachtete ihn genauer. »Aber so viel kannst du gar nicht gegessen haben, Opa. Du bist ja ganz dünn geworden!«

»Ach was, das kommt dir nur so vor.«

Doch er wusste, dass er einer schlauen Siebenjährigen nichts vormachen konnte. Er zwinkerte ihr zu und Mina schwieg.

Inzwischen hatte Judith Kaffee gekocht, den mitgebrachten Nusskuchen ausgepackt und den Tisch gedeckt. Sie setzten sich und Bernd starrte auf die Tasse vor sich, mit dem dünnen blauen Rand, leicht angeschlagen. Judith schenkte ihm ein.

»Die schmeckt nach Meer«, flüsterte Bernd und erschrak. Das hatte er eigentlich nicht sagen wollen. Er spürte alle Blicke auf sich gerichtet.

»Was hast du gesagt?«, fragte Leander.

Bernd riss sich zusammen. »Kaffee schmeckt mir nicht mehr.« Er schob die Tasse zur Seite und aß unter größter Kraftanstrengung ein kleines Stück Nusskuchen. Er wollte eigentlich gar nichts. Er wollte mit seinen Marienkäfern alleine sein. Nur schwer konnte er den Erzählungen seines Sohnes und seiner Schwiegertochter folgen. Sie redeten über alles Mögliche. Aber über den Tod, über den sprachen sie nicht. Sie sparten Elisabeth einfach in ihren Worten aus, als wäre sie niemals da gewesen. Es war unerträglich. Nur Mina vermochte es für wenige Augenblicke, Bernds Gedankennebel zu durchdringen und sein Herz zu erreichen. Ihre warme kleine Hand lag unter dem Tisch die ganze Zeit auf seiner und ihr weicher Blick war voller Verständnis.

Er war froh, als der Besuch endlich vorbei war und alle sich zum Aufbruch bereit machten. Da zog ihn auf einmal Mina in den dunklen Flur hinaus. Sie legte ihre Finger auf die Lippen und sprach sehr leise: »Opa, ich muss dich noch was fragen.«

»Was denn?«

Minas Stimme wurde eine Spur leiser und sie klang verschwörerisch. »Was machen denn die ganzen Marienkäfer hier?«

»Die sind mir zugeflogen.«

»Wirklich?« Mina sah ihn misstrauisch an. Ihr Blick traf Bernd ins Herz.

»Nein, entschuldige, Mina. Ich will dir die Wahrheit sagen.«

»Ja, bitte«, hauchte sie.

»Weißt du, diese Marienkäfer erinnern mich an schöne Zeiten. Mit ihnen fühle ich mich … nicht so allein. Manchmal habe ich Angst davor, dass ich vergessen werde. Es fühlt sich ein bisschen an, als würde ich mich in Luft auflösen.«

»Oh!« Mina sah ihn erschrocken an. Doch bevor sie noch antworten konnte, öffnete sich die Küchentür und Leander und Judith standen da, zur Abfahrt bereit. Sie hatten die unübersehbare rote Schar an Marienkäfern natürlich mit keinem Wort erwähnt. Es gab so viel Ungesagtes zwischen ihnen, das hätte Elisabeth nicht gefallen, dachte Bernd.

Am nächsten Morgen durchbrach völlig unerwartet das Klingeln der Türglocke die Stille in Bernds Wohnung. Überrascht starrte er auf die Tür. Wer konnte das sein? Für die Post war es doch noch zu früh. Wollte ihn womöglich jemand besuchen? Es klingelte erneut. Schließlich öffnete er – und traute seinen Augen nicht. Vor ihm standen Leander, Judith und die kleine Mina.

»Was wollt ihr denn hier?«

»Na, das ist ja eine nette Begrüßung«, lachte Leander. »Zugegeben, es ist etwas früh. Doch es gibt jemanden, der uns davon überzeugt hat, dass wir ganz schnell wiederkommen müssen.«

Mina stürmte in seine Arme. »Ich habe ihnen alles erzählt, Opa, von den Marienkäfern und dass du dich in Luft auflösen wirst.«

Leander und Judith lächelten verlegen. »Wir haben Frühstück mitgebracht«, sagte Judith, dabei hielt sie eine Bäckertüte hoch.

Und dann sprachen sie das erste Mal seit Monaten ganz offen miteinander und fanden Worte für das Traurige, aber auch für das Schöne, das sie mit Elisabeth erlebt hatten.

Schließlich überreichte ihm Mina noch ein Bild, das sie gemalt hatte. Überall tummelten sich kleine selbst gemalte Marienkäfer. In den blauen Sommerhimmel hatte Mina in ihrer krakelig-eckigen Kinderschrift geschrieben:

Du wirst niemals alleine sein, Opa. Wir kommen immer wieder!

MARKUS ORTHS

Das große O

Am Vorabend des schriftlichen Philosophieexamens tigerte ich durchs Zimmer und versuchte, meine Prüfungsangst aus dem Kopf zu scheuchen. Ich redete mir ein, auf zwei von drei Themen gut vorbereitet zu sein. Nur beim dritten Thema, bei der Leibnizschen Monadologie, sah ich Schwächen, um nicht zu sagen, Verständnislücken. Ich nahm Baldriantropfen und trank ein Glas Rotwein, um müde zu werden, aber ich wurde nicht müde. Ich verließ mein Kochnischenzimmer und machte einen Spaziergang. Schon neun Uhr, die kühle Luft tat mir gut, es war eine Nacht im Juni, den ganzen Tag über war es ungewöhnlich heiß gewesen. Ich blieb unter einem Baum stehen, blickte hoch und dachte an das Wort großkronig. Irgendwo hatte ich in den letzten Tagen gelesen, dass pro 600 m^2 bebauter Fläche je ein großkroniger Baum gepflanzt werden müsse. Ich verfluchte mich: Immer das Unwichtigste, immer das, worum es nicht ging, immer das Beiläufigste, das Uninteressanteste, das, was keinem Menschen irgendwas nutzte, immer nur das konnte ich mir haargenau merken; alles andere aber musste mühsam erworben und auswendig gelernt und mit höchster Konzentration in den Kopf gestopft werden, und trotzdem fiel dabei das meiste durchs Sieb. Als ich wieder im Zimmer saß, schenkte ich mir ein zweites Glas Wein ein. Ich versuchte, mich zum Schlafen zu zwingen, und kippte den Wein wie ein Schlafmittel. Es stellte sich keine Wirkung ein. Im Gegenteil: Ich hätte Bäume ausreißen können. Großkronige Bäume. Als ich im Bett lag, konnte ich die Augen nicht schließen, ohne mich am morgigen Tag in diesem abgekanzelten Raum zu sehen, aus dem es kein Entrinnen gab, mit weißem Papier, vor dem ich nicht weglaufen konnte. Ich sprang wieder auf. Außerdem, dachte ich, musst du noch die Wecker stellen. *Die* Wecker, denn ich wollte mich auf keinen Fall auf einen einzigen Wecker verlassen. Ich besaß einen elektrischen Radiowecker und einen batteriebetriebenen Ticktackwecker. Da für mich aber das Ticktack eines Weckers im Schlaf unerträglich ist, dämpfte ich das Geräusch dadurch, dass ich den Wecker mit einem Kissen bedeckte. Ich stellte beide Wecker auf sechs Uhr dreißig. Dann zwang ich mich ein weiteres Mal ins Bett. An Schlaf war nicht zu denken. Mein Herz glich Maschinengewehrfeuer, ich vergrub das Gesicht in den Händen, es half nichts: Sobald ich im Bett lag, wurde ich noch wacher, als ich eh schon war, sobald ich das Licht ausknipste, wurde die Dunkelheit zu einer Flüssigkeit, in der ich keine Luft mehr bekam, und nur wenn ich wieder aufstand und Licht machte, wurde meine Brust zumindest ein bisschen aus dem Schraubstock gedreht. Erst um halb sechs überfiel mich jähe Müdigkeit, ich dachte kurz daran, dass diese schlimmste aller Nächte bald vorüber wäre, der Augenblick der Entspannung legte eine Decke aus festem, traumlosem Schlaf auf mich: Ich war sofort weg. Wenigstens eine Stunde noch, war mein letzter Gedanke, ehe mich der Schlaf in die Tiefe riss.

Ich erwachte um elf.

Zunächst hatte ich nur das Gefühl, dass etwas nicht

stimmte. Die Leuchtanzeige meines Radioweckers blinkte. Durch die Ritzen der Jalousien drang hellstes Tageslicht. Ich griff zur Armbanduhr: elf. Mit einem Schlag war alles wieder da. Ich schnappte wie ein Klappmesser aus dem Bett. Ich schüttelte die Uhr, aber es war sinnlos, die Zeiger fielen nicht zurück in eine frühere Zeit. Ich griff zum Ticktackwecker: Er war unterm Kissen umgekippt und stehen geblieben in der Nacht. Er zeigte breit grinsend zehn vor drei an. Erst später kapierte ich, dass die Batterie leer war. Der Radiowecker blinkte immer noch hämisch, an aus, an aus, irgendwelche wirren Zahlen. Ich lief zur Küchenuhr: elf. Ich riss die Jalousien hoch: Elf-Uhr-Helle, Elf-Uhr-Geräusche. Jetzt nur nicht die Ruhe verlieren, dachte ich. Die Prüfung war erst um halb eins zu Ende. Wenn ich sofort losstürmte, blieb mir noch gut eine Stunde, um zu retten, was zu retten war. Nie habe ich mich schneller angezogen, ungewaschen, ungeduscht, nie bin ich schneller aus dem Haus gestürmt, lief durch die Fußgängerzone Richtung Uni, die letzten Meter in mörderischem Tempo, durch die Säulen des hässlichen Neubaus ins KG II, die Treppen hoch, ich sah den Prüfungsraum vor mir, hielt kurz an, atmete durch, zwanzig nach elf. Noch blieben mir siebzig Minuten. Ich betrat schwer atmend den Raum und zog sämtliche Blicke der Mitgeprüften auf mich, als ich durch das Spalier der Bänke ging, den Ausweis zückte, ein Kopfschütteln des Aufsichtsbeamten erntete und zu meinem Tisch gewiesen wurde, wo die Aufgabe mit der einen, entscheidenden Frage lag, die ich zu beantworten hatte.

Ich saß einen Augenblick vor dem Blatt und war voll Hoffnung und Trotz. Jetzt erst recht!, dachte ich und betete, den Namen Heidegger unterm Blatt vorzufinden, denn wenn ich den Namen Heidegger vorfände, könnte ich einen brillanten, quasi auswendig gelernten Vortrag einfach so aufs Papier sprudeln, und ich wusste, wenn ich eins konnte, dann war es Schnellschreiben. Meine letzte Chance: In fünfundsechzig Minuten all das aufs Papier zu knallen, wofür die anderen vier Stunden Zeit hatten. Heidegger, dachte ich, Heidegger, bitte, eine Frage zu seiner Freiburger Antrittsvorlesung *Was ist Metaphysik?* Ich hätte sofort losgelegt. Über die Hineingehaltenheit ins Nichts. Hätte beschreiben können, wie wir Menschen uns verlieren an belanglose Sachen, wie wir uns zumüllen mit allem möglichen Zeug, das nichts mit uns und unserem eigentlichen Leben zu tun hat, und wie wir unsere Zeit damit verbringen, Dinge zu tun, die etwas ganz anderes darstellen als das, was wir wirklich wollen, wie wir uns an Äußerlichkeiten und Sicherheiten klammern, und wie wir uns Stunde um Stunde ablenken, uns etwas vormachen, uns einen oberflächlichen, gemütlichen und perfekten Platz im Leben schaffen. Anschließend hätte ich jenen Augenblick beschrieben, in dem wir endlich zu uns selbst finden könnten: Einbruch, Abgrund: Keine Beschäftigung, keine Zerstreuung greift mehr, es gibt nur noch den einzelnen Menschen, ganz allein, zurückgeworfen auf sich selbst, begleitet von einem Gefühl, das durch die Innereien zittert wie eine dunkle Schlange, die langsam ihren Zahn zeigt: rettungslose Angst: Einblitz in das, worauf das Leben zwangsläufig hinausläuft: das eigene Ende. Und ganz, ganz kurz steht uns vor Augen, worum es eigentlich geht, wer wir sind, was wir wollen und was wir alles tun könnten. Dann ist es auch schon vorbei. Die Angst ist nicht lange auszuhalten. Das, was wir sehen, brennt so stark, dass wir die Augen schließen müssen. Das Existenzgewitter ist vorüber, wir sind zurück in der Zerstreuung, die vielen Möglichkeiten, die vor uns lagen, zerbröckeln. Spöttisch schauen wir auf den Augenblick zurück, der unser Leben wie ein Blitzschlag zerrissen hat, und sagen uns: Ja, wovor habe ich denn gerade Angst gehabt? Da war doch gar nichts! Und ohne es zu wissen, haben wir recht: Das Nichts ist da gewesen.

Ich zog den leeren, linierten, mit dem Universitätssiegel bestempelten Prüfungsbogen zu mir und schrieb meinen Namen in das dafür vorgesehene Kästchen. Hielt den Stift wie einen Revolver zum Schnellschuss bereit. Dann drehte ich das Blatt mit der Prüfungsfrage um: Stellen Sie die Leibnizsche Monadologie in ihren Grundzügen dar und nehmen Sie kritisch Stellung. Von diesem Augenblick an war ich wie in Gips gegossen. Leibniz, dachte ich, und mein Stift in der Hand bewegte sich keinen Zentimeter. Ich redete mir Ruhe zu. Ich versuchte, die Absurdität der Situation von mir zu schütteln und alles aus dem Hirn zu pressen, was ich zu Gottfried Wilhelm Siegfried Theodor Leibniz wusste, oder wie auch immer seine tausend Vornamen sein mochten, die mir nicht einfielen. Es war nichts mehr da. Tabula rasa. In meinem Kopf blankes Papier. Wesensgleich dem Papier, das vor mir lag. Mehr als eine halbe Stunde muss ich in katatonischer Erstarrung vor dem leeren Blatt gesessen haben. Dann blickte ich auf die Uhr. Noch zwanzig Minuten. Jetzt löste sich die Spannung. Ans Schreiben war nicht mehr zu denken. Ich beobachtete meine Mitgeprüften. Einige von ihnen kritzelten wie im Rausch, ich sah förmlich die Tinte von ihren Papieren spritzen, sie hatten sich in die Beantwortung der Frage verbissen wie hochgezüchtete Pitbulls, ein schrecklicher Anblick. Andere blieben etwas ruhiger, überlegten stiftnuckelnd und quetschten dann das Resultat ihrer Überlegungen sorgsam aufs Papier. Wieder andere sahen kurz zu mir. Da lag ein mitleidiger und fragender Blick in ihren Augen, ehe sie sich wieder der eigenen Arbeit zuwandten. Doch hinter diesem mitleidigen und fragenden Blick tauchte ein unsichtbares Lächeln auf, eine Ecke Schadenfreude, ein Jägergrinsen, und ich las ihre geheimen Gedanken: Gut, dass *mir* so was nicht passiert, dachten sie, gut, dass *ich* es schaffe. Plötzlich sah ich mich selbst vollkommen nackt und entblößt dort sitzen. Ja, sie hatten recht, ich würde es nicht schaffen, ich würde die Prüfung versauen, ich hatte sie schon versaut, es wurde Zeit, es mir einzugestehen. Mir würde nichts anderes übrig bleiben, als ein leeres Blatt abzugeben. Doch blieb ich sitzen. Sah die Mitgeprüften, ihre Mienen, ihren Ehrgeiz, ihre Besessenheit, und da lag in einem einzigen plötzlichen Stich die ganze Schrecklichkeit vor mir, die Abgerichtetheit des Menschen, der durch den Feuerreifen Prüfung springt, weil jemand Hopp ruft, und ich mittendrin. Mir tropfte ein Schweißperlchen aufs Blatt. Ich beobachtete genau, wie das Papier mein Wasser aufsaugte. Und?, würde man mich fragen, wie war die Prüfung? Ich konnte mir keine Antwort ausmalen. Es gab nichts mehr, das ich hätte sagen können. Es gab nichts mehr, das ich hätte tun können. Es gab nur noch das Papier mit dem langsam trocknenden Tropfen. Ich dachte, ich würde jetzt gern über meinen Schweißtropfen schreiben. Über mich. Über meine Hilflosigkeit. Über die letzte Nacht. Diese Nacht, dachte ich immer wieder. Diese Nacht. Diese Horrornacht.

Doch der Augenblick kippte um und löste sich auf. Was zurückblieb, war ein regelrechter Hass auf meine abwesenden Prüfer. Immer tiefer wühlte ich mich in diesen Hass hinein. Alles in mir schrie danach, ihnen diese Quälereien heimzuzahlen, die sie über mich gebracht hatten. Am liebsten, dachte ich plötzlich, am liebsten würde ich ihnen mit dem nackten Arsch ins Gesicht springen. Ein originellerer Gedanke kam mir damals nicht. Und tatsächlich malte ich nun mit immensem inneren Grinsen und verzweifelter Befriedigung einen riesigen nackten Arsch auf den Prüfungsbogen. Aber ich kam nicht weit. Ich konnte nicht mal den großen, äußeren Kreis zu Ende zeichnen, denn kurz bevor der Kreis sich schloss, sprang der Aufsichtsbeamte wie von der Feder geschnellt vom Stuhl und brüllte in bester Polizeifilmmanier: »Stifte fallen lassen!« Ich war so erschrocken, dass mir tatsächlich der Stift aus der Hand fiel. Von Traurigkeit getragen schwamm ich aus dem Prüfungsraum nach Hause und fand im Briefkasten einen roten Zettel der Stadtwerke, der sämtliche Anwohner darauf aufmerksam machte, dass am heutigen Tag, zwischen sechs und acht Uhr morgens, der Strom abgestellt werde, aufgrund dringend nötiger Kabelerneuerungsmaßnahmen. Ich grunzte nur schwach.

Vier Wochen später erhielt ich einen Anruf vom Professor. Meine Klausur, sagte er und hustete. Ich blieb stumm und erwartete mein Todesurteil. Die Klausur, sagte er, habe für Furore gesorgt. Ich stöhnte gequält. Im Gegensatz, sagte mein Professor, zum rein auswendig gelernten und reflexartig abgelassenen akademischen Lehrbuchwissen, das meine Kommilitonen in einfallsloser und nachplapperischer Manier von sich gegeben hätten, sei meine Klausur durch »Originalität, Knappheit, Sicherheit und Präzision« derart aus dem Haufen der übrigen Arbeiten herausgestochen, dass man vorhabe, sie in der *Philosophischen Rundschau* zu veröffentlichen. Ich schwieg und kratzte mir das Ohr. Später las ich im Gutachten: »Mit größtmöglicher Ökonomie ist es dem Kandidaten gelungen, in nur einem einzigen Buchstaben, dem großen O, die gesamte Leibnizsche Monadologie darzustellen, die Fensterlosigkeit der Monade und die Geschlossenheit des monadischen Systems. Gleichzeitig hat der Kandidat kritisch Stellung bezogen, indem er durch das Offenlassen einer Lücke die Geschlossenheit des Monadenhaften infrage stellte und somit das monistische System einem Einbruch von außen und der Möglichkeit der Dualität Einlass gewährte. Zu betonen sind der Mut, die Radikalität und die Nachdrücklichkeit, mit der die Gedanken auf ein Minimum reduziert und dadurch kristallisiert und zum Funkeln gebracht wurden.« Das verlockende Angebot, beim weltbekannten Freiburger Leibniz-Spezialisten Professor Doktor Johann Lichtenthal zu promovieren, lehnte ich ab, mit den Worten, ich hätte bereits alles gesagt, was es zu sagen gebe.

MARLIES FERBER

Stimmt so

»Bitt'schön?!« Die Kellnerin sah ihn von oben herab an. Zeit für seine Bestellung, aber schnell, sie wollte weiter. Christoph Schiller hatte ihre auffordernde, hektische Stimme schon an den anderen Tischen gehört. Wie konnte eine einzige Kellnerin so viel Stress verbreiten? »Heute noch, wenn's recht ist. Vielleicht eine Maß Bier?« Sie nickte ihm ungeduldig zu.

Er war so überrascht von ihrer Übergriffigkeit, dass er nur nickte. Sie nickte ebenfalls, und weg war sie. Christoph schaute der Frau kopfschüttelnd hinterher. So eine junge Person, und so unfreundlich. Wahrscheinlich eine Aushilfe. Wenige Minuten später war sie zurück und knallte ihm mit einem weiteren knappen »Bitt'schön« die Maß auf den Tisch und war auch schon wieder weg.

Er versuchte, seinen Ärger beiseitezuschieben und sich auf das einzig Erfreuliche zu konzentrieren: das Bier. Christoph hob den Maßkrug an die Lippen – und wurde bitter enttäuscht, als das Bier ihm lauwarm die Kehle hinunterfloss. Auch das noch! Sollte er das warme Bier monieren? Aber was würde das bringen, außer einer Diskussion mit der unfreundlichen Kellnerin? Er seufzte und trank einen weiteren warmen Schluck. Als er den Krug wieder vor sich auf den Tisch stellte, befühlte er den oberen Rand. Aha, das war es also. Das

Bier konnte nichts dafür. Das war kalt gewesen. Es war der Krug, der heiß aus der Spülmaschine geräumt und gleich befüllt worden war. Wahrscheinlich von der unleidlichen Kellnerin selbst oder einem ebenso unprofessionellen Kollegen.

Christoph schaute auf die Uhr. Tom verspätete sich. Sie waren hier verabredet, auf ein Bier und dann zu einer Wanderung auf die Senser-Alm. So wie früher. Tom hatte ihn gestern spontan gefragt, ob er Lust hätte, und natürlich hatte Christoph Lust. Wenn sein Sohn etwas mit ihm unternehmen wollte, sagte er immer zu. Tom war beruflich in der ganzen Welt unterwegs, hatte viel um die Ohren, und an ihre letzte Vater-Sohn-Wanderung konnte Christoph sich kaum mehr erinnern. Als Tom gestern mal wieder anrief, hatten Katharina und er gerade auf dem Balkon gesessen und Pläne für den heutigen Tag gemacht. Ihren Hochzeitstag. Genau genommen hatte Katharina damit angefangen, denn er hatte ihn nicht auf dem Schirm gehabt. Mal wieder. Und er war ihr dankbar gewesen, dass sie ihm so die erneute Peinlichkeit eines vergessenen Hochzeitstags erspart hatte. Doch kaum hatte er begonnen, Tom zu erklären, dass morgen ihr Hochzeitstag sei, hatte Katharina ihm resolut den Hörer aus der Hand genommen, Tom begrüßt und gesagt: »Natürlich geht ihr wandern, Papa und du, das ist eine tolle Idee!«

Christophs Handy vibrierte in der Jackentasche. Sein Sohn rief an.

»Tom! Was ist los, stehst du im Stau?«

»Schlimmer«, sagte Tom. Seine Stimme klang gehetzt. »Bist du schon dort, Papa?«

Papa sagte er nur, wenn er ein schlechtes Gewissen hatte. »Warum? Ist dir etwas dazwischengekommen?«

Es folgte eine peinliche Pause. »Ich hab ... den Terminkalender falsch interpretiert.«

Christoph brauchte einen Moment, um zu begreifen. »Du hast unseren Termin vergessen?«, fragte er dann ungläubig. Sie hatten doch erst gestern telefoniert!

»Nein, nicht unseren. Den Termin beim Zahnarzt. Aber ... ich muss da hin, Papa, sonst schmeißt er mich raus. Er hat schon beim letzten Mal gesagt, wenn ich noch mal einen Termin vergesse, dann war's das mit uns. Und es ist ein guter Zahnarzt, der beste, den ich je hatte. Ich will ihn nicht verlieren.«

Christoph schwieg und dachte an Katharina. »Dann gehen wir eben erst abends aus«, hatte sie gesagt. Und tagsüber würde sie ein bisschen shoppen gehen. Dabei könne sie ihn eh nicht gebrauchen. Für sie, hatte sie mit ihrem typischen Lächeln hinzugefügt, bei dem sich dieses Grübchen an ihrer linken Wange bildete, sei das ein perfekter Hochzeitstag.

»Papa, bist du noch dran?«

Christoph atmete einmal tief durch. »Ja, klar, bin noch dran. Kein Problem, geh zu deinem Zahnarzt, das ist wichtig. Unsere Wanderung verschieben wir einfach, ja?«

»Danke!«, sagte Tom. »Es ist mir wirklich total unangenehm ...«

»Mach dir keinen Kopf.«

»Du bist nicht böse, oder?«

»Ach was, die Senser-Alm läuft uns nicht weg.«

»Genau!« Tom lachte erleichtert.

Christoph lachte mit, und sie verabschiedeten sich.

Dann steckte er das Handy ein und trank zügig sein Bier, während er nach der Kellnerin Ausschau hielt. Sie hatte sich schon die Kernkompetenz aller schlechten

Kellner zu eigen gemacht: niemals den Blick des Gastes erwidern! Also wedelte er mit seiner Brieftasche und rief ihr über die Tische hinweg zu: »Zahlen, bitte!«

Sie steuerte mit einem vollen Tablett durch die Menge, blickte kurz über die Schulter und blaffte: »Einen Moment, ja? Sie sind hier nicht der einzige Gast!«

Christoph zählte mit. Fünf Mal ging sie noch hin und her, bediente andere Tische, nahm Bestellungen auf. Passt, dachte er. Ein verpatzter Hochzeitstag, eine verpatzte Wanderung, eine patzige Kellnerin.

Endlich kam sie zu ihm. »Macht neun achtzig«, sagte sie.

Christoph legte den Schein auf den Tisch und sah der Kellnerin ins Gesicht.

»Stimmt so«, sagte er generös lächelnd. Normalerweise rundete er bei Beträgen unter zehn Euro auf den übernächsten Euro auf, hätte ihr also zu dem Zehner noch einen Euro dazugelegt. Zwanzig Cent Trinkgeld, das war eine kleine Gemeinheit, aber die einzige Möglichkeit des Gastes, sich zu rächen. Doch dann sah er, wie ihre Augen sich weiteten.

»Sind Sie … sicher?«

»Selbstverständlich«, sagte er, seinen Triumph auskostend.

»Danke sehr!« Sie schaute ihn an, und er sah irritiert, dass sie sich wirklich freute. Ein strahlendes Lächeln, das blitzend weiße Zähne und ein hinreißendes Grübchen zum Vorschein brachte, das ihn an Katharina erinnerte.

»Das ist … also, das ist wirklich total nett von Ihnen!«

Christoph fühlte sich plötzlich beschämt. Sie fand das Trinkgeld offensichtlich gar nicht mies. Die Demütigung war verpufft. Gaben die anderen Gäste etwa noch weniger? Noch weniger war nichts, oder? Meine Güte, dann war ja klar, weswegen sie nicht besonders gut gelaunt war. Dann sah er, wie die junge Frau den Geldschein in ihr großes schwarzes Kellnerinnen-Portemonnaie steckte.

Und ihm stockte der Atem. Das durfte jetzt nicht wahr sein: Er hatte keinen Zehner, sondern einen Fünfziger auf den Tisch gelegt!

»Ich wünsche Ihnen noch einen wunderschönen Tag«, sagte die junge Frau und lächelte ihn herzlich an. »Wissen Sie, das war ein richtiger Scheißmorgen heute, zwei Kolleginnen haben sich krankgemeldet, der Wirt hat schlechte Laune, in der Küche gab es einen Unfall – aber jetzt kommen Sie und sind so großzügig, obwohl ich … also, noch mal: Danke sehr! Sie haben meinen Tag gerettet!«

Christoph nickte nur und versuchte, weiterhin generös zu lächeln. Erst als sie weg war, gestattete er seinem Lächeln zu verschwinden und starrte fassungslos vor sich hin. Das lauwarme Bier hatte ihn fünfzig Euro gekostet, vierzig Euro und zwanzig Cent davon Trinkgeld für die Kellnerin. Selbst schuld, dachte er matt.

Als er nach seiner Jacke griff, kam eine Nachricht von Katharina. Es war ein Selfie von ihr in einem himmelblauen Kleid. Er rief sie an und sagte ihr, wie schön sie darin aussehe, und erzählte von Toms vergessenem Termin beim Zahnarzt.

Sie lachte nur. »Der Apfel fällt nicht weit vom Stamm, oder? Aber umso besser, dann kehren wir zur ursprünglichen Hochzeitstagsplanung zurück. Komm einfach in die Stadt und wir gehen fein zum Essen, ja?«

Als Christoph sich seine Jacke anziehen wollte, sah er

die Kellnerin plötzlich wieder vor sich stehen. Sie hielt zwei Zwanziger in der Hand und sah ihn prüfend an.

»Ich glaube, Sie haben sich gerade eben geirrt, oder? Sie wollten mir gar nicht so viel Trinkgeld geben. Sie haben gedacht, Sie geben mir einen Zehner und keinen Fünfziger, kann das sein?«

Christoph war so überrascht, dass er wusste, Leugnen nützte nichts. Er war entlarvt. Entschlossen sah er sie an. »Selbst wenn. Schon okay.«

Sie streckte ihm ungeduldig das Geld hin. »Nein, wirklich. Ich kann das nicht annehmen.«

»Natürlich können Sie. Müssen Sie sogar«, sagte Christoph. Plötzlich war ihm klar, dass es so war. Er wollte das Geld nicht zurück.

»Haben Sie eine Minute Zeit?«, fragte er. »Bitte, ich möchte es Ihnen gern erklären. Es gibt einen ganz bestimmten Grund, warum Sie es nehmen müssen.«

Sie zögerte, sah sich um, zu den anderen Tischen, dann entspannte sie sich und lächelte, als sie sich einen Stuhl heranzog und sich setzte. »Da bin ich aber gespannt.«

»Wissen Sie«, sagte Christoph, »mit Zahlen stehe ich regelrecht auf Kriegsfuß, schon seit der ersten Klasse. Damals sollten wir im Mathematikunterricht Zahlen abschreiben. Jeder, der eine ganze Seite voller Zahlen abgeschrieben hatte, musste nach vorne kommen, und der Lehrer machte einen roten Haken darunter. Als er mein Heft sah, hielt er es vor allen Mitschülern hoch und rief: ›Schaut mal, wie dumm der ist, alles falsch herum!‹ Ich hatte alle Zahlen spiegelverkehrt aufgeschrieben und es nicht mal gemerkt. Die ganze Klasse lachte, ich stand da und weinte und schämte mich. Das war der Anfang, und so ging es mein Leben lang weiter. Auf der Galopprennbahn wollte ich einmal dem Mädchen, in das ich mich Hals über Kopf verliebt hatte, imponieren. Also nahm ich all mein Geld und wettete, auf den Favoriten. Ich orientierte mich an den Vorwetten, wettete auf Platz, es konnte kaum schiefgehen. Leider hatte ich aber die Quoten der Vorwetten genau falsch verstanden, und der Zosse, den ich anhand der Quoten für den Favoriten hielt, war in Wirklichkeit der absolute Außenseiter. Sehen Sie, meine Zahlenschwäche zieht sich wie ein roter Faden durch mein Leben. Kopfrechnen ist bei mir Glückssache, und Termine sind ganz schlimm, trotz mehrerer Kalender und Erinnerungssysteme. Ich vergesse sie, verdrehe sie oder vereinbare zwei oder drei Termine zur gleichen Zeit.«

»Oh Mann.« Sie schüttelte den Kopf und legte die beiden Zwanziger auf den Tisch. »Jetzt komme ich mir aber noch schlechter vor, das Geld zu behalten.«

Christoph musste lachen und machte eine abwehrende Geste. »Halt, ich bin noch nicht fertig. Hochzeitstage waren auch immer schwierig. Den Tag unserer Silberhochzeit habe ich mir vier Wochen vorher in meinen Google-Kalender geschrieben. Wir würden in der Zeit gerade im Urlaub in Paris sein.«

»Und Sie haben ihn trotzdem vergessen?«

Er nickte. »Natürlich. Es nützt einem gar nichts, wenn man die Erinnerungsfunktion nicht aktiviert hat und auch nicht aufs Handy schaut. Ich hatte mir zwar gemerkt, dass am 15. Mai der Hochzeitstag ist, aber am 15. Mai war ich überzeugt davon, dass wir erst den 14. Mai haben.«

»Da war Ihre Frau bestimmt enttäuscht.«

Christoph schüttelte lächelnd den Kopf. »Nein. Wir hatten ihn beide vergessen. Erst am Abend stellten wir fest, dass wir, ohne es zu merken, den schönsten Hochzeitstag unseres Lebens verbracht hatten. Mit einer Fahrt auf der Seine, einem wunderschönen Bummel durchs Quartier Latin und einem guten Essen.«

»Sie hatten Glück, dass Ihre Frau genauso vergesslich war.«

»Na ja«, lächelte er. »Oder so tat als ob. Ich habe Ihnen noch nicht alles erzählt von dieser Geschichte in der Schule. Die Pointe kommt noch. Damals habe ich, als ich von der Schule nach Hause kam, meiner Mutter weinend von dem Zahlen-Desaster erzählt und dass mich alle ausgelacht hätten. Und in der großen Pause am nächsten Morgen marschierte meine Mutter quer über den Schulhof auf meinen Klassenlehrer zu. Ich sah, wie unsicher der Lehrer ihr entgegenging, und wie sie ihm die Meinung sagte. Ich liebe sie heute noch dafür.«

»Aber als Sie aufs falsche Pferd gesetzt haben? Hat das dem Mädchen denn trotzdem imponiert?«

Christoph nickte lächelnd. »Ja, hat es, und wie. Denn ich hatte mehr Glück als Verstand. Der Außenseiter, auf den ich aus Versehen gesetzt hatte, trug überraschend den Sieg davon. Der Gewinn war gigantisch, und ich wurde an diesem Abend, gemessen an meinem Einkommen, reich.«

»Wow. Was haben Sie mit dem Geld gemacht?«

Er grinste. »Was, glauben Sie, macht jemand mit zu viel Geld, der nicht gut mit Zahlen umgehen kann?«

»Es verprassen?«

Er nickte. »Aber stilvoll, für eine wunderschöne Hochzeit und die Flitterwochen. Sehen Sie, was ich meine? Mein Zahlen-Ding hat mich oft in Schwierigkeiten gebracht, aber mir manchmal auch die Leichtigkeit gegeben, durchs Leben zu tanzen. Oder es hat mir, wie damals in der Schule, gezeigt, dass ich geliebt wurde. Und ich bin mir übrigens auch ziemlich sicher, dass meine Frau geflunkert hat, als sie sagte, dass sie unseren Hochzeitstag auch vergessen hätte. Sie hat das mir zuliebe behauptet. Sie ist der großzügigste Mensch, den ich kenne.«

Er griff resolut nach den beiden Zwanzigern auf dem Tisch. »Und gerade eben, als ich Ihnen den Fünfziger gab und Sie so nett lächelten – da haben Sie mich ein bisschen an sie erinnert!« Er erhob sich und drückte ihr die beiden Geldscheine wieder in die Hände. »Deshalb nehmen Sie jetzt gefälligst das Geld, ja?«

»Okay, danke«, sagte sie, und da war wieder dieses Grübchen beim Lächeln. »Ich weiß schon, was ich damit mache«, sagte sie mit gesenkter Stimme. »Es verprassen. Ich war ewig nicht mehr Tanzen!«

Er nickte. »Wunderbare Idee.«

Wenig später saß er ganz vorne im Bus und fuhr auf der sich fröhlich schlängelnden Landstraße zurück in die Stadt, zu Katharina, vor sich den tiefblauen Himmel. Sattgrüne Weiden mit hochzeitsweiß blühenden Apfelbäumen rauschten vorbei, und er dachte verwundert, dass ihm das tatsächlich noch nie aufgefallen war. Aber Katharina hatte recht, es stimmte: Der Apfel war nicht weit vom Stamm gefallen. Tom hatte sein Zahlen-Ding geerbt. Armer Kerl. Was für ein Stress. So viele Anforderungen in seinem Alter, so viele Termine. Und dann auch noch das Zahlen-Ding. Die Senser-Alm konnte warten. Höchste Zeit, ihn mal mit auf die Rennbahn zu nehmen.

DIETMAR BITTRICH

Befreiung vom Stress: Stillstand in der Pampa

Eigentlich war es nicht mehr lang hin. Zwanzig Minuten höchstens. Du wolltest gerade deinen Laptop zuklappen. Nun überlegst du es dir. Der Zug ist immer langsamer geworden, zuletzt ist er nur noch geschlichen. Und jetzt hält er an.

Du blickst aus dem Fenster. Auch andere wundern sich. Ein Bahnhof ist nicht auszumachen. Als du das letzte Mal rausgeschaut hast, geriet ein Stationsschild kurz in den Blick, windschief auf einem schmalen Bahnsteig. Im Vorüberfliegen war es nicht zu entziffern. Aus einem Streckengebäude lehnte eine Frau, wie von einer Zauberin dorthin verbannt. Der Zug überquerte einen blinkenden Kanal, ein paar überwucherte Gebäude kamen ins Bild, Laubenkolonien, dann nur noch Äcker, Wiesen und ein bisschen Mischwald in einem milde geschwungenen Land. Du hast gegähnt und dich deinem Laptop gewidmet oder deinem Audiobook.

Jetzt, da der Zug hält, blickst du wieder nach draußen und hast den Eindruck, dass sich wenig geändert hat. Weideflächen mit Pfützen, schiefe Zäune, Brachlandschaften. Ein Pulk Windräder in der Ferne, die Haube eines Kirchturms zwischen Kastanien und ein altes Silo. Dort mag ein Dorf sein.

Du siehst auf die Uhr. Andere tun das auch. Es knackt im Lautsprecher, als sollte gleich eine Durchsage kommen. So was wie: »Sehr geehrte Fahrgäste, wir können zurzeit nicht weiterfahren.« Dann die Angabe eines Grundes. Aber da kommt nichts.

Die Influencerin ein paar Reihen weiter, die am Handy eben lauthals verkündet hat: »Wir sind bald da!«, ist leise geworden. »Nee«, teilt sie jetzt ihrem fernen Gesprächspartner mit. »Wir stehen gerade, keine Ahnung, irgendwo in der Pampa, ich weiß auch nicht, was los ist.«

Niemand weiß das. Deshalb entsteht eine leise Unruhe. Nicht dass die Leute gestikulieren oder aufstehen und im Wagen herumrennen. Das tut höchstens das Personal. Jemand in Bahnuniform eilt plötzlich durch den Wagen, dann noch einer, nach vorn, Richtung Lokomotive. Warum das denn? Ist da was nicht in Ordnung? Braucht der Lokführer Hilfe?

Solche unausgesprochenen Fragen kreisen durch den Schädel. Niemand zeigt Nervosität. Höchstens dass hier und da Finger auf eine Lehne trommeln oder auf einen Klapptisch. Alle geben sich gelassen. Doch darunter gärt es. Denn der Stillstand zieht sich.

Dir fällt etwas ein, was du mal in der Schule gelesen hast, von einem verblichenen Poeten. Er beschreibt eine Autopanne und wie er dem Fahrer beim Radwechsel zusieht: »Ich bin nicht gern, wo ich herkomme. Ich bin nicht gern, wo ich hinfahre. Warum sehe ich den Radwechsel mit Ungeduld?«

Du weißt, weshalb. Und du weißt, weshalb allen unbehaglich zumute ist, je länger der Stillstand währt. Weil dieser erzwungene Halt ein Zwischenzustand ist. Nicht mehr dort und noch nicht da. Vielmehr im Nirgendwo, an unbekanntem Ort, in der Schwebe, unfreiwillig, uninformiert, ohne die Möglichkeit, sich aus eigener Kraft zu befreien.

So ein unbehaglicher Zwischenzustand heißt im Buddhismus *Bardo*. Für gewöhnliche Personen ist er quälend. Für jemanden wie dich ist er befreiend. Das berühmteste tibetische Buch handelt genau von diesem Befinden. *Bardo Thödol* heißt es. Übersetzt: Befreiung im Zwischenzustand. Nicht *aus* dem Zwischenzustand. Sondern *im* Zwischenzustand. In exakt so einem Zustand – das Alte ist verlassen, das Neue noch nicht erreicht – ist Befreiung möglich.

Befreiung wovon? Von dem Gefühl, der Zeit unterworfen zu sein, irgendwohin zu müssen, etwas erreichen zu müssen, noch nicht angekommen zu sein. Du musst nirgendwohin. Nirgends wird mehr sein als hier. Du musst nichts erreichen. Dies ist es schon. Dieser Augenblick enthält alles. Das lehrt der Stillstand. Lehrt die Pampa. Lehrt die Bahn. Danke.

CHRISTINE SCHNIEDERMANN

Ein vergeudeter Tag

Es dämmerte. Sie hatte das Auto von innen verriegelt und war sitzen geblieben, nachdem sie ihre Tochter zum Training gefahren hatte. Vicki war nun in der Turnhalle, hinter dem Parkplatz.

Der Tag war so gut wie zu Ende. Echt jetzt? Bea hatte den Tag einfach so verstreichen lassen. Und nun fühlte sie sich schuldig, weil sie so untätig gewesen war. Sie konnte sich in solchen Augenblicken selbst nicht leiden. Sie musste an ihre Freundin Birgit denken. Birgit war im Büro gewesen, mit dem Hund beim Tierarzt, hatte im Baumarkt Spachtelmasse besorgt und abends würde sie – wie jeden Abend – kochen.

Jedes Jahr erledigte Birgit die gemeinsame Steuererklärung, und auf ihrem Dachboden stapelten sich durchsichtige Kisten, damit sie gleich erkennen konnte, was sich wo befand.

Bea kochte abends nie. Ihr Dachboden sah wüst aus.

Kürzlich hatte sie dieser Managerin in einem Podcast zugehört. Die war Chefin über achthundert Leute, hatte vier Kinder, war Elternbeiratsvorsitzende und lernte seit einiger Zeit Japanisch.

Bea hatte heute nur das Haus verlassen, um Vicki zum Sport zu fahren. Sie arbeitete von zu Hause aus. In Teilzeit. Aber heute war nichts los gewesen, geradezu lächerlich wenig, nicht der Rede wert. Dann war Vicki aus der Schule gekommen. Sie hatten gemeinsam gegessen – und eine weitere Stunde war verschwunden.

Ich habe den Tag vergeudet, verschenkt, nicht genutzt. Verdammt noch mal! Sie stöhnte auf.

Dann griff sie zum Handy und steuerte reflexartig die verschiedenen Nachrichtenportale an. Krieg. Überfall. Krankheitswelle. Kind ertrunken. Sie wischte über die Schlagzeilen hinweg, die sie traurig stimmten oder ein dumpfes Ohnmachtsgefühl hinterließen. Und sie machten sie nicht schlauer. Sie warf das Handy in die Mittelkonsole und war wieder allein. Allein mit sich und ihren trüben Gedanken.

Es dämmerte und tröpfelte.

Vor ihr hielt ein Bus an der Haltestelle. Menschen mit Laptoptaschen quer vor der Brust stiegen aus. Die hatten gearbeitet. Die waren froh, etwas geschafft, erledigt, erreicht zu haben. Gegen den Wind schlugen sie die Mantelkrägen hoch, konnten Pasta in Sahnesauce, Couch und Netflix-Serie wahrscheinlich kaum erwarten. Sie hatten es sich auch verdient.

Bea hatte sich gar nichts verdient; schon gar keine Belohnung für einen erfolgreichen Tag. Sie hatte nur vergeudet.

Dabei hätte sie Termine vereinbaren, Unterlagen sichten können. Sie hätte den verdammten Dachboden aufräumen können.

Sie schlug mit beiden Händen auf das Lenkrad. Ein Glas Wein wäre schön. Rotwein. Und die Welt sähe gleich ganz anders aus, leichter, egaler. Früher hatte sie das so gemacht. Sie hatte ungute Gefühle ins Weinglas getaucht, bis sie untergegangen waren. Jetzt musste es manchmal Schokolade sein. Am Ende der Straße war ein Supermarkt. Sie könnte sich Toffees besorgen, um das miese Gefühl zu betäuben. – Nein, konnte sie eben nicht. Sie wollte widerstehen, stark sein, um wenigstens ein kleines bisschen heute stolz auf sich sein zu können.

Sie rutschte auf dem Autositz hin und her. Ihr Rücken schmerzte. Sie konnte hier unmöglich untätig länger sitzen bleiben, auf Vicki warten und noch mehr Zeit verplempern. Sollte sie vielleicht jemanden anrufen, um etwas *getan* zu haben? War ihr nach Quatschen zumute? Was konnte sie schon erzählen? Dass sie mit den Tabellen nicht so weit gekommen war, wie sie es sich vorgenommen hatte. Dass sie einen Fertigpizzateig belegt hatte. Dass sich Vicki empört hatte, wie gemein die Klasse zu einer neuen Schülerin gewesen war. Dass sie Wäsche zusammengelegt hatte. Da hätte sie genauso gut das Telefonbuch vorlesen können – wenn sie noch eines gehabt hätte.

Bea stieg aus und marschierte los. Ins Wohngebiet. Es regnete nicht mehr. Zweistöckige Mietshäuser mit Fahrradständern. Nach dem ersten Wohnblock streckte sie ihren Rücken und atmete tief ein. Die frische Luft tat gut. Sie lockerte ihre Schultern und bemerkte den reinen klaren Geruch, der nur nach Regen auftritt.

Jetzt ging sie an kleinen Vorgärten vorbei und blickte durch erleuchtete Fenster in andere Leben. In einem Fernseher lief eine Ratesendung, eine Colaflasche stand auf dem Tisch. Durch ein gekipptes Fenster hörte Bea Teller klappern, der Duft von gebratenem Knoblauch drang bis nach draußen. Im Wohnzimmer lag jemand auf dem Sofa und wischte auf dem Handy herum. Kinder tobten mit einem kleinen Hund durch das Zimmer. Niemand lernte Japanisch oder kochte gläserweise Marmelade ein und garnierte die Deckel mit kariertem Stoff. Zumindest nicht an diesem Abend.

Sie ging an einem jungen Paar vorbei, das einen Kinderwagen schob. Die Unterhaltung stockte, als es Bea bemerkte. War das etwa unproduktiv, ein Kind durch die Abendluft zu schieben und zu reden? Nein. Partner, die reden, verlieren sich weniger, überlegte sie.

Bea hatte Vicki zugehört. Beim Essen. Sie hatte die Tochter in ihrer Empörung über ihre Klassenkameraden gesehen. Sie hatte auch mit ihrem Chef telefoniert, mit Kolleginnen gemailt und nachmittags die längst fällige Zahnarztrechnung überwiesen.

Auf der gegenüberliegenden Straßenseite ging Bea jetzt zurück zum Parkplatz. Ohne Rückenschmerzen und ohne das Bedürfnis, schreien zu müssen. Die miesen Gedanken waren wegspaziert.

Sie atmete noch einmal tief ein und stieg ins Auto.

Vicki kam aus der Halle gelaufen. Sie warf sich auf den Beifahrersitz und plapperte los. Bea fuhr heim, hörte zu und lächelte.

Ihr Mann hatte bereits den Tisch gedeckt und wartete auf sie mit dem Abendessen. Sie saßen gemütlich beisammen.

Später stolperte sie in einem Magazin über ein Interview mit der Japanisch lernenden Managerin. Sie erwähnte, dass ihr Mann und sie nun getrennte Wege gingen. Die Kinder würden die meiste Zeit beim Vater bleiben.

Nach dem Zähneputzen hüpfte Vicki unerwartet zu ihr auf die Couch und umarmte sie. Oft kam das nicht mehr vor, weil Vicki sich mittlerweile zu alt dafür fühlte.

Bea schloss die Augen und hielt ihre Tochter fest – und den Augenblick.

Für Tabellen und Dachboden gab es morgen auch noch einen Tag.

MARION HÜBINGER

Doppeltes Glück

Die S-Bahn fuhr los und mit ihr meine geliebten Winterstiefel. Ich jaulte wie ein Hund auf.

»Das kann jetzt nicht wahr sein!«

War es aber leider doch.

Mein Rucksack hing noch halb über meiner Schulter, der Anorak schleifte auf dem Boden, in der einen Hand hielt ich meinen Stift und das Notizheft, in der anderen die Brotzeitbox. Alles in der Eile zusammengeklaubt.

Was fehlte, waren meine Schuhe.

Meine ausgelatschten beigen Winterstiefel, die schon über vier Jahre alt waren und mich so viele Kilometer weit getragen hatten.

In der Hektik, als die S-Bahn schon auf dem Bahnhof Türkenfeld zum Stehen gekommen war und ich aus der Fantasy-Welt für mein neues Buch gerissen wurde, hatte ich kopflos mein Zeug geschnappt und dabei vergessen, dass ich nach der langen Wanderung aus den Stiefeln geschlüpft war. Nun stand ich in Socken am Bahnsteig, sah der wegfahrenden Bahn nach und ließ meiner Frustration über den wenig einsichtigen Lokführer freien Lauf.

»Du depperter Depp, es hätte dir echt keinen Zacken aus der Krone gebrochen, wenn du noch mal kurz gehalten hättest!«

Tatsächlich hatte ich im vordersten Waggon gesessen und war wild gestikulierend nach vorne zum Führerhäuschen gerannt. Es hatte nichts genutzt. Dabei war ich mir sicher, dass mich der Lokführer gesehen hatte. Sein Herz war aus Stein, stellte ich grimmig fest. Genau wie das meines Drachenprinzen, über den ich mir gerade Gedanken gemacht hatte. Nicht einmal die schönste Prinzessin des Landes konnte ihm eine Gefühlsregung entlocken. Ich hatte kein gnädiges Schicksal für ihn vorgesehen, denn er sollte noch viele Jahre allein durch sein Reich irren, ehe er auf die Richtige treffen würde. Die eine, die sein Herz erweichen würde. Aber das war eine andere Geschichte.

Mein eigenes Schicksal war jedenfalls gerade besiegelt worden: Ich würde ganze vierzehn Minuten am Bahnsteig Türkenfeld ausharren müssen, bis die S-Bahn auf dem Weg zurück Richtung München wieder halten würde. Vierzehn eisige Minuten in feuchten Wandersocken, um wieder an meine Stiefel zu kommen. Im Normalfall eine überschaubare Wartezeit, aber nicht bei den aktuellen Februartemperaturen. Das Thermometer war nach Sonnenuntergang schnell wieder unter null gerutscht.

Ich fluchte leise vor mich hin.

»Kann ich dir irgendwie helfen?«

Ich zuckte zusammen. Ein Mann stand plötzlich neben mir. Er hatte die Mütze tief über die Stirn gezogen, aber was ich sah, gefiel mir auf Anhieb. Ich schätzte ihn auf Anfang dreißig, also in etwa in meinem Alter.

»Ein paar Schuhe wären nicht schlecht«, sagte ich so locker wie möglich. »Meine fahren gerade in der S-Bahn spazieren.«

»Ich hätte heißen Tee.« Er deutete auf meine Socken. »Hilft vielleicht bei kalten Füßen.«

Die Ungläubigkeit stand ihm zwar ins Gesicht geschrieben, aber er reichte mir kommentarlos seine Thermoskanne.

»Danke«, sagte ich und deutete auf die Bank ein Stück hinter uns. »Ich würde mich gerne setzen. Darf ich?« Ohne auf seine Antwort zu warten, nahm ich die Kanne, schulterte meinen Rucksack und huschte auf Zehenspitzen zur Bank.

»Was ist mit deinen Schuhen?« Der Mann setzte sich neben mich.

Ich stöhnte auf. »Frag besser nicht. Ich war so vertieft ins Schreiben, dass ich fast das Aussteigen vergessen habe. Und dann ging alles zu schnell und schwupps, schon stand ich ohne meine Stiefel auf dem Bahnsteig.«

Er hob interessiert eine Augenbraue. »Du schreibst? Ich auch.«

»Was denn?«

Ich glaubte ja an so was wie schicksalhafte Begegnungen. Zumindest in meinen Geschichten. Jetzt stand ich strumpfsockig und verzweifelt an einem S-Bahnhof und sprach mit einem Mann, der ebenfalls Autor war und leckersten ayurvedischen Tee trank – Zufall oder Fügung?

»Ach, ich sitze an einem wissenschaftlichen Sachbuch über die Lichtverschmutzung. Dafür war ich gerade einige Wochen auf La Palma. Die sind da absolute Vorreiter, was das Thema angeht.« Im Eifer des Redens schob er sich die Mütze ein Stück aus der Stirn. Die sonnengebräunte Haut ließ seine blauen Augen noch mehr erstrahlen. »Warst du schon mal auf der Insel? Hat mich echt beeindruckt. Dort steht eine der weltweit bedeutendsten astrophysischen Anlagen mit …«

Ich folgte seinen begeisterten Ausführungen über Gammastrahlen und Spiegelreflexionen und hätte seinem tiefen wohlklingenden Bass stundenlang zuhören können. Da bemerkte ich eine Gruppe Jugendlicher, die an uns vorbeiging. Ein Mädchen zeigte auf mich, lachte und sagte etwas wie »arme Sau«, woraufhin alle in dieses typische Gelächter junger Leute ausbrachen, die meinten, sie seien unverwundbar und könnten sich alles erlauben. Unter anderen Umständen hätte ich sicher etwas erwidert, aber so realisierte ich lediglich die Kälte in meinen Füßen. Ich zog sie hoch auf die Bank, knetete und rubbelte die Zehen, doch sie blieben, was sie waren: halbe Eisklumpen.

»Dir ist kalt, was?«, fragte mein Sitznachbar fast etwas besorgt.

»Und wie«, gab ich zu. »Bin ja selbst schuld dran.«

»Noch elf Minuten«, sagte er mit einem Blick auf sein Handy.

Ich runzelte die Stirn. »Das können ziemlich lange elf Minuten werden.«

»Weißt du was, ich leihe dir meine Schuhe.«

Ich musste lachen. »Damit du dann kalte Füße hast?«

»Wir können uns ja abwechseln. Jeder hat immer einen Schuh an.«

Die Vorstellung, in seine Schuhe zu schlüpfen, hatte etwas seltsam Intimes an sich. Als wären wir ein Paar, für das der Gedanke selbstverständlich ist. Trotzdem hielt ich ihn nicht zurück, als er begann, seine Boots aufzuschnüren. Genau in dem Moment trat ein graubärtiger älterer Herr zu uns an die Bank. In seinem Blick lag eine gewisse Skepsis.

»Ich verstehe ja, dass ihr jungen Leute alles Mögliche ausprobiert. Barfußlaufen ist im Allgemeinen auch sehr gesund, aber doch bitte nicht mitten im Winter!«

»Wir haben ja Socken an«, entgegnete ich empört, ohne ihn über die Situation aufzuklären.

»Ich bin Arzt und ihr könnt mir glauben, wenn ich sage, dass ihr mit eurer Gesundheit spielt.«

»Danke, Herr Doktor, wir wissen Ihren Rat zu schätzen.«

Ich warf einen Blick auf meinen Sitznachbarn, der vollkommen ernst blieb.

»Dann ist es ja gut.« Kopfschüttelnd, aber sichtlich zufrieden ging der Mann weiter.

Kaum war er außer Hörweite, prusteten wir wie auf Kommando los.

»Danke, Herr Doktor«, äffte ich ihn lachend nach.

Er grinste. »Wer ruiniert hier denn seine Gesundheit?«

»Wirklich interessant, man muss also bloß strumpfsockig im Winter am Bahnhof sitzen und schon ist man nicht mehr unsichtbar«, stellte ich fest, während ich in seinen linken Schuh schlüpfte. »Vielleicht schreibe ich darüber mal ein Buch.«

»Du bist also wirklich Autorin?«

»Ja, ich schreibe Fantasy-Bücher. In zwei Wochen habe ich Abgabe, darum war ich vorhin auch so vertieft gewesen.«

»Aha.«

»Was heißt hier denn ›Aha‹?«, hakte ich sofort nach. Etwas mehr Begeisterung hätte mir als großer Fantasy-Fan gefallen.

»Nichts, ich meine, also cool, dass du …«

»Gib's zu, du magst keine Fantasy?«, rettete ich ihn aus seiner Verlegenheit.

»Doch, schon«, beeilte er sich zu antworten. »Fantasy-Filme finde ich sogar richtig super. Aber ich lese wenig Bücher, das muss ich zugeben, mehr Fachzeitschriften.« Er machte eine kleine Pause. »Wie schaffst du das eigentlich, im Zug zu schreiben? Das könnte ich nicht, ist mir viel zu viel Ablenkung.«

»Ich bin dann so konzentriert und merke gar nicht mehr, was um mich herum passiert. Darum auch dieses Schuh-Desaster.« Ich schenkte diesem fremden Mann, der sich mit jedem weiteren Satz in mein Herz schlich, ein aufrichtiges Lächeln.

Mein Blick ging zur Anzeigetafel. Noch sechs Minuten.

Beinahe bedauerte ich, dass die Zeit so schnell verging. Trotz meiner Eiszapfenfüße. Also dem einen Eiszapfen, der nicht gerade im Schuh steckte.

Ich folgte dem Sekundenzeiger auf der Uhr.

Tick. Tick. Tick.

Wortlos wechselten wir den Schuh.

Die Stille zwischen uns dehnte sich aus, hatte allerdings nichts Unangenehmes. Meine Gedanken drehten sich ununterbrochen um meinen Sitznachbarn. Wohin würde er später fahren? Wohnte er im Ort? Ob er wohl eine Freundin hatte?

»Und was machst du sonst so, wenn du nicht an einer wissenschaftlichen Arbeit schreibst?«

Er wandte den Kopf zu mir. »Ich arbeite im astronomischen Besucherzentrum in Garching. Kennst du es?«

»Nein, nie davon gehört. Ist das eine Wissenslücke?«

»Na ja, wenn du dich für das Weltall interessierst, dann schon. Ich denke gleich an all die genialen Science-Fiction- Filme, da stehe ich total drauf.«

SciFi interessierte mich leider gar nicht. Ihn allerdings umso mehr.

Plötzlich hörte ich das Klingeln der Bahnschranke und sah überrascht auf.

»Die S-Bahn kommt gleich«, sagte ich und schlüpfte hastig aus seinem Schuh. »Danke für das Schuhteilen. Und danke auch fürs Ablenken.«

Als ich ihm die Thermoskanne zurückgab, nickte er. »Ich bin übrigens Leo. Falls du mal nach Garching kommst, dann frag ruhig nach mir.«

Mit diesen Worten entschwand er so unerwartet, wie er aufgetaucht war. Ich sah ihm hinterher. *Nein, nein, er darf nicht gehen! Nicht so! Nicht jetzt!*

»Leo!«

Der Lärm der einfahrenden S-Bahn verschluckte meinen Ruf. In meiner Aufregung ließ ich meine Sachen auf der Bank liegen und rannte ihm hinterher.

»Hey, Leo!«

Meine Stimme überschlug sich schier. Er war kurz davor, auf der Treppe zur Unterführung zu verschwinden, doch dann drehte er sich noch einmal um.

»Isabelle. Ich heiße Isabelle. Kann ich mich mal für den Tee revanchieren?«

Nur noch ein paar Schritte, bis ich ihn erreichen würde. Doch inzwischen bremste die S-Bahn deutlich ab. Das Blut rauschte in meinen Ohren. Mir lief die Zeit davon. Wenn ich meine Schuhe wiederhaben wollte, musste ich jetzt sofort an den Anfang der Bahn sprinten. Aber da stand Leo mit seiner Thermoskanne und dem verschmitzten Lächeln. Ich brauchte eine Antwort. Irgendeine. Im besten Fall ein Ja.

Und dann geschah das Wunder.

Er nickte und hob beide Daumen.

Also doch schicksalhafte Fügung, dachte ich, als ich an ihm vorbei den Bahnsteig entlangsprintete und mit kräftigem Winken den S-Bahn-Fahrer auf mich aufmerksam machte. Knapp vor mir kam die Bahn zum

Stehen und das Fenster des Führerhäuschens wurde nach unten geschoben.

»Vermissen Sie vielleicht diese?« In der Hand des Lokführers baumelten meine geliebten Winterstiefel.

»Ja! Danke!«

Der Kopf des Mannes verschwand im Inneren, das Signal zum Schließen der Türen erklang nur wenig später und die S-Bahn fuhr an. Hastig schlüpfte ich in die Stiefel. Immerhin das hatte geklappt.

Als ich mich aufrichtete, hatte gerade der letzte Waggon den Bahnhof verlassen, und dann sah ich ihn. Leo! Er stand genau mir gegenüber auf dem Bahnsteig stadtauswärts und grinste.

»Wo wohnst du?«, rief er mir über das Gleis zu.

»Ganghoferstraße 4 a. Ich sitze fast immer zu Hause am Schreibtisch.«

»Ich weiß«, er nickte. »In zwei Wochen muss dein Buch fertig sein.«

Mein Lachen kam mir glockenhell und eine Nuance zu übertrieben vor. Fast wie bei meiner Romanheldin, als sie dem Drachenprinzen zum ersten Mal gegenüberstand.

»Danach zeigst du mir dein Planetarium, einverstanden?«, rief ich.

Er hob ein weiteres Mal den Daumen, winkte mir noch zu, ehe seine einfahrende S-Bahn unseren Blickkontakt unterbrach.

In dem Augenblick spürte ich es, das Glück. Sogar ein doppeltes Glück.

ALEX CAPUS

Vom Trost, Anteil an etwas Großem, Schönem und Gutem zu haben

Als am 15. April 2019 in Notre-Dame von Paris ein Brand ausbrach, stand das Herz meiner frühen Kindheit in Flammen. Ich hätte nie gedacht, dass mich ein solches Ereignis so treffen konnte. Es erschütterte mich im Innersten.

Es waren die Sechzigerjahre, als Notre-Dame sich tief auf der Landkarte meiner Seele einprägte. Meine Mutter trug Miniröcke und hochtoupiertes Haar, mein Vater taubengraue Anzüge und unglaublich schmale Krawatten, und Notre-Dame war noch nicht das sorgfältig herausgeputzte Emblem einer auf Hochtouren laufenden Tourismusindustrie, sondern das Gerippe eines seit vielen Jahrhunderten dem Verfall anheimgegebenen Riesensauriers, der den neuen Zeiten nur im Weg zu stehen schien.

Das Bauwerk war schwarz vom Russ der Jahrhunderte und schwer beschädigt von der Last seines eigenen Gewichts. In den Fugen wuchs schwarzgrünes Moos, auf den Gehsteigen lagen kleine Moränen aus Steinchen und Kalksteinbrocken, die sich irgendwo in der Höhe aus dem Gemäuer gelöst haben mochten. Zu allen Seiten des Kirchenschiffs brummten, knatterten und hupten die Autos, schwarz quoll der Dieselrauch aus den Auspuffen der Lastwagen, dicht an dicht standen auf dem großen Platz vor der Hauptfassade die parkierten Renaults, Panhards, Citroens, Peugeots und Simcas.

Notre-Dame war der Dreh- und Angelpunkt unseres Alltags. Wir wohnten nur einen Steinwurf entfernt an der Rue des Écoles bei meinem Großvater, der Polizeichemiker am Quai des Orfèvres war. Von dort war es bloß ein kurzer Spaziergang hinunter zum Boulevard Saint-Germain, dann durch die Rue des Bernardins ans Ufer der Seine und über die Brücke zu Notre-Dame und zum Square Jean XXIII, wo der Spielplatz meiner Kindheit lag. Wenn ich an der Hand meiner Mutter zum Einkaufen in die Markthallen ging, kamen wir an Notre-Dame vorbei. Wenn ich mit Großvater auf eine Kugel Vanilleeis zu Berthillon ging, kamen wir an Notre-Dame vorbei. Und wenn ich an schulfreien Tagen an die frische Luft musste, gingen wir in jenen kleinen Park auf der Rückseite von Notre-Dame, in dem es ein paar Schaukeln, Wippen und einen Sandkasten gab. Hier blühten im Frühling die Apfelbäume, Pflaumenbäume und die japanische Zierkirsche, und in der Mitte des Parks gab es einen gotischen Brunnen mit Madonna und Jesuskind.

Weil dieser Spielplatz auf der Rückseite der Kathedrale lag, ist mir deren östliches, gotisches Ende bis heute vertrauter und lieber als die romanische Prachtfassade mit ihren zwei schweren Türmen und der altehrwürdigen Rosette. Ich meine mich zu erinnern, dass meine tiefgläubige Großmutter mir die Leichtigkeit dieser himmelwärts strebenden Säulen, Spitzbögen und Fenster als steingewordenen Gottesbeweis erklärte, während mein naturwissenschaftlich gebildeter Großvater mir darlegte, dass die leichten, elegant gebogenen Strebepfeiler die ungeheure Last der dicken Steinmauern seitlich ins Erdreich ableiteten, als wäre ihr Gewicht so etwas wie Wasser oder elektrischer Strom. Meine deutschschweizerisch sozialisierte Mutter hingegen empfahl mir alemannisch-pragmatisch, mich von den »Defense d'uriner«-Schildern am Gemäuer fernzuhalten, weil die französische Volksseele Verbote traditionell eher als Aufforderung denn als Hinderungsgrund auffasst.

Vielleicht ist mir aus jener Zeit eine Vorliebe für die Rückseiten von Gebäuden geblieben. Die bescheidenen Hinteransichten von Bahnhöfen habe ich in den meisten großen Städten Europas als aufrichtiger, lebensnäher und interessanter empfunden als ihre oft pseudoklassizistischen Prachtfassaden aus der Gründerzeit, deren eigentliche Funktion darin besteht, den industriellen Charakter des Bauwerks zu kaschieren und das zu repräsentieren, was eben nicht der Fall ist. Das Gleiche gilt für herrschaftliche Villen wie auch für Fabriken, Restaurants und sogar Schulhäuser und Museen, die zur Straße hin oft falsche Tatsachen vorspiegeln, während sich ihre wahre Natur bei den Dienstboten- und Lieferanteneingängen offenbart.

Kein gebürtiger Pariser ist jemals auf dem Eiffelturm gewesen, keiner würde sich auf Montmartre blicken lassen; diese Orte überlässt man den Touristen, wie den Beaujolais nouveau und den Marché aux Puces an der Porte Saint-Denis. Notre-Dame hingegen kennt jeder. Sie ist das alte, große Herz dieser herrlichen Stadt, hier kommt man immer wieder vorbei, um eine Viertelstunde für sich zu sein oder sich im Gegenteil als Teil eines großen, die Zeiten überdauernden Ganzen zu fühlen.

Meine Großmutter führte mich oft auf dem Heimweg vom Spielplatz durch einen Seiteneingang hinein ins stille Kirchenschiff, wo in meiner Erinnerung immer irgendwo ein Maurer auf einem hölzernen Gerüst stand und mit seiner Kelle schabende Geräusche machte, während an einem Seitenaltar ein alter Geistlicher stumme Zwiesprache mit seinem Gott hielt. Im Halbdunkel des Seitengangs blieb Großmutter dann stehen und murmelte gesenkten Hauptes ein kurzes Gebet, und ich schaute währenddessen hinauf in die rußgeschwärzte, Ehrfurcht gebietende Höhe der Spitzbögen. Man muss kein Katholik sein, um dabei metaphysische Geborgenheit zu empfinden.

Großvater hingegen mied das Höhlengewölbe, er zog die lichten Höhen der Türme vor. Am Eingang zur endlos langen Wendeltreppe gab es noch keine Touristenschlangen und man bezahlte, wenn ich mich recht erinnere, keinen Eintritt. Wir zählten immer die Treppenstufen – es waren bei jedem Aufstieg verlässlich vierhundertzweiundzwanzig – und wurden belohnt mit dem herrlichen Ausblick auf die Stadt in Gesellschaft der drachenfratzigen Wasserspeier, die deshalb so böse Kreaturen sein mussten, weil sie eben außerhalb der Kirche waren und alles Gute auf der Welt sich innerhalb der Kirche befindet.

Die zweite Hälfte meiner Kindheit verbrachte ich im Deutschschweizer Exil. Als ich aber als Teenager mit meiner ersten Jugendliebe nach Paris zurückkehrte, führte ich sie zielstrebig auf die Türme von Notre-Dame, um mich als Fremdenführer aufzuspielen und ihr den bestmöglichen Überblick über die Stadt zu verschaffen. Zu jener Zeit – Ende der Siebzigerjahre – war die Kirche schon nicht mehr schwarz, sondern leuchtend weiß und der Vorplatz war längst autofrei und die ganze Gegend verkehrsberuhigt. Auch meine zweite Jugendliebe führte ich auf die Türme hinauf und die dritte ebenfalls. Erst das Mädchen, das ich heiraten sollte, verschonte ich schamhaft mit den vierhundertzweiundzwanzig Stufen, weil ich sie nicht zur Nachfolgerin ihrer Vorgängerinnen machen wollte.

So vergingen die Jahre; auch heute noch, da mich mehr als ein halbes Jahrhundert von jenen Kindheitstagen trennt, fahre ich alle paar Monate mit dem TGV nach Paris, spaziere von der Gare de Lyon durch den Jardin des Plantes zur Rue des Écoles und von dort hinunter an die Seine, dann an Notre-Dame vorbei an den Quai des Orfèvres und weiter zur Place Blanche, um »Chez Paul« ein schönes Stück Rindfleisch zu essen und vielleicht schon mit dem Abendzug wieder nach Hause zu fahren. Was, wenn die vierhundert tapferen Feuerwehrmänner es am vergangenen Montagabend nicht geschafft hätten, den Brand zu löschen? Was, wenn die gotischen Seitenstreben eingestürzt wären und die romanische Fassade und die beiden Türme ebenfalls? Was, wenn Notre-Dame nach achthundert Jahren aufgehört hätte zu sein? Ich kann es mir nicht vorstellen, meine Fantasie hat kein Bild für die Leere, die zurückgeblieben wäre.

Nun, da das Schlimmste verhindert wurde, wird der starke französische Staat Notre-Dame mit allen verfügbaren Kräften wieder aufbauen, daran besteht kein Zweifel. Dass zerstörte Struktur durch neue ersetzt werden muss, wird dieser Riesensaurier aus grauer Vorzeit verkraften, denn er ist es gewohnt; Notre-Dame ist wie jedes Lebewesen seit ihrer Erschaffung stetem Wandel unterworfen, seit achthundert Jahren schon.

Wichtig ist, dass sie weiter besteht als real existierender Dreh- und Angelpunkt auf der Landkarte meiner Seele und in den Seelen von Millionen anderer Menschen; denn es liegt ein köstlicher Trost in der Empfindung, Anteil an etwas Großem, Schönem und Gutem zu haben – vielleicht sogar ein Teil dessen zu sein, was die Zeiten und die Begrenztheit menschlicher Existenz transzendiert.

ARNO GEIGER

Das Gedächtnisprotokoll

oder
Auflistung der bei der Brandlegung
durch den Gärtnergehilfen zerstörten
Einrichtungsgegenstände und Besitztümer

Wien, 12. Juni 2002

Liebe Emmi, lieber Fritz,

wie schon am Telefon berichtet, ist in der Nacht auf Samstag unser Haus bis auf die Grundmauern abgebrannt. Dass Brandstiftung vorlag, war von Anfang an klar. Mittlerweile weiß man auch, wer es getan hat. Der Gärtnergehilfe. Ihr kennt ihn, diesen blonden Jungen, der immer seinen Rotz frisst, wenn er einmal zwei Minuten nichts zu tun hat. Ihr erinnert Euch bestimmt an ihn, vom letzten Sommer. Ich wünsche mir aufrichtig, dass er an seinem nächsten Popel krepiert.

Letzten Freitag hat er bei uns den Rasen gemäht. Das Kind war zum Schwimmen, ich beim Friseur. Am frühen Abend, als ich nach Hause kam, war der Rasen tipptopp und alles ordentlich weggeräumt, wie wir es gewohnt sind. Ich hätte gar nicht daran gedacht, dass jemand hier war, wenn nicht kurz vor den Nachrichten das Telefon geklingelt und eine Frau sich für Blumen bedankt hätte.

Für welche Blumen?, habe ich gefragt. Und die Frau: Für die Nelken, die Sie meinem Sohn mitgegeben haben. Er hat heute bei Ihnen den Rasen gemäht.

Ich kann Euch nicht sagen, wie ich da gestiegen bin. Hat doch der Rotzlöffel meine Nelken geklaut. Ihr Sohn ist ein Dieb, habe ich gesagt und aufgelegt. Ich war ganz fassungslos über so viel Unverschämtheit. Stiehlt mir die Blumen aus dem Garten und behauptet, ich hätte ihm die Blumen geschenkt. Ich habe dann gleich den Gärtner angerufen, damit er weiß, was seine Mitarbeiter tun, wenn man einmal nicht danebensteht. Der Gärtner hat sich fünfmal entschuldigt und mir versprochen, dass das ein Nachspiel haben wird.

Ein schönes Nachspiel. Fünf Stunden später ist das Haus in Flammen gestanden. Der halbe Bezirk war auf den Beinen, um sich die Hände zu wärmen.

Ihr könnt Euch vorstellen, dass ich mit den Nerven völlig herunten bin. Nichts ist uns geblieben. Gleich am nächsten Vormittag, einem Samstag, musste ich Unterwäsche kaufen und Schulhefte für das Kind und und und. Sogar dieses Papier und den Schreiber musste ich extra kaufen. Die Tage reichen nirgendwohin. Man weiß gar nicht, was man als Nächstes erledigen soll.

In meinem ganzen Leben habe ich noch nie jemanden mit solcher Gründlichkeit gehasst wie jetzt den Gärtnergehilfen. Wenn es möglich wäre, jemanden mehrmals umzubringen, hätte ich es das erste Mal schon getan. Man hat ihn ja lediglich auf freiem Fuß angezeigt. Aber so reut es mich um die vielen anderen Male, die mir durch das eine Mal entgehen würden. Dabei habe ich immer gedacht, ich besäße keine allzu blühende Fantasie.

Lieber Fritz, liebe Emmi, ich habe für den Rechtsanwalt eine Schadensaufstellung gemacht und brauche

Zeugen, die die Richtigkeit der Angaben bestätigen. Bitte unterschreibt auf dem letzten Blatt und sendet die Liste möglichst bald zurück. Und bitte, falls ich das eine oder andere vergessen habe (manche Dinge sieht man ja irgendwann vor lauter Gewohnheit nicht mehr), fügt es an geeigneter Stelle ein, auch Kleinigkeiten, damit der Gärtnergehilfe in diesem Leben nicht mehr auf die Beine kommt.

Es grüßt Euch Eure geknickte

Laura

GEDÄCHTNISPROTOKOLL

über die beim Brand am 7. Juni 2002 total zerstörten Einrichtungsgegenstände und Besitztümer im Haus Wien, XIX, et cetera, et cetera.

I. Stiegenhaus

1 Messingtürschild, graviert
1 Metallpostkasten
1 Kokosläufer, 1 m breit, 15 m lang
20 verchromte Metallstangen dazu
1 Fenstervorhang
1 Beleuchtungskörper
2 Schuhabstreifer
35 Reh- und Hirschgeweihe, selbst erlegt, Abschusswert
5 sonstige Jagdtrophäen wie vorstehend
1 Jalousie, elektrisch

II. Vorzimmer

1 Türglocke
1 Korkoplast, 2 m × 5 m
1 eingebauter Kasten mit Schiebetüren, Vollbau, Elfenbeinschleiflack
1 Kleiderablage mit geschliffenem Spiegel, Schirmständer und Hutablage, Stoffbezug, Elfenbeinschleiflack, Metallteile verchromt
1 Beleuchtungskörper
1 Marmorschalttafel mit Zähler und Sicherungen
1 Telefontisch mit Utensilien
1 Telefon/Anrufbeantworter/Faxgerät in einem (Philips)
1 Schnurlostelefon mit Ladestation (Marke?)
3 Ölgemälde: 2 Stillleben, 1 Meerstück
1 Vase, Lötz

III. Speisezimmer

1 Speisezimmereinrichtung, slawonische Eiche, gebeizt mit kaukasischer Nussmaser, poliert, bestehend aus Anrichte, Wohnschrank, Ausziehtisch, 6 Ledersessel, Teewagen
1 Knüpfteppich, 3 m × 4 m
1 Perserteppich, 1,5 m × 2 m
1 Vorhang, 2,5 m × 10 m
1 Karniese, 4,5 m
1 elektrischer Luster, 5-flammig
2 Beleuchtungskörper
1 Ölbild, Grinzing mit Tramway
1 Ahnenbild, Öl, alter Rahmen, Bronzeauflage, 1 m × 1,2 m

2 Ölgemälde: Donau-Auen und Heurigendorf, beide 70×90
3 Jalousien, elektrisch
2 Portieren über Zimmerbreite und Höhe
1 Kamin aus Wienerberger Kacheln
1 Keramikvase mit thailändischen Holzblumen
1 kleine Keramikvase
1 Keramikteller
1 Keramikkerzenleuchter, 3-armig
1 echt silberne Horsd'œuvre-Platte, innen vergoldet mit 6 geschliffenen Kristalleinsätzen
2 Bleikristallvasen
1 Kristallbischofsbrotteller
1 Kristalltortenteller
2 Kristallbonbonnieren
2 Porzellanaschenbecher, klein
1 Messingaschenbecher, groß
1 Tischbelag aus Filz
1 Seidentischdecke, handgebatikt
1 Bronze, Pferde mit Pflug
1 Tischgarnitur, Schaufel mit Besen, Chinasilber
1 Meißner-Service, größtenteils mit Schwertern, 165-teilig
1 Rosenthal-Tischservice mit Goldrand, 53-teilig
1 Gläserservice, 24-teilig, mundgeblasen, mit Goldrand und Goldplättchen, reich verziert, echt Gold
1 Kristallbowlenservice, 28-teilig
1 Gläserservice, 74-teilig, maschinengeblasen
6 Serviettenringe, gehämmert, echt Silber
4 Weinkorke, gehämmert, echt Silber
12 Weinglasuntertassen, echt Silber
1 Tischbesteck, 84-teilig, echt Silber
1 Karaffenträger mit Kristallkaraffen, echt Silber

1 Zuckerdose, echt Silber, ziseliert, innen vergoldet
1 Likörservice, 7-teilig, Kristallglas
1 drehbarer Tortenteller, Porzellan und Chinasilber
1 Obstbesteck, 24-teilig, Silber vergoldet, Elfenbeingriffe
2 Salz- und Pfeffergarnituren mit echten Silberverschraubungen
1 Seidendamasttischtuch mit 12 Servietten
8 weiße Damasttischtücher mit 48 Servietten
4 Kaffeetischtücher, Damast, mit 28 Servietten
4 farbige Jour-Tischtücher

IV. Herrenzimmer

1 Herrenzimmereinrichtung, Eiche, schwarz, nach eigenen Entwürfen angefertigt in Vollbau mit geschliffenem Spiegelglas, bestehend aus 1 großen Glaskasten, 1 Bücherkasten, 1 weiteren Bücherkasten kombiniert mit 1 Gewehrschrank
1 runder Eichentisch mit Glasplatte
2 Clubsessel, Charles Eames
1 Couch
1 Polstersessel
2 Hocker mit Polsterung
1 Geweihluster aus Dammschaufeln, 4-flammig
1 Beleuchtungskörper
1 Stehlampe
1 Perserteppich, Täbris, 2 m × 3 m
1 Perserteppich, Afghanistan, 2,2 m × 2 m
1 Perserteppich, Schiras, 1,8 m × 2,4 m
9 Jagdtrophäen, reiner Abschusswert
1 Telefon
1 Faxgerät

1 Computerstation, IBM
1 Laserdrucker, Lexmark
1 Notebook, Hewlett-Packard
1 Sony Fernseher, Trinitron
1 Videorecorder, Philips
1 DVD-Player (Marke?)
1 Videokamera, Sony
1 Digitalfotoapparat, Canon
1 Stereoanlage, Akai, mit 4 Infrarotlautsprechern
1 Glasglobus mit Innenbeleuchtung
1 Ölgemälde, Seestück, 80 × 100
1 Ölgemälde, Seestück, 59 × 80
1 Aquarell, Stephansdom
3 Bleistiftzeichnungen
ca. 300 Bücher (Lexika, Atlanten, Geschichte, Jagd, Nautik)
ca. 100 Landkarten
diverse Zeitschriften, teilweise gebunden
ca. 60 Videokassetten, ca. 100 DVDs
ca. 400 Schallplatten und 300 CDs
1 Karniese, Eiche schwarz
1 Vorhang, 2,5 m × 10 m
1 Metallkassette, gehämmert
7 Vasen, diverse Materialien
2 Keramikschalen
1 Bronze, Ruderer auf Serpentinsockel
14 Chinasilbertassen
5 Aschenbecher, diverse Materialien, einer Bleikristall mit echtem Silberrand
ca. 200 Medaillen, Abzeichen, Nadeln, Plaketten
ca. 25 Preisflaggen
1 englische Taubenflinte, Kaliber 12, Purdy, mit Ejektor, Arabeskengravierung, vergoldete Schlossteile

1 Walther Scheibenpistole
1 Bockbüchsenflinte, doppelgreener, 7×57/16, mit Zielfernrohr von Zeiss
2 Jagdstühle
2 Waffenreinigungsgeräte
4 Putzstöcke
1 Hirschruf
20 verschiedene Wildlocken
6 batteriebetriebene Piepser
3 Gamsbärte, 21/18/12 cm
500 Patronen, Kugel und Schrot
1 Saufeder
1 Jagdtasche, Leder
sonstiges Jagdgerät: Zielscheiben, Ladematerial etc.
2 Feldstecher, Zeiss
2 gespließte Fliegenruten
1 gespließte Grundangelrute
500 m Angelschnüre
20 Blinker
1 Multiplikatorrolle
diverses Fischereigerät: Vorfächer, Bleie etc.
1 Tischfeuerzeug, echt Silber
3 Pfeifen, Dunhill
3 Zigarettenspitzen (Bernstein, Silber, Gold)
5 Feuerzeuge
diverse Rauchwaren
1 Fotoausrüstung, Nikon, mit drei Objektiven
1 Rolleiflex 6008
20 verschiedene Rolleiflex Vorsatzlinsen
5 Stative
Negative und Fotos
1 Schreibzeug, Marmor, 6-teilig
50 Farbstifte

diverses Schreibgerät und Papier
2 Weckuhren
1 Armbanduhr, echt Gold, Rolex
2 Lederbrieftaschen
2 Sonnenbrillen, Armani
3 Jalousien, elektrisch

V. Schlafzimmer

1 Schlafzimmereinrichtung, Eiche gebeizt mit Birkenmaser, poliert, bestehend aus 3-teiligem Kasten, 4-türig, 2 Betten, 2 Nachtkästchen, 1 Spiegelkommode mit Glasauflage und geschliffenem Spiegel, 1 Hocker
2 Betteinsätze
2 Matratzen
2 Daunendecken, Seide
4 Kamelhaardecken
4 Polster, Federn
1 Luster
2 Wandleuchten
3 Kupferstiche, Alt-Wien
1 Federzeichnung
1 Karniese, 5 m, Eiche
1 Vorhang, 2,5 m × 10 m
1 Teppich, Bouclé, 2,8 m × 3,8 m
2 Bettvorleger
1 Hirschhaut gegerbt
1 Fernseher, Grundig
14-teilige Toilettengarnitur
1 Frisierzeug, 6-teilig, Schildpatt
ca. 10 volle Parfümflaschen, mehrere halb volle

18-teiliges Manikürebesteck
1 Puderdose, Schildpatt
1 Kleiderbürste
1 Hutbürste
1 Korallenkette
3 altsilberne Dirndlbroschen
1 Geldbörse, Kroko
2 Steckkämme, Schildpatt
verschiedene Galanteriewaren
1 Goldfüllfeder, Montblanc, Meisterklasse
1 echt chinesische Vase, Porzellan, mit Kunstblumen
2 engl. Aschenbecher, Keramik (Whisky-Reklame)
1 Papierkorb, Bast
1 Bettdecke für Doppelbett, Seide, Spitze, Überwurf
1 Kelimdecke, 100 × 80
1 Radioweckuhr
1 Reiseweckuhr
1 Diktiergerät, Sony
2 Jalousien, elektrisch

VI. Kinderzimmer

1 Einrichtung, Vollbau, Elfenbeinschleiflack, innen Eiche gebeizt, bestehend aus 13-teiligem Kasten, 1 Kommode, 1 Futonbett, 1 Nachtkästchen
1 Matratze
1 Gummieinlage
1 Kindertisch mit 2 Sesseln
1 Inländerteppich 2 m × 3 m
2 Original Hummelbilder
1 Karniese, 3 m
1 Vorhang, 1,5 m × 6 m

1 Kanadier mit Polsterung
1 Nachttischlampe
1 Fernseher Grundig
1 Stereoanlage Technics
diverse Kinderkassetten, CDs und DVDs
1 Kindercomputer, IBM
2 Wärmeflaschen
1 Kinderessbesteck, echt Silber, 10-teilig, mit Märchenfiguren ziseliert
1 Kleiderbürste
1 Papierkorb
1 Kinderzimmerklosett
verschiedene andere, teilweise elektronische Kinderspielsachen
1 Steppdecke
1 Polster
1 Wolldecke
2 Leintücher
4 Handtücher
1 Kinderkamelhaardecke
1 Kinderfußsack
8 geschnitzte Wandfiguren, Handmalerei
2 Jalousien, elektrisch

VII. Ankleideraum

1 Garderobeeinrichtung, bestehend aus 1 Wandschrank 3,1 m × 3,2 m mit 6 Schrankteilen, 1 Schuhschrank, 4 Schuhroste, innen Eiche gebeizt und mattiert, außen Elfenbeinschleiflack, ein geschliffener Spiegel, 0,9 m × 1,8 m, 1 Stahlrohrhocker
1 Beleuchtungskörper

1 Stehleiter, 1,5 m, Aluminium
1 Perserteppich, Kasak, 1,2 m × 1,8 m
20 Schuh- und Stiefelleisten
1 Schuhputzkiste mit Bürsten, Pasten, Sprays etc.
50 Kleiderbügel, poliert
4 Lederhandtaschen
1 Abendhandtasche
1 Opernglas
2 Lederreisetaschen
1 Badetasche
1 große Stoffreisetasche
3 Regenschirme
1 Knirps
2 Schrittzahlmesser, Tanita
1 Sprungseil mit Zähler
2 Paar Schlittschuhe
1 Paar Rennschlittschuhe
2 Paar Kinderrollerblades
1 Stiefelknecht
2 Stiefelhaken
2 Paar orthopädische Schuheinlagen
2 Proviantdosen
2 Thermosflaschen
2 Paar Seehundklebefelle
3 Rucksäcke

VIII. Badezimmer

1 Badewanne, Acryl, 1 m × 2 m mit Armaturen
1 Duschtasse, Acryl
1 Duschkabine, Sicherheitsglas
1 Bidet

1 Waschmaschine und Trockner in einem, Miele
diverse Handtuchhalter, Seifenschalen, Chromstahl
1 Chromstahlrohrhocker
1 elektrischer Handtuchtrockner, Fender
2 Beleuchtungskörper
1 Personenwaage, Glas, digital
1 Körperfettwaage (Körperanalysewaage), Tanita
1 Oberkörperbräuner, Philips
2 Rasierapparate, elektrisch, Braun
1 Rasierzeug
1 Dachspinsel
1 Ladyshave, elektrisch, Panasonic
1 Massagestab, elektrisch
1 elektrische Zahnbürste mit vier Aufsätzen, Braun
1 elektrische Mundddusche
2 Haarföne
diverse Toilettenartikel, Schwämme, Bürsten etc.
1 Jalousie, elektrisch
1 Lüftung, elektrisch

IX. Küche

1 Kücheneinrichtung, Bulthaup, Chromstahl mit 4 Glasteilen, geschliffen, insgesamt 5 m Unterbau und 3,2 m Oberbau, 1 Küchentisch mit 2 Stühlen, 1 Abstelltisch
1 Herd, Siemens mit Glaskeramikplatten
1 Kühlschrank, Siemens *** und ****
1 Dunstesse, Chromstahl, 0,90 m
1 Geschirrspüler, Siemens
1 Mikrowelle, Siemens
1 Küchenuhr

3 Neonröhren
1 Espressomaschine, Saeco
1 Espressomaschine, Alessi
1 Entsafter, elektrisch
1 mehrteilige Küchenmaschine, Bosch
1 Essservice, 32-teilig, Porzellan
1 Kaffeeservice, 21-teilig, Porzellan
diverse Teller, Schalen, Schüsseln, diverse Gläser, Krüge
1 Glasservice, 14-teilig
4 Glasschüsseln
5 Jenaer Glasschüsseln mit Deckel und Einsätzen
12 Weißweingläser (Riedel)
12 Bordeauxweingläser (Riedel)
12 normale Rotweingläser, alle langstielig
10 Bowlengläser
2 große Glasteller, verziert
8 Töpfe, AMC
4 Kasserolen AMC
4 Pfannen AMC
1 Gugelhupfform
2 Tortenformen
1 Nudelsieb
2 Teekannen (WMF)
4 Trichter
3 Schöpfer
2 Knödelschöpfer
2 Teesiebe
1 Kartoffelpresser
diverse Küchenbretter
1 Schneebecken
2 Schneebesen
1 Fleischhammer
1 Fleischmaschine, elektrisch

1 Bröselmaschine, elektrisch
1 Mixer, elektrisch
1 Nudelbrett mit Walker
1 Wiegemesser
1 Schmarrenschaufel
2 Fleischgabeln
2 Fleischmesser
1 Geflügelschere
1 Tranchiermesser, elektrisch
8 Kochlöffel
1 Brotlade, echt Silber
2 Grünzeugmesser
1 Küchenbesteck, 10-teilig
2 Dosenöffner
mehrere Flaschenöffner und Korkenzieher
12 Puddingformen
1 Küchenwaage, digital
verschiedene Backwerkformen
1 Schmalztopf, Porzellan, 2 Liter
1 Schmalztopf, Porzellan, 1 Liter
1 Kuchenzange, Chinasilber
1 Kuchenschaufel, Chinasilber
1 Eieruhr
1 Eierschneider
verschiedene Reiben
1 Mülleimer mit Deckel
1 Schlüsselbrett
1 Pinnwand
1 Verdunkelungsselbstroller, Wachstuch

X. Speisekammer

1 Stellage mit 5 Fächern, 2,2 m × 1,5 m × 0,6 m
1 Stellage mit 3 Fächern, 1 m × 1 m × 0,3 m
1 Beleuchtungskörper
diverse Reinigungsgeräte (Besen, Schaufel, Bürsten)
1 Staubsauger, elektrisch
2 Bügeleisen
1 Bügelbrett
1 Kochplatte, elektrisch
2 Sektkübel, Chinasilber
1 altes Ofenbesteck
1 Waschrumpel
ca. 100 Einweckgläser mit Gummi, leer
30 m Wäscheleine
100 Wäscheklammern
diverse Lebensmittel
1 Werkzeugkiste mit reichlich Werkzeug
1 Stichsäge, Bosch
1 Bohrmaschine, Makita

XI. Keller

ca. 500 Flaschen Wein
ca. 30 Flaschen Champagner
5 Flaschen Quittenschnaps (Südsteiermark)
diverse Fruchtsäfte, Wasser und Limonaden (ca. 100 Liter)
1 Gefrierkühltruhe, Liebherr
4 Beleuchtungskörper
1 Kofferset, Leder, 4-teilig, Tuscany
1 Schalenkoffer, Samsonite
4 Paar Alpinskier mit Stöcken, davon 2 Head-Carver

4 Paar Skischuhe
2 Paar Langlaufskier mit Stöcken (Fischer)
2 Paar Langlaufschuhe
1 Rennrodel
1 Familienrodel
1 Damenfahrrad, 12-Gang
1 Herrenfahrrad, 21-Gang
1 City-Bike, Simplon, 27-Gang
1 Trittroller
1 Kinderfahrrad mit Stützrädern
1 Rasenmäher, Benzin (2 Kanister)
1 Heckenschere, elektrisch
diverses Gartengerät (Laubrechen, Schaufeln, Hacken)
1 Paar Kinderstelzen
1 Kricket mit sechs Schlägern
4 Tennisschläger, Bälle
2 Tennistaschen
1 klappbarer Tischtennistisch mit 8 Schlägern und Bällen
1 Waschmaschine
1 Wäschetrockner
3 Plastikgelten
1 zerlegter Bauernkasten, Handmalerei

Außerdem eine Vielzahl hier nicht bezeichneter Bettwäsche, Kleidung und Schuhe von beträchtlichem Wert.

Wir bestätigen als Zeugen die Richtigkeit umseitiger Angaben

(Emmi Billwachs) (Fritz Billwachs)

PS: Ich habe mir für die nächsten vier Wochen unbezahlten Urlaub genommen und mich damit abgefunden, dass ich den Rest des Juni und wohl auch den Juli in den Kamin schreiben kann. Auch diesen Schaden wird der Gärtnergehilfe abstottern; wenn er es schafft.

Derzeit erreicht Ihr mich übers Handy. Briefe etc. am besten postlagernd oder ins Geschäft.

MASCHA KALÉKO

Leises Sommer-Finale

Die letzten Wochen waren nicht schön gewesen. Oh, nein. – Es war gut, die Koffer zu packen und sich fortzumachen aus einer Stadt, von der nichts mehr zu hoffen, mancherlei aber zu vergessen war. Diese endlose Kette von immergleichen sinnlosen Tagen, in denen sich nichts änderte als das Datum, in denen nichts gedieh als das Grauen von morgen.

Und dann die Sache mit Michael …

Es war gut, die Koffer zu packen. Einen dicken Strich darunter.

Nun sitze ich hier seit einer Woche in einem winzigkleinen Fischerdorf, und der Tag hat wieder Morgen, Mittag, Abend. Und Nächte voller Sterne.

Am Tage liege ich im feinen gelben Sand und lasse mich von der Sonne durchglühen. Es gibt auch einen stillen kleinen Wald mit einsamen Wegen. – Aber nein, das ist das Beste, so in Sand und Sonne zu liegen. Allein und an nichts denken …

Abends stehe ich am Hafen herum, mitten unter alten Schiffen, und sehe zu, wie die Leuchttürme vom anderen Ufer bunt aufflammende Funken über das Wasser schicken.

Schön ist die Nacht am Meer mitten auf der alten Mole oder allein auf einsamen Dünen. Die geflickten

Fischernetze schaukeln leise im Wind, und es riecht ganz entfernt nach feuchtem Tang. Hier und da fallen mir ohne jeden Zusammenhang ein paar Verse ein, – aber es wird nichts …

»Ich heiße Michael …« – Damit hat es angefangen. Dies war der erste Eindruck: nettes Gesicht, anständige Augen, – aber dieser Zug um den Mund …

Deine Augen haben nicht Wort gehalten, Michael, und wenn ich hier an dich denke, sehe ich immer wieder jenen Zug um den Mund, der meinem Blick für lange Zeit entschwunden war. – Und was steht dazwischen. Ein paar Wochen nur. Und so viel …

Früher mußte ich viel daran denken. Aber nun liegt ja alles hinter mir. Zuweilen ist mir sogar, als könnte ich darüber sprechen; denn nun weiß ich: viele Dinge können nur nicht aus uns heraus, weil wir noch zu tief in ihnen stecken. Aber jetzt …, jetzt gehe ich neben mir spazieren und sehe mich selber an. Wie ein Fremder. Mal so von der Seite und manchmal auch von oben herab. Ich stehe nun, wie man so schön sagt, »über den Dingen«.

Und darum könnte ich vieles erzählen, Michael. Manches, das dir zuletzt unerklärlich schien. Und die paar ungesagten Worte, um derentwillen alles zu Ende ist. – Du würdest vieles verstehen, und es wäre nicht zu spät … Für dich, Michael. Aber für mich ist es ja nun wohl vorbei.

Gestern habe ich lange am Strande gesessen und an mancherlei gedacht. Plötzlich lag der Abend schwarzblau über dem Meer. Ich fühlte mich so allein. Mir war, als wäre die Sonne ertrunken.

Hier müßte man mit einem sein, den man liebt, dachte ich. Und ich bin von ihm gegangen.

Seit Stunden und Stunden regnet es. Bleigraue Nebelwolken kriechen aus dem Wasser und hüllen das ganze Dorf ein.

Ist die Sonne ertrunken? Es war ein langsames Abschiednehmen in den letzten Tagen. Ganz tot liegt der Strand da, und auch die paar jungen Leute aus der benachbarten Kleinstadt, die noch gestern in ihren bunten Strandkostümen Badegast spielten, sind heute früh abgereist.

Ja, nun will es wohl Herbst werden, sagen meine Wirtsleute.

Schwer hängen die Obstbäume voll süßer Früchte, und die Gärten leuchten weithin mit ihren frohen bunten Sommerblumen. Bald werden Blätter fallen. Eine leise Traurigkeit kommt schon jetzt über die Menschen.

Ich habe Angst vor dem Herbst ... Jetzt müßte man fort, mitten aus dem letzten Leuchten des Sommers, ehe alles vorbei ist. –

Warum sitze ich noch hier?

Kalt ist es geworden.

Neblige Regenschauer haben den blauen Himmel verjagt. Nun hängen undurchdringlich graue Wolkenknäuel wie feuchte Watte über dem Meer. Breit, aufdringlich, trostlos.

Wo ist das kleine Dorf, wo der Leuchtturm vom Ufer drüben? Hat sie der riesige Nebelballen verschlungen? Wo sind die Sterne geblieben?

Das ist keine Nacht mehr am Strande, nur eine ewige Dämmerung.

Oben an der kleinen Fischerkate haben sie die Netze schon hereingebracht, und auch Schwarzweiß, der schielende Schäferhund, hat sich, den Schwanz beleidigt eingezogen, vor dem Regen geflüchtet. Nur ein paar verlassene Boote schaukeln noch einsam auf den Wellen hin und her ... Ihre Nasen taucht der Wind tief ins Wasser, sodass sie von Weitem aussehen wie blanke schwarze Wassertiere, die einer hier vergessen hat ...

Lehmig aufgeschwemmt sind die Wege, und drüben am Wald hat der Sturm gestern Nacht schon eine Handvoll Blätter heruntergepeitscht. Da liegen sie nun, spiegeln sich traurig in der Pfütze – und sind doch noch so frisch und grün ...

Dieses Ahnen vom Welken der Wälder und Ersterben der Wiesen, von nebeldüsteren Tagen und endlosen trüben Nächten macht vergessen, dass es einen Frühling gegeben hat. Schon hat das Schweigen von Sommersende die Vögel befallen. Und auch die Menschen gehen stumm aneinander vorbei, als hätten sie sich gar nichts mehr zu sagen.

Sommer ... Aus und vorbei!

Die Sonne kommt wohl noch mal ein bisschen zu Besuch, aber das wird nichts mehr ...

Ja, nun will es also Herbst werden.

Heute habe ich zum letzten Male nach der Post gefragt. Aber du hast nicht geschrieben, Michael. Nicht ein Wort.

Wozu auch ...

Es geht mich eigentlich auch gar nichts mehr an. Wenn ich es gewollt hätte, wäre es ja anders.

– Ich meinte nur so.

Es ist dieser Anfang vom Ende ... Er fällt so schwer – das heißt, er ist noch ungewohnt. Aber es soll anders werden. Dazu haben wir die Koffer nicht gepackt.

Keineswegs!

Wozu wäre sonst wohl jene Stadt da, die mich ruft, jener Ort, der schon darauf lauert, all das auszulöschen, was noch so unnütz glimmt. Es wird schon werden.

Und dass du's nur weißt, Michael: Wir sterben nicht daran. Oh, nein!

Einen dicken Strich darunter ...

Übrigens – jenes kleine Lied »Ich muss schon manchmal an das Ende denken« ist noch gar nicht so alt. Es ist am letzten Abend in Cladow entstanden.

DIE AUTORINNEN UND AUTOREN

EWALD ARENZ, geboren 1965, studierte englische und amerikanische Literatur sowie Geschichte. Er arbeitet als Lehrer an einem Gymnasium in Nürnberg. Seine Werke sind mit zahlreichen Preisen ausgezeichnet worden. Mit seinen Romanen u. a. ›Alte Sorten‹, ›Der große Sommer‹ und ›Die Liebe an miesen Tagen‹ stand er wochenlang auf den Bestsellerlisten. Zuletzt erschien ›Zwei Leben‹. Der Autor lebt mit seiner Familie in der Nähe von Fürth.

(Abdruck mit freundlicher Genehmigung des Autors. Aus: E. Arenz, Eine Urlaubsliebe, Cadolzburg 2020)

JULIUS ARTH, geboren und aufgewachsen in Wuppertal, ist gelernter Buchhändler und entdeckte während seines Studiums an der University of Reading (GB) seine Liebe für die englische Literatur des 18. Jahrhunderts. Nach seiner Promotion war er Dozent an Universitäten in Deutschland und den USA und lebt heute als freier Autor mit seiner Familie im Rheinland. Julius Arth ist ein Pseudonym. Bei dtv erschien zuletzt sein historischer Roman ›Die Brücke von London‹.

(Erstveröffentlichung. Abdruck mit freundlicher Genehmigung des Autors. © 2026 Julius Arth)

PETER BICHSEL, geboren 1935 in Luzern, war ein Schweizer Schriftsteller und Kolumnist. Er wurde 1964 mit seinen Kurzgeschichten ›Eigentlich möchte Frau Blum den Milchmann kennenlernen‹ bekannt. 1971 war er Mitbegründer der Gruppe Olten und 1978 Mitinitiator der Solothurner Literaturtage. Der Meister der schnörkellosen Kurzgeschichte gilt als einer der bedeutendsten Autoren der Schweiz. Er starb 2025 in Zuchwil.

(Abdruck mit freundlicher Genehmigung. © 2023 Insel Verlag im Anton Kippenberg GmH & Co. KG, Berlin. Aus: P. Bichsel, Die schöne Schwester der Langeweile)

DIETMAR BITTRICH ist ein Hamburger Autor und Herausgeber. Er war viele Jahre als Reisereporter und Begleiter auf Studienfahrten unterwegs gewesen. Für dtv sammelte er dabei seine unterhaltsamen kurzen Geschichten vom Reisen: ›Müssen wir da auch noch hin?‹ und ›Waren wir nicht schon mal hier?‹. Mehr über den Autor unter: www.dietmar-bittrich.de

(Abdruck mit freundlicher Genehmigung. © 2022 dtv Verlagsgesellschaft mbH & Co. KG, München. Aus: D. Bittrich, Wer später kommt, hat länger Zeit)

ALEX CAPUS, 1961 als Alexandre Michel Ernest Capus in Frankreich geboren, ist ein Schweizer Schriftsteller. Er studierte Geschichte und Philosophie in Basel und war als Journalist bei verschiedenen Schweizer Tageszeitungen tätig. 1997 veröffentlichte er seinen ersten Roman ›Munzinger Pascha‹, dem seither viele weitere folgten. ›Léon und Louise‹ wurde zu einem internationalen Bestseller. Zuletzt erschien sein Roman ›Das kleine Haus am Sonnenhang‹. Alex Capus lebt als freier Schriftsteller in Olten in der Schweiz.

(Abdruck mit freundlicher Genehmigung des Autors. Aus:

A. Capus, Als Gottfried Keller im Nebel den Weg nach Hause nicht mehr fand. Knapp Verlag, Olten 2020)

MADELEINE D'ARCY studierte Jura und Creative Writing in Cork und war Rechtsanwältin in Irland und Großbritannien, bevor sie sich ganz dem Schreiben widmete. Gleich mit ihrem Erzählungsdebüt ›Waiting for the Bullet‹ gewann sie 2015 den britischen Edge Hill Readers' Choice Prize. Weitere Erzählungsbände folgten. Sie lebt in Cork.

›Mr Stenworthys Pantoffeln‹ 88

(Deutsche Erstveröffentlichung. Übersetzt von Gabriele Haefs. Abdruck mit freundlicher Genehmigung der Autorin. © 2026 Madeleine D'Arcy)

MARLIES FERBER, geboren 1966, studierte Sinologie in Deutschland, China und den Niederlanden und arbeitete viele Jahre als Verlagslektorin, bevor sie sich ganz dem Schreiben und Übersetzen widmete.

›Stimmt so‹ 177

(Erstveröffentlichung. Abdruck mit freundlicher Genehmigung der Autorin. © 2026 Marlies Ferber)

SUZANNE FORSSTRÖM, Jahrgang 1956, ist Schwedin und lebt in Berlin. Sie ist Journalistin mit über vierzig Jahren TV- und Print-Erfahrung, Übersetzerin für Filmuntertitelungen, Buchrezensentin und Interkulturelle Trainerin mit Fokus auf Sprache und Kultur. Aus Interesse hat sie mehrere therapeutische Ausbildungen mit Schwerpunkt auf Kreatives Schreiben absolviert. Sie schreibt gerne über verborgene Dramen und Wunder des Alltags.

›Mein Trostheld‹ 143

(Erstveröffentlichung. Abdruck mit freundlicher Genehmigung der Autorin. © 2026 Suzanne Forsström)

ARNO GEIGER, 1968 in Bregenz geboren, veröffentlichte unter anderem ›Es geht uns gut‹ (2005), ›Alles über Sally‹ (2010), ›Der alte König in seinem Exil‹ (2011), ›Selbstporträt mit Flusspferd‹ (2015), ›Unter der Drachenwand‹ (2018), ›Das glückliche Geheimnis‹ (2023) und ›Reise nach Laredo‹ (2024). Für sein Werk erhielt er zahlreiche Preise. Arno Geiger lebt in Wien.

(Abdruck mit freundlicher Genehmigung. © 2007 Carl Hanser Verlag, München. Aus: A. Geiger, Anna nicht vergessen)

AXEL HACKE, 1956 in Braunschweig geboren, lebt als Schriftsteller und Journalist in München. Er arbeitete zwanzig Jahre für die ›Süddeutsche Zeitung‹, in deren Magazin bis heute seine Kolumne ›Das Beste aus aller Welt‹ erscheint. Seine journalistische Arbeit wurde mit vielen Preisen ausgezeichnet, und seine Bücher, zu denen Bestseller wie ›Der kleine Erziehungsberater‹, ›Der weiße Neger Wumbaba‹, ›Über den Anstand in schwierigen Zeiten und die Frage, wie wir miteinander umgehen‹ und ›Aua!‹ gehören, wurden in zahlreiche Sprachen übersetzt.

(Abdruck mit freundlicher Genehmigung. © 2023 DuMont Buchverlag, Köln. Aus: A. Hacke, ›Über die Heiterkeit in schwierigen Zeiten und die Frage, wie wichtig uns der Ernst des Lebens sein sollte‹)

DORA HELDT, 1961 auf Sylt geboren, ist gelernte Buchhändlerin und lebt heute in Hamburg. Mit ihren Romanen führt sie seit Jahren die Bestsellerlisten an, die Bücher werden regelmäßig verfilmt. Weitere Informationen unter www.dora-heldt.de

(Abdruck mit freundlicher Genehmigung. © 2017 dtv Verlagsgesellschaft mbH & Co.KG, München. Aus: D. Heldt, Schnee ist auch nur hübsch gemachtes Wasser)

ULRIKE HERWIG wurde 1968 geboren und wuchs in Jena auf. Sie studierte Englisch und Deutsch und lebte fast zehn Jahre lang in London. 2001 zog sie mit ihrer Familie nach Seattle. USA, wo sie noch heute wohnt. Seit vielen Jahren schreibt sie unter verschiedenen Pseudonymen für Kinder und Erwachsene. Bei dtv erscheint ab Frühjahr 2026 unter dem Pseudonym Anne Gordon ihre neue schottische Cosy-Crime-Reihe ›Mord & Breakfast‹.

(Erstveröffentlichung. Abdruck mit freundlicher Genehmigung der Autorin. © 2026 Ulrike Herwig)

DIANA HILLEBRAND ist Autorin und Dozentin und lebt mit ihrer Familie in ihrer Wahlheimat München. Seit 2006 gibt sie Kurse zum Thema Kreatives Schreiben in ihrer ›WortWerkstatt SCHREIB&WEISE‹ und unterstützt angehende und erfahrene Autoren bei ihren Buchprojekten. Gemeinsam mit dem Literaturkritiker Wolfgang Tischer betreibt sie den erfolgreichen Podcast ›Schreibzeug‹. Als Autorin veröffentlichte sie mehrere Bücher, Kurzgeschichten und eine Vielzahl von Fachartikeln. Mehr unter: www.diana-hillebrand.de

(Erstveröffentlichung. Abdruck mit freundlicher Genehmigung der Autorin. © 2026 Diana Hillebrand)

MARION HÜBINGER ist am Bodensee aufgewachsen, hat Germanistik und Philosophie studiert, um dann auf ihren Traumberuf umzusatteln und Buchhändlerin zu werden. Im Anschluss zog es sie aus beruflichen Gründen nach München. Ihre drei Kinder zählten zu den ersten Zuhörern ihrer Geschichten, und mit ihrem Fantasy-Jugendbuch-Debüt hat sie sich 2014 ihren Traum erfüllt, Autorin zu werden. Sie besticht durch eine Genrevielfalt, ihre Bücher sprechen starke Emotionen an und werfen große Fragen auf.

(Erstveröffentlichung. Abdruck mit freundlicher Genehmigung der Autorin. © 2026 Marion Hübinger)

ALICE HUTH lebt als Lektorin und Ghostwriter in München. Auf schönes-nein.de bloggt sie zu der Frage, ob Neinsagen glücklich machen kann.

(Erstveröffentlichung. Abdruck mit freundlicher Genehmigung der Autorin. © 2026 Alice Huth)

FRIEDA-ALICE KAHRO, Ende der Sechzigerjahre in Süddeutschland geboren, studierte Germanistik in München und Dijon. Seit vielen Jahren arbeitet sie in verschiedenen Professionen mit Büchern. Sie lebt mit ihrer Familie in München. Frieda-Alice Kahro ist ein Pseudonym.

(Abdruck mit freundlicher Genehmigung der Autorin. © 2026 Frieda-Alice Kahro)

MASCHA KALÉKO, geboren 1907 in Galizien, gestorben 1975 in Zürich, wurde in den 1930er Jahren mit ihrem ›Lyrischen Stenogrammheft‹ schlagartig bekannt. Seit den 1920er Jahren verkehrte sie in den intellektuellen Kreisen des Romanischen Cafés in Berlin. 1938 emigrierte sie in die USA, später nach Israel. Sie ist eine der bedeutendsten deutschsprachigen Lyrikerinnen des 20. Jahrhunderts.

(Abdruck mit freundlicher Genehmigung. © 1974 Rowohlt Verlag GmbH, Reinbek. Aus: M. Kaléko, Lyrisches Stenogrammheft)

MARIANA LEKY studierte nach einer Buchhandelslehre Kulturjournalismus an der Universität Hildesheim und schreibt seit vielen Jahren Erzählungen und Romane. 2017 veröffentlichte sie ihren Bestsellerroman ›Was man von hier aus sehen kann‹, der in über zwanzig Sprachen übersetzt und für das Kino verfilmt wurde. Sie lebt in Berlin und Köln.

(Abdruck mit freundlicher Genehmigung. © 2022 DuMont Buchverlag, Köln. Aus: M. Leky, Kummer aller Art)

SIEGFRIED LENZ, geboren 1926 in Lyck/Ostpreußen, zählte zu den bedeutendsten und meistgelesenen Autoren der deutschen Nachkriegs- und Gegenwartsliteratur. Sein Werk wurde mit zahlreichen Preisen und Auszeichnungen geehrt, u. a. dem Goethe-Preis der Stadt Frankfurt und dem Friedenspreis des Deutschen Buchhandels. Er starb 2014 in Hamburg.

(Abdruck mit freundlicher Genehmigung. © 2006 Hoffmann & Campe Verlag, Hamburg Aus: S. Lenz, Die Erzählungen)

MARKUS ORTHS wurde 1969 in Viersen geboren. Er studierte Philosophie, Romanistik und Anglistik und lebt heute in Karlsruhe. Neben Hörspielen und Theaterstücken schreibt er vor allem Romane und Erzählungen und – inspiriert von seinen eigenen Kindern – zahlreiche Kinderbücher. Seine Bücher wurden in viele Sprachen übersetzt und mehrfach ausgezeichnet.

(Abdruck mit freundlicher Genehmigung. © Schöffling & Co. Verlagsbuchhandlung GmbH. Aus: M. Orths, Aber sonst geht es mir gut, Cadolzburg 2018)

ELKE PISTOR, geboren in der Eifel, studierte Erwachsenenbildung mit Schwerpunkt Psychologie in Köln. Sie lebt bis heute dort, weil die Stadt zwar nicht schön, aber wunderbar ist. Von ihr sind ein knappes Dutzend Kriminalromane und mehr als achtzig Kurzkrimis und -geschichten erschienen. Seit 2012 ist sie Teil der

SoKo des Krimifestivals Nordeifel Mordeifel und Mitglied in Jurys zu deutschen Krimipreisen. 2015 und 2023 war sie für den GLAUSER in der Kategorie Kurzkrimi nominiert.

(Erstveröffentlichung. Abdruck mit freundlicher Genehmigung der Autorin. © 2026 Elke Pistor)

JUTTA PROFIJT war Exportmanagerin und Unternehmerin, bevor sie zum Schreiben kam. Pascha, die rotzfreche Leiche aus den skurrilen Kühlfach-Krimis, brachte den internationalen Durchbruch. Ihr Kriminalroman ›Unter Fremden‹ wurde mit dem Friedrich-Glauser-Preis 2018 als *Bester Kriminalroman des Jahres* ausgezeichnet. Neben Krimis schreibt sie heitere Romane und Hörspiele. Mehr unter: www.juttaprofijt.de

(Erstveröffentlichung. Abdruck mit freundlicher Genehmigung der Autorin. © 2026 Jutta Profijt)

MAX SCHARNIGG wurde 1980 in München geboren und arbeitet als Journalist für diverse Magazine. 2010 wurde sein Romandebüt ›Die Besteigung der Eiger-Nordwand unter einer Treppe‹ mit mehreren Preisen ausgezeichnet. Weitere Romane folgten, u. a. 2015 sein angelphilosophischer Roman ›Die Stille vor dem Biss‹. Seit 2014 ist er Redakteur der *Süddeutschen Zeitung*. Mehr über den Autor: www.scharnigg.de

(Abdruck mit freundlicher Genehmigung. © 2021 Hoffmann und Campe Verlag, Hamburg. Aus: M. Scharnigg, Die Stille vor dem Biss)

CHRISTINE SCHNIEDERMANN ist Journalistin und Autorin. Aufgewachsen im Münsterland. Sie schrieb für verschiedene Zeitungen, arbeitete als Büroleiterin im Bundestag und als Pressesprecherin der Humboldt-Universität zu Berlin. Mittlerweile lebt sie mit der Familie in München und schreibt Bücher, Artikel und kurze Radio-Beiträge.

(Erstveröffentlichung. Abdruck mit freundlicher Genehmigung der Autorin. © 2026 Christine Schniedermann)

ALENA SCHRÖDER, geboren 1979, arbeitet als freie Journalistin und Autorin in Berlin. Sie hat Geschichte, Politikwissenschaft und Lateinamerikanistik in Berlin und San Diego studiert und die Henri-Nannen-Schule besucht. Nach einigen Jahren in der ›Brigitte‹-Redaktion arbeitet sie heute frei u. a. als ›Brigitte‹-Kolumnistin. Gemeinsam mit Till Raether spricht sie in ihrem Podcast »sexy und bodenständig« über das Schreiben. Ihr Debüt-Roman ›Junge Frau, am Fenster stehend, Abendlicht, blaues Kleid‹ stand wochenlang auf den Bestsellerlisten. Zuletzt erschien bei dtv ihr Roman ›Im Dunkeln ein Hauch von Gespenstern und Zinnoberrot‹ (2026).

(Abdruck mit freundlicher Genehmigung. © 2025 dtv Verlagsgesellschaft mbH & Co.KG, München. Aus: A. Schröder, Alles muss man selber falsch machen)

IKE SRISKANDARAJAH ist Radioreporter und lebt in New York City. Derzeit arbeitet er als Podcast-Producer für *This American Life*, wo die Geschichte erstmals zu hören war. Im Moment allerdings ist er wieder in Elternzeit. Und auch sein zweites Kind hat seine eigenen Vorstellungen davon, wann es schläft und wann es wach ist.

(Deutsche Erstveröffentlichung. Übersetzt von Friederike Zeininger. Abdruck mit freundlicher Genehmigung des Autors. © 2026 Ike Sriskandarajah)